KB115392

소설로 읽는 **한국 여성사** Ⅱ : 근세·현대편

서연비람은 조선 시대 왕궁 내, 강론의 자리였던 서연(書筵)에서 강관(講官)이 왕세자에게 가르치던 경전의 요지를 수집하여 기록한 책(비람備覽)을 말합니다. 서연비람 출판사는 민주주의 국가의 주인인 시민들 역시 지속 가능한 과거와 현재, 미래의 이치를 깨우치고 체현해야 한다는 믿음으로 엄착한 도서를 발간합니다.

소설로 읽는 한국문화사 시리즈

소설로 읽는 **한국 여성사**Ⅱ : 근세·현대편

초판 1쇄 2022년 12월 30일

지은이 김세인·김찬기·김현주·류서재·박숙희·안학수·은미희·정수남·조동길
편집주간 김종성
편집장 이상기
펴낸이 윤진성
책임편집 김연주
펴낸곳 서연비람
등록 2016년 6월 29일 제 2016-000147호
주소 서울시 강남구 도곡로 422, 5층
전자주소 birambooks@daum.net

ⓒ 김세인·김찬기·김현주 외, 2022, Printed in Korea.

ISBN 979-11-89171-45-2 04810
ISBN 979-11-89171-28-5 (세트)

값 15,000원

소설로 읽는

한국 여성사 II

근세·현대편

서연비람

차례

책머리에

영국의 역사학자 트레벨리언(George M. Trevelyan)은 "역사의 변하지 않는 본질은 이야기에 있다"고 말하면서 역사의 설화성을 강조했다. 설화의 근간은 서사(narrative)이다. 1990년대 이후 한국 소설에서 서사가 사라졌다는 이야기가 유령처럼 떠돈다. 우리는 서사가 문학 작품뿐만 아니라 역사서의 기술에도 많이 사용해 왔다는 사실에 주목했다. 사마천(司馬遷)이 지은 『사기(史記)』의 상당 부분은 인물의 전기로 채워져 있고, 김부식의 『삼국사기』도 전기를 풍부하게 싣고 있다. 일연의 『삼국유사』는 불교 설화를 비롯한 여러 가지 서사가 풍부하게 실려 있다.

한국사를 총체적으로 살펴보려면 정치사뿐만 아니라 경제사·사회사·문학사·음악사·미술사·철학사·종교사상사·교육사·과학기술사·상업사·농업사·환경사·민중 운동사·여성사 등 한국문화사를 들여다봐야 한다. 마침 한국문화사를 소설가들이 소설로 접근하면 어떻겠느냐는 논의를 진행해온 (주)서연비람이 (사)한국작가회의 소설분과 위원회 소속 소설가들에게 집필을 의뢰하여 '소설로 읽는 한국문화사' 시리즈의 첫 번째 기획물인 『소설로 읽는 한국 여성사 I : 고대·중세편』과 『소설로 읽는 한국 여성사II : 근세·현대편』을 계약하게 되었다.

한국작가회의 소설분과 위원회 회원들이 열심히 작품을 쓴 결과 총 17편의 중단편 소설이 모이게 되었다. 이 작품들 가운데 2편의 중편소설과 7편의 단편소설을 편집하여, 『소설로 읽는 한국 여성사 I : 고대·중세편』에 이어서 『소설로 읽는 한국 여성사II : 근세·현대편』을 출간하게 되었다. 『소설로 읽는 한국 여성사II : 근세·현대편』에는 류서재 소설가와 은미희 소설가가 집필한 중편소설 2편과 조동길·박숙희·김세인·정수남·김현주·김찬기·안학수 소설가가 집필한 7편의 단편소설이 실려 있다. (사) 한국작가회의 소설분과 위원회 소속 9명의 소설가들이 한국사 속에서 치열한 삶을 살아갔던 신사임당·황진이·허난설헌·논개·김만덕·차미리사·강주룡·유관순·최   용신을 언어라는 존재의 집으로 초대해 그들의 삶과 사상을 탄탄한 문장으로 형상화했다.

'한국여성사Ⅱ:근세·현대편'의 기획과 작가 섭외 등 전반적인 일에 유시연 간사와 류서재 간사의 노고가 컸다. 또한 난고를 수습해 아름다운 책으로 만들어준 (주)서연비람 윤진성 대표와 이상기 편집장을 비롯한 편집진의 노고도 컸다.

끝으로 내외 환경이 어려운 이때 모든 힘을 다 기울여 창작 활동을 하는 (사)한국작가회의 회원 여러분들과 『소설로 읽는 한국 여성사Ⅱ:근세·현대편』을 출간하는 기쁨을 함께 하고자 한다.

2022년 9월 8일
(사) 한국작가회의 소설분과위원회 위원장
김종성

1. 조동길 | 신사임당 − 바위를 뚫는 물

"할머니, 한 가지 궁금한 게 있어."

"넌 뭬 그리 궁금한 게 많으냐? 네 눈엔 다른 건 안 보이고 온통 궁금한 것들만 보이냐?"

"혼자 아무리 생각해 봐도 알 수가 없으니까 그렇지."

"하긴 네 나이쯤엔 별게 다 궁금할 때이긴 하지."

"다른 사람한텐 아무거나 물어볼 수가 없잖아?"

"그래, 오늘은 또 뭐가 궁금한 게야?"

"할머니, 웃지 말고 들어 봐, 내가 소학, 대학, 예기, 중용, 논어, 맹자 다 찾아봐도 알 수가 없어서 그래."

"글쎄, 그게 뭐냐니까."

"으음, 여자들은 왜 과거를 볼 수 없는 거야?"

"글쎄, 그야, 옛날부터 정해진 법도가 있어서 오래 그렇게 이어져 내려온 것 아니겠냐?"

"그걸 누가 정했는데?"

"누가 했다기보다 남자는 남자가 잘하는 일이 있고, 여자는 여자가 잘하는 일이 있는 거니까, 세월 따라 차차 그렇게 정해진 거겠지."

"난 그게 못마땅해. 여자 중에도 남자 못지않게 일을 잘 할 수 있는 사람들이 있다고 생각하거든. 남자 중에는 여자만도 못 한 사람도 있는데 단지 남자라는 이유로 권력과 부귀를 누릴 좋은 자리를 차지하고, 반대로 능력이 출중한 사람인데도 여자라는 까닭으로 그런 기회를 얻지 못하는 건 아주 불공평하다고 생각해."

"네 말도 일리가 있다만 그건 매우 위험한 생각이야."

"알아. 그러니까 다른 사람한텐 이런 얘기 못 하지."

"넌 누구보다 똑똑한 아이니까 알아서 잘하겠지만 그런 말 함부로 하면 안 돼. 본데없는 아이라고 네 애비 에미 욕 먹일 수도 있어.”

“이건 나하고 할머니하고만 나누는 비밀 얘기야.”

“그나저나 네 외증조부님이 살아 계셨더라면 그 궁금증을 시원하게 풀어 주셨을 거 같은데, 미안하지만 나는 아는 게 없어 더 이상 대답해 줄수가 없구나. 너 그 할아버지 생각나니?”

“하얀 수염 난 얼굴이 꿈속처럼 아련하게 떠오를 뿐이지.”

“그렇겠지. 네가 네 살 때 돌아가셨으니까.“

“그런데 그 할아버진 이런 걸 물어봐도 화 안 내셨어?”

“참판까지 지내신 어른으로 겉으론 매우 엄격하신 분이셨지.”

“그런데 왜 내 궁금증을 풀어 줄 거로 생각해?”

“들어 봐. 아버님은 둘째 딸인 내가 몸이 약해 늦게 혼인해서 어렵게 살 때 당신 집 가까이에 우리가 살 수 있도록 자상하게 주선해 주셨어. 그래서 우리 내외는, 벼슬에서 물러나 한가히 사시는 부모님을 모시고 살았지. 네 외할아버지가 일할 줄 모르는 선비이기는 했지만, 처가의 그늘로 먹고 살아가는 덴 별문제가 없었던 셈이지.”

“그 얘긴 어머니한테 들어서 나도 잘 알고 있어. 그렇게 엄격했던 할아버지인데 왜 보통 애들이라면 말도 못 꺼낼 맹랑한 질문에 답을 해주실 거로 생각하느냐니까?”

“그럴 이유가 있지. 우리 내외에게 다른 어려움은 없었는데 한 가지 문제가 있다면 아이가 생기지 않는다는 거였어, 별별 수단을 다 써 보아도 소용이 없었어. 거의 포기하고 있을 때 무슨 신령의 조화 속인지 쉰 가까이 되어 신기하게도 아이가 생겼어. 그렇게 해서 낳은 애가 바로 무남독녀인 네 어머니야. 아버님은 뒤늦게 얻은 그 외손녀를 끔찍이도 아끼셨지.”

“그러실 만도 했겠네, 워낙 희한한 일이 일어났으니까.”

“체통 없다며 남들이 놀리거나 말거나 그 손녀를 안고 다니시며 만나는 사람마다 하늘이 준 선물이라고 자랑하시곤 했지. 그 손녀가 어느 정도

말귀를 알아듣게 자라자 글을 가르치기 시작했어. 글뿐 아니라 손녀가 원하는 것이면 무엇이나 들어 주려 하셨어, 손녀가 말도 안 되는 엉뚱한 질문을 해도 역정을 내거나 혼내지 않고 차근차근 설명해 주셨지."

"아, 그래서 그 할아버지 얘길 꺼내신 거구나?"

"덕망이 높아 주변 사람들로부터 늘 존경을 받으셨을 뿐 아니라, 풍부한 학식과 넓은 견문으로 세상 그 어떤 어려운 일도 그분에게 물으면 금세 답이 나왔지. 그런 터에 금지옥엽의 손녀가 무얼 물어본다고 생각해 봐. 설혹 그게 이치에 닿지 않는 허무맹랑한 질문이라도 화를 내시기는커녕 아이가 알아듣기 쉽도록 조곤조곤 풀어서 대답해 주실 게 뻔하지."

"당연히 그러실 수 있었겠네. 그러니까 그 할아버지는 단순한 혈육이 아니라 어머니의 어버이이면서 스승님이시기도 했네?"

"그렇지, 낳기는 내가 낳았지만 실제로 키우고 가르친 것은 그 할아버지라고 할 수 있어, 그러니까 네 어머니가 갖춘 덕행과 학식은 순전히 그 할아버지께서 다지고 만들어주신 거라고 할 수 있지."

"할머니, 근데 너무 오래 얘기해서 힘들지 않아?"

"괜찮아. 옛날얘기 하니까 재미도 있고 힘도 안 드는데?"

그들이 이렇게 할머니와 손녀 사이를 넘어 마치 친구처럼 격의 없이 터놓고 얘기를 나눌 수 있게 된 것은 어려서부터 쭉 한방에서 살아온 내력 때문이라고 할 수 있다.

이곳 강릉 북평 마을은 이 지역 명문가 강릉 최씨의 본거지였다. 대를 이어 높은 벼슬에 오른 최씨 문중은 이 지역에서 큰 세력을 형성하고 있었는데, 이조참판을 지낸 치운의 아들 응현은 그 중심인물이었다. 강원, 충청 관찰사와 공조, 형조참판 등을 지낸 그는 벼슬에서뿐 아니라 자녀 복도 더할 수 없이 누리어 모두 5남 6녀를 두었다. 그들 모두 명문가와 혼인하여 복록을 누렸는데, 다만 둘째 딸이 어려서부터 잔병치레가 잦아 혼기를 맞추지 못한 게 좀 아쉬운 일이었다.

여러모로 번민한 끝에 썩 마음에 차지는 않았지만, 일부러 한미한 집안의 총각을 찾아 그 짝을 맺어주게 되었다. 애잔한 딸을 멀리 보낼 수 없어 가까이 두고 보살펴 줄 수 있는 조건을 고려한 결과였다. 그렇게 해서 명문가의 후예이긴 했지만, 벼슬길에 나서지 못한 용인 이씨 집안의 사온이 그의 사위가 되었다. 가장이 벼슬을 하지 못하면 생업을 위한 능력과 수단이라도 있어야 집안이 유지될 수 있는데, 사온은 이도 저도 아닌 어정쩡한 인물이었다. 결국 처가에서 그들 내외를 위해 작은 터전을 마련해 주었다. 이런 연유로 출가한 몸이기는 하지만 최씨 부인은 자신이 낳고 자란 친정을 떠나지 않고, 외동딸 하나를 의지 삼아 살아갈 수 있게 되었다.

그 외동딸이 자라 어느덧 혼기가 찼다. 외할아버지와 아버지의 자애로운 가르침을 받으며 귀하게 자라 학식과 부덕을 고루 갖춘 처자라는 소문이 널리 퍼져 이곳저곳에서 혼삿말이 오갔다. 다 자란 딸을 시집보내는 거야 너무도 당연한 일이지만, 금이야 옥이야 기른 하나밖에 없는 딸을 멀리 남의 집으로 보낸다는 건 선선히 받아들이기 어려운 일이었다. 그래서 되도록 시집을 가서도 전적으로 집안일에 얽매이지 않아도 되고, 또 친정에도 가끔 눈길을 줄 여유가 있는 혼처를 찾았다. 그렇게 해서 찾은 이가 한성의 평산 신씨 집안 명화였다. 그는 영월군수를 지낸 숙근의 아들 4형제 중 셋째로 당시 학문에 정진하고 있는 선비였다.

혼인 후 부군의 거처가 있는 한성으로 올라간 이씨 부인은 시아버지와 시어머니 홍 씨 부인을 정성으로 봉양했는데, 안타깝게도 강릉에 계신 친정어머니 최씨가 병환 중이라는 소식이 왔다. 자신 말고는 돌봐 드릴 다른 자식도 없는 터라 가슴이 무너져 내리는 일이었다. 고심 끝에 시어머니에게 그 사실을 고하여 승낙을 받고, 또 남편에게 사정을 설명하여 친정으로 내려갈 수 있게 되었다. 친정에 내려온 이씨 부인은 밤낮을 잊고 지극 정성으로 친정어머니 병환을 구료하였다.

후일의 기록에 의하면 이때 이씨 부인은 부군인 신공에게 이렇게 말했다고 한다. '한 번 출가한 몸이 어찌 명령을 어길 수 있으리까마는 이제 친정 부모가 모두 이미 늙으셨고 그 위에 집안에 돌보아 드릴 아무도 없으니 무남독녀인 저마저 떠나고 나면 부모님께서 하루아침에 누구에게 의탁할 수 있겠습니까. 더구나 어머님께서는 오랜 병환에 계시므로 끊임없이 약을 달이는데 어찌 차마 이대로 두고 떠난다 하오리까. 이제 한 마디 의논하고 싶은 말씀은 우리 부득이 나뉘어 있어 서로 각각 어버이를 모시는 것이 어떻겠느냐는 것입니다.' 이 말은 당초 병환 중인 친정어머니를 홀로 두고 떠나기 어렵다는 일종의 타협책으로 제시한 것인데, 결과적으로는 안타깝게도 이들 부부가 거의 평생이라 할 수 있는 16년 동안이나 떨어져 사는 시작점이 되고 말았다.

그러나 그 성정이 온후하고 순박한 신공이나 말씀은 느릿해도 행동에는 민첩하고 매사에 신중하면서도 착한 일에는 과단성이 있었던 이씨 부인은 불가피하게 서로 떨어져 살면서도 부부의 도리에는 한 치의 빈틈도 없었다. 신공은 한성에 거주하면서 강릉까지 먼 길을 마다하지 않고 자주 오가며 장인과 장모를 친가 어버이 모시듯 섬겼다. 그리고 비록 떨어져 살기는 해도 남편과 아버지 역할에 조금도 소홀하지 않았다. 그리하여 그들 사이에는 별거하는 사이임에도 딸을 다섯이나 두게 되었으니 부부의 정이 그만큼 도타웠음이 증명된다고 할 것이다. 물론 아들을 하나도 얻지 못한 것은 약간 서운한 일이었지만 대신 그 딸 다섯이 모두 두뇌가 영특하고 재주가 뛰어나 크나큰 즐거움을 안겨 주었다.

보통 여러 형제나 자매 중의 둘째는 그 지위의 속성으로 인해 좀 특이한 성격을 갖는 경우가 많다고 한다. 대체로 첫째 아이는 어느 집안이든 그 성별과 관계없이 특별한 대우를 받는다. 하지만 둘째는 그렇지 않다. 특히 터울이 적으면 더욱 그렇다. 나아가 셋째와 그 아래 동생들이 태어나면 둘째에 대한 부모의 무관심은 더 늘어난다. 따라서 둘째는 어른들의 관심을 끌기 위해 아이답지 않은 독특한 언행을 할 수 있으며, 반대로 경쟁심과 책임감이 강해질 수도 있다고 한다. 신공과 이씨 부인의 둘째 딸은 바로 그런 책임감과 경쟁심이 강한 전형적인 특징을 보여주는 인물이라 할 수 있다.

이씨 부인의 둘째 딸은 젖을 떼자마자 외할머니 손에 맡겨졌다. 아버지는 한성에 계시고, 어머니는 아이를 키우면서 작지 않은 규모의 집안 살림을 도맡아 해야 했으니, 그것은 선택의 여지 없는 불가피한 일이기도 했다. 그런 중에도 다행이라 할 수 있는 것은 친정어머니와 한집에 살았기 때문에 딸을 맡겨도 그 눈길에서 벗어나지 않아 수시로 점검하며 가르칠 수 있다는 점이었다.

외할머니는 그런 손녀를 늦게 얻은 외동딸 키우던 경험을 총동원하여 온갖 정성을 다해 돌보았다. 손녀는 할머니와 함께 자고, 먹고, 놀며 밤낮을 보냈다. 그러다 보니 자연스럽게 할머니로부터 말을 배웠고, 할머니의 행동을 보며 세상 살아가는 법을 익히게 되었다. 할머니는 병치레가 잦아 집안에 약 달이는 냄새가 그치는 날이 드물었지만, 그게 도리어 몸을 함부로 하는 사람들보다 매사를 조심하게 되어 쭈그렁밤송이 삼 년 간다는 말처럼 장수할 수 있는 바탕이 되기도 했다. 할머니는 몸이 불편해 누워있을 때를 빼곤 늘 손에서 일거리를 놓지 않았는데, 그건 그 따님인 어머니도 마찬가지였다. 뒷날 그 손녀가 누구도 따라오기 어려운 침선과 자수 솜씨를 갖추고 발휘하게 된 데는 이런 할머니와 어머니의 보이지 않는 가르침이 크게 작용했다고 볼 수 있다. 어찌 됐든 이렇게 외할머니와 손녀가 10년 넘게 같은 방에서 함께 살면서 온갖 희로애락을 같이 했기에 그들은 표면적으로는 조손(祖孫) 관계이면서 어찌 보면 자매나 친구처럼 마음을 터놓고 사는 사이가 될 수 있었다.

과거 준비와 응시로 처가에 발길이 뜸할 수밖에 없었던 신공이 모처럼 강릉으로 내려왔다. 이미 소식이 와서 알고 있었지만, 신공은 이번 과거 시험에 합격하여 진사가 되었다. 사실 나이 마흔이 넘어 과거 시험에 합격한 것은 소년등과란 말에서 보듯 좀 늦은 일이다. 하지만 성현의 말씀에 따라 살기를 작정한 그에게는 과거 합격이나 벼슬을 하는 게 그리 중요한 일이 아니었다. 따라서 그는 과거에 전심전력하지 않다가 이번에 응시하여 합격하게 된 것이다. 늦게 진사가 되긴 했으나 이미 학자로서의 그의 명성은 많이 알려져 조정 중신들 사이에 대과도 치르지 않은 그를 중요한 자리에 천거하겠다는 말이 오갔다. 그러나 그는 그런 호의를 모두 물리쳤다. 벼슬에 뜻이 없기도 했지만, 당시 조정 형편에선 도저히 자기 뜻을 펼 수가 없다고 판단했기 때문이었다. 결과론이기는 하지만 만약 이때 벼슬길에 나섰더라면 정암 조광조와 교분을 나누던 그가 몇 년 뒤 기묘사화에 어찌 목숨을 부지할 수 있었겠는가.

과거 합격이라는 기쁜 소식을 들은 이런저런 사람들이 몰려와 축하하는 바람에 처가이기는 했으나 조촐한 잔치를 벌이지 않을 수 없게 되었다. 며칠 동안 기름진 음식 냄새와 함께 즐거운 웃음소리, 흥겨운 노랫소리가 그치지 않고 이어졌다. 딸들도 웃음이 떠나지 않는 얼굴로 아버지를 위한 모처럼의 잔치에 깜냥껏 술 주전자나 음식 접시 나르는 심부름을 하며 도왔다.

그렇게 소란스러운 몇 날이 지나고 나서 어느 햇살 좋은 아침에 신공과 둘째 딸이 사랑방에 마주 앉았다. 신공은 어려서부터 아비와 떨어져 살아야 하는 딸들을 애틋하게 여겨 처가에 내려올 때마다 마음에 쌓아 놓았던 정을 그들 모두에게 똑같이 나눠 주려 애를 썼다. 그러나 그건 마음만 그럴 뿐 실제로는 유독 둘째에게 마음이 쏠리는 걸 어쩔 수 없었다. 한성에 있을 때도 늘 눈에 삼삼하게 밟히는 건 둘째였다.

둘째는 어려서부터 생각하는 게 영민하고 손재주가 뛰어난 아이였다. 경서를 가르치면 별로 어렵지 않게 그 내용을 이해했고, 배운 걸 바탕으로 가르치지 않은 부분까지 진도를 나가는 경우도 있었다. 눈썰미가 좋아 동네 처녀들이 놓는 자수를 한번 보고는 금세 따라 하기도 했으며, 다른 사람의 그림이나 글씨를 보고 흉내로 쓴 글씨나 그림이 원본보다 더 낫다는 감탄을 자아낼 정도였다. 그래서 일곱 살 때는 그림을 본격적으로 그릴 수 있도록 화구(畵具)를 구입해 주고, 또 모본(模本)으로 삼도록 세종 때 산수화의 대가인 안견의 그림을 구해 주기도 했었다.

"그래, 그동안 공부는 얼마큼 했느냐?"

"아버님께서 정해 주신 책은 다 읽었고요, 그중에 의문이 가는 대목은 외할아버지나 어머니, 어른들께 여쭤서 해결했어요. 그래도 풀리지 않는 것들은 따로 적어 놓은 게 있으니, 나중에 살펴보시고 일러 주세요."

"훌륭하구나. 애썼다. 내가 잘 읽어 보고 대답해 주마."

"은애에 감읍할 따름입니다. 아버님은 제 큰 스승님이세요."

"별소릴 다 하는구나. 그림과 글씨는 어떠냐?"

"열심히 한다고는 했습니다만, 아직 재주가 부족해서 매우 부끄럽습니다."

"그림이나 글씨는 아무리 재주가 뛰어나다고 해도 부단한 연습이 없으면 늘지 않는 법이다. 그저 쉼 없이 쓰고 그리는 게 중요하니라."

"잘 알고 있어요. 혹 주위 사람들이 제 글씨나 그림을 과하게 칭찬해도 그 말에 떨어지지 않으려고 노력하고 있어요."

"암, 그래야지. 무슨 일이든 한번 만족해서 그치고 나면 더 이상 발전이 없는 게야, 거기서 끝이지."

"아버님 말씀, 명심하고 또 명심하겠습니다."

"내가 이번에 과거 합격했다고 여러 지인이 좋은 종이와 붓을 선물로 들고 왔더구나. 그것을 넉넉하게 가지고 왔으니 이제 재료 아끼지 말고 네 마음껏 그려 보거라, 아, 그리고 연경 가는 사신 편에 부탁해서 시중에서 구하기 힘들다는 물감들도 가져왔다. 앞으로 네가 하고 싶은 것, 필요한 것이 있으면 무엇이든 말해라, 이 애비가 다 들어주마."

딸을 바라보는 신공의 눈길에 자애로움이 가득 묻어났다. 영민한 제자를 얻어 가르치는 게 군자의 낙이라는 말도 있지만, 남의 자식을 가르치는 것도 그럴진대 하물며 자신이 낳은 자식은 더 말해 무엇 하겠는가. 신공에게 둘째 딸은 단순한 자식이 아니라 가장 아끼는 제자이기도 했다. 그 깊이를 알 수 없는 놀라운 재주와 특출한 능력은 종종 그를 경탄 속에 빠뜨리기도 했다.

"네게 꼭 하고 싶은 말이 있다. 그러지 않으리라 믿고 있지만, 혹여나 네 재주를 믿고 자만심에 빠지지 않도록 경계해야 한다. 세상엔 너보다 더 뛰어난 사람도 많다는 걸 잊지 말아라."

"예, 잘 알고 있어요. 아버님 말씀 가슴에 깊이 새기겠습니다."

"그리고 한 가지 더 일러둘 게 있다. 네가 아무리 경학과 시, 그림, 글씨에 능하다 해도 여자로서 갖추어야 할 덕행을 소홀히 하면 안 된다. 네 외할머니와 어머니를 보면서 자랐으니 그게 무엇인지는 말 안 해도 잘 알 것이다."

"외할머니께서 입에 달고 사시다시피 한 삼강행실을 비롯한 오륜행실도, 가례 등은 물론 부덕(婦德)을 담은 옛 문헌들을 틈틈이 읽고 있어요. 그리고 어머니의 말씀과 행동을 보면서 어진 아내와 현명한 어머니는 어떠해야 하는가를 날마다 배우고 또 익히고 있어요."

"암, 그래야지. 난 아들과 딸, 남자와 여자를 차별하여 층하를 두는 걸 반대하는 사람이지만, 세상엔 나 같은 생각을 하는 사람이 그리 많지 않아. 세상을 거슬러 사는 법은 없으니 너도 그런 점을 잘 유념해 두도록 하여라."

"예, 아버님 말씀 잘 간직하겠습니다."

겉으로 대답은 그렇게 고분고분하게 하면서도 속마음 깊은 곳에서는 약간의 반발심이 떠오르기도 했다. 왜 똑같은 사람인데 여자라는 이유만으로 남자보다 불이익을 받아야 하는가. 왜 여자는 뛰어난 재주가 있는데도 그것을 제대로 발휘할 기회를 얻지 못하는가. 남자들이 만들었을 법도라는 것이 과연 불변의 절대적인 기준이 될 수 있는 건가. 하지만 할머니에게 털어놓았던 이런 불만들을 아버지 앞에 그대로 꺼내놓을 수는 없었다. 아무리 자신을 믿고 은애하는 아버지라 해도 그것은 선을 넘어서는 일이라고 생각되었기 때문이다.

"아버지, 한 가지 상의드리고 싶은 게 있어요."

"뭔데? 말해 보거라."

"어린 게 건방지다고 나무라지 마시고 들어주세요. 제 글씨나 그림에 서명하고 싶은데, 저도 호가 하나 있으면 좋겠어요."

"그게 뭐 어려운 일이겠느냐? 하나 지어서 쓰면 되지."

"호는 대개 스승이나 어른들이 지어주시는 거 아닌가요?"

"그렇지, 허나 친구들이 지어 주는 경우도 있고, 혹은 자기 스스로 짓기도 하는데, 그걸 자호라 하지."

"어린 나이에 그런 걸 써도 되나요?"

"호는 대개 이름이나 자를 부르는 대신 사용하기 위해 짓는 경우가 많지. 그래서 어린 나이에는 잘 안 쓰지만 그렇다고 쓰지 말란 법도 없어. 필요하면 지어서 쓰면 되는 거지."

"아버님께서 하나 지어주시면 안 될까요?"

"안 될 거야 없겠지만, 애비가 자식 호 지어주었다는 말은 별로 들어본 적이 없는 것 같구나. 혹시 네가 생각하고 있는 게 있으면 말해 보거라. 같이 생각해 보자꾸나."

딸은 한참이나 망설였다. 아버지가 말해 보라고 하자마자 냉큼 대답하는 것은 아버지께 호를 지어 달란 말이 가식이었다는 인상을 줄 수도 있었다. 그래서 좀 뜸을 들이다가 나지막한 목소리로 입을 열었다.

"… 웃지 마시고 들어주세요. 제가 책을 읽다 보니까 주나라 무왕의 아버지인 문왕의 어머니가 태임이라는 분인데, 그분이 아드님을 잘 키워 후

일 주나라를 세울 기틀을 마련하게 했다고 되어 있더라고요, 그래서 만약 저도 혼인해서 자식을 두게 되면 그분처럼 아이를 잘 키워내야겠다고 생각했어요. 그런 뜻에서 그분을 본보기로 삼는다는 뜻으로 제 호를 지으면 어떨까 혼자 생각했어요."

"그거 나쁘지 않은 생각이구나. 그럼 어떤 글자를 쓰려고?"

"스승 삼을 사(師) 자와 태임의 임(任) 자를 생각했어요."

"사임이라, 흔히 호에 쓰는 글자는 아니지만, 소리도 괜찮고 그 뜻도 좋구나. 옛사람들 가운데도 자신의 결의를 보이기 위해 일부러 괴이한 글자를 골라 호를 짓는 경우가 있었으니 그게 그리 망발될 일도 아니지. 그렇게 하렴."

딸은 아버지 말씀을 들으며 겉으로 기쁜 얼굴을 했지만 내심으론 매우 죄만스럽다는 생각을 하고 있었다. 솔직히 말하면 그 호는 본심을 감추기 위한 방패막이 수단으로 선택한 것이었기 때문이다.

요즘 들어 부쩍 이런 생각을 많이 하게 되었다. 양존음비, 삼종지도, 여필종부, 이런 말들은 왜 생겼는가. 그리고 그것은 어째서 반드시 지켜야 하는 법도로 자리 잡았는가. 만약 그게 잘못된 거라면 고치고 바로잡아야 하지 않겠는가. 그런데도 세상은 조용했다. 모두 숨을 죽이고 엎드려 있었다. 그것을 고치고 싶었다. 바꾸고 싶었다. 그러나 세상을 바꾼다는 것은 강물을 거꾸로 흐르게 하는 것만큼이나 어려운 일이었다.

나아가 마음속에 그런 열망을 품는 것조차 무섭고 위험한 일이었다. 추호라도 그런 게 겉으로 드러나면 당장 매도와 질타가 이어질 게고, 본인뿐 아니라 부모·형제에게까지 그 화가 미칠 게 자명했다. 감추어야 했다. 매가 발톱을 숨기듯 그 열망을 숨기고 스스로 능력과 힘을 길러야 했다. 그러자면 자신을 지킬 보호 장치가 필요했다. 많은 궁리 끝에 생각해 낸 게 사임이라는 호였다. 현모양처가 되겠다는 공개적 의지 표명은 가슴 속의 그 열망을 지켜줄 가장 강한 무기가 되고도 남을 테니까 말이다.

사임의 나이가 어느새 열여덟이 되었다. 외할머니 체질을 물려받아 그런지 간혹 병치레하긴 했으나 나이는 못 속여 얼굴이 한창 피어나는 꽃처럼 아름다워졌다. 하지만 사임을 더 아름답게 하는 것은 그 외모가 아니라 깊이를 알 수 없는 내면이었다. 경서를 막힘없이 꿰뚫는 학식, 적확한 상황과 글자를 활용해 지은 절묘한 시, 이미 일가를 이루었다고 평가받는 글씨와 그림, 귀신의 솜씨라고 감탄을 자아내는 자수와 침선, 그리고 아무리 감추려 해도 드러나 보이는 여성으로서의 덕행 등이 널리 소문나서 그를 한 번이라도 보고자 하는 사람들의 발길이 끊이지 않았다. 그중에는 당연히 명문대가 댁의 혼담을 들고 오는 사람도 있었다. 물론 그의 글씨나 그림을 한 점이라도 얻을까 해서 드나드는 사람들도 적지 않았다. 한성에 계신 아버지를 매일 뵙고 가르침을 받을 수 없는 것은 아쉬운 일이었지만, 많은 식솔을 거느리고 큰살림을 꾸려 가는 어머니를 돕고 배우면서 사임은 점차 몸과 마음 모두 나날이 성숙해 가고 있었다.

평온하던 사임의 삶에 큰 파도가 덮치는 일이 일어났다. 친구나 자매처럼 스스럼없이 지내던 외할머니께서 별세하신 것이다. 원체 병약한 체질로 태어나셨지만 골골하시면서도 여든을 훌쩍 넘겨 사셨으니 장수를 하신 셈인데, 아무리 그렇다고 사임에겐 자신의 한쪽이 무너져 내리는 것 같은 타격이 아닐 수 없었다. 손녀가 그럴진대 외동딸인 어머니의 슬픔이야 그 누가 가늠이나 할 수 있겠는가. 그러나 아무리 경황이 없다고 해도 장례는 치러야 했다. 다른 형제가 없으니 그 모든 절차를 어머니 혼자 주관하지 않으면 안 되었다. 아버지라도 곁에 계셨으면 어머니의 짐을 나눌 수 있으련만 안타깝게도 그런 기회는 주어지지 않았다.

그런데 설상가상이랄까, 더 참혹한 일이 일어났다. 마치 화불단행이라는 말을 증명이라도 하듯 아버지의 급작스러운 비보(悲報)가 전해진 것이다. 한성에 계시던 아버지께서 강릉으로 내려오시던 길에 도중의 숙소에서 장모님의 부음을 전하러 가는 사람을 만났는데, 그 소식을 듣고 그만 큰 충격을 받아 쓰러지셨다는 것이다. 외동딸 아내의 친정어머니이기에 친모와 다름없이 극진히 모셨던 분인데, 그 부음에 어찌 마음의 격동을 느끼지 않을 수 있었겠는가.

모시던 사람들이 응급조치와 더불어 별별 방법을 다 써 보아도 차도가 보이지 않았다. 결국 상중인 어머니가 딸들과 친정 쪽 사람들을 데리고 그곳으로 달려가서 거의 절망 상태인 남편을 떠메어 강릉으로 옮겼다. 친정 쪽 재실로 옮긴 남편을 용하다는 의원을 번갈아들여 치료했으나 병세는 점점 더 악화되기만 했다. 얼굴색이 검게 변하고 피를 토하기까지 했다. 사임은 그런 아버지 곁에서 밤낮을 잊고 자리를 지켰다. 아버지는 단순한 혈육이 아니었다. 아버지는 자기 삶을 지탱해 주는 정신적 지주요, 든든한 예술적 동지이자 후원자였다. 어찌 그런 아버지를 병석에 두고 맘 편히 눈을 붙일 수 있겠는가.

사람으로서 할 수 있는 일을 다 해 보았지만 회생할 기미는 전혀 보이지 않았다. 이제 모든 걸 하늘에 맡길 수밖에 없는 형편이 되어 버렸다. 아내인 이씨 부인은 최후로 신명께 기도를 드려 보기로 했다. 정성을 다해 7일 7야를 한시도 쉬지 않고 기도했다. 그래도 별 효험이 없었다.

부인은 마지막이라는 심정으로 목욕재계하고 친정 선산이 있는 산에 올라가 제단을 모으고 간절히 기도를 드렸다. 특히 미리 준비한 장도(掌刀)로 왼손 장지 두 마디를 끊어 신명께 바치며 이렇게 기도했다. '저의 정성이 지극하지 못해서 이렇게까지 되었사옵니다. 몸뚱이나 머리카락까지라도 모두 다 부모에게서 받은 것이라 감히 훼상하지 못한다고 하옵지마는 내 하늘은 남편인데 하늘로 삼은 이가 무너진다면 어찌 홀로 산다고 하오리까. 원컨대 제 몸으로써 남편의 목숨을 대신하고 싶사오니 하느님, 하느님이시여! 저의 이 정성을 굽어살피옵소서.'

이 기도가 효험이 있었던지, 사임이 아버지 곁에 지켜 앉아 몇 날이나 밤을 샌 탓에 자기도 모르게 깜박하는 사이, 꿈인 듯 생시인 듯, 한 장면을 목격하게 되었다. 하늘에서 신인(神人)이 스르르 내려와 아버지 입에 대추 알만 한 약을 넣어 드리는 것이었다. 그리고 그다음 날 아버지의 병은 씻은 듯이 나아서 자리를 털고 일어났다. 사람들은 모두 이씨 부인의 정성이 하늘에 닿아 남편을 살렸다고 칭송이 자자했다. 6년 뒤 나라에서는 정려를 내려 이를 세상의 사표(師表)로 삼게 했고, 그 뒤 부인의 외손자인 율곡 선생은 이 이야기를 '이씨감천기'라는 글로 써서 후세에 전하게 되었다.

일 년이 지났다. 신공은 둘째 딸인 사임의 혼처 때문에 머리가 아팠다. 나이가 이미 열아홉이나 되어 세상 기준으로는 좀 늦은 것 아니냐는 말들이 나오기도 했다. 그러나 사임이 갖춘 출중한 외모와 탁월한 재주는 그런 말들을 무색하게 했다. 실제로 당대 명문거족의 집안에서 끊임없이 혼담을 보내왔다. 그런데도 선뜻 혼처를 정하지 못하는 데는 까닭이 있었다. 명문대가로 시집을 보내면 명분과 명예를 얻을 수는 있겠지만, 그 대신 시를 짓고, 글씨를 쓰고, 그림을 그리는 시간을 갖기는 어려울 게 분명했다. 어떻게 하든 딸의 그런 재능을 살려 주고 싶었다. 그런 기회를 갖게 하고 싶었다. 그러자면 아무래도 대가족과 큰 집안 살림을 해야 하는 집은 피해야 했다. 그래서 딸을 시집보낼 집을 쉽게 찾지 못하고 있는 것이었다.

지인들을 통해 여기저기 알아본 끝에 마침내 적당한 사람을 찾아냈다. 파주 지역에 세거하고 있는 덕수 이씨 집안의 스물두 살 된 원수라는 총각이었다. 덕수 이씨 집안은 대대로 이어오는 명문가였으나, 그의 부친은 애석하게도 아들 하나를 두고 24세의 나이로 일찍 세상을 떠났다. 여섯 살의 어린 나이에 아버지를 잃은 그는 빈곤한 가세 때문에 뜻은 있어도 공부할 형편이 못 되었다. 홀어머니는 애면글면 그런 아들 하나를 힘겹게 길러냈고, 그는 점점 자라면서 그 어머니를 정성스레 봉양하고 있었다. 비록 글공부하지 못해 당장 벼슬길에 나서기는 어려웠지만 타고난 성품이 진솔 관후하고 겉으로 꾸미는 걸 싫어하며 물욕이 없어 어디 내놓아도 결코 남의 손가락질 받을 사람은 아니었다. 더구나 직접 만나 몇 마디 말을 나누어 보니 성격이 온순하고 예의도 발라서 마음에 들었다. 그깟 재물과 벼슬이 뭐가 중요한가. 사람 하나 진솔하고 순직(順直)하면 그만 아닌가. 그런 사람이라면 분명 아내를 아랫사람 대하듯 막하지 않을 것이고, 또 아내가 하고 싶어 하는 일을 할 수 있도록 충분히 도와줄 거라는 믿음이 갔다. 그래도 좀 미덥지 않아 이런 말로 다짐받기도 했다. '내가 여러 딸을 두었지마는 네 처만은 내 곁에서 떠나게 할 수가 없다.'

이씨 부인은 다섯 딸 중 가장 재주가 뛰어나 어금니처럼 아끼던 사임의 혼처가 혈혈단신으로 홀어머니를 모시고 사는 총각으로 정해지자 서운한 마음을 금할 수 없었다. 그런 내색을 눈치챈 신공이 부인을 달랬다.

"둘째가 좋은 집안으로 출가하는 것은 나도 바라는 바요. 그러나 그런 집은 식구가 많아 층층시하에 시달려야 하고, 살림 또한 복잡해서 지금까지 해 오던 공부를 다 접어야 할 것이오, 나는 그 애가 가진 뛰어난 재주를 사장하는 게 싫소, 어떻게 해서든 제 재주를 마음껏 발휘하게 해주고 싶소. 내가 만나 보니 사위가 될 아이는 당연히 그렇게 해줄 사람이라는 믿음이 갔소, 좀 섭섭하더라도 우리 딸의 장래를 위해 받아주시면 좋겠소"

그렇게 해서 사임은 열아홉의 나이로 출가하였는데, 아들처럼 키워온 부모님 곁을 금방 떠날 수 없어 당분간 친정에 그대로 머물러 있었다. 그런데 불행하게도 몇 달 뒤 아버지께서 마흔일곱의 나이로 갑자기 세상을 떠나고 말았다. 비록 두 분이 오래 떨어져 사시기는 했어도, 외할머니에 이어 아버지까지 돌아가신 후 홀로 계신 어머니를 두고 바로 떠날 수 없어 사임은 그대로 친정에 머물러 있으면서 아버지 3년 상을 모셨다. 3년이 지난 후 한성으로 올라와 뒤늦게 홀시어머니인 홍 씨 부인에게 비로소 신혼례를 드렸다. 그리고 그 해에 장남 선을 낳았다.

그 이후 사임은 시어머니가 계신 한성, 친정어머니가 계신 강릉, 남편의 세거지인 파주의 율곡리를 오가며 고단한 삶을 살았다. 한성과 강릉을 오가는 길이 멀어 그 중간인 봉평에 거처를 마련하여 머물기도 했다. 그런 가운데도 다정다감한 성품으로 집안사람들을 세심하게 돌보았고, 아랫사람들에게도 잘못은 엄하게 질책했지만 너그럽게 포용하여 존경받았다. 또한 남편과의 금슬도 좋아 스물여섯에 장녀 매창을 낳았고, 스물일곱에 차남 번을, 서른셋에 3남 이를, 서른아홉에 4남 우를 낳았다. 그 사이에 차녀와 3녀 두 딸을 더 두어 모두 4남 3녀를 낳아 길렀으니, 자식 복을 크게 타고난 분이라고 할 수 있다. 더욱이 그 자식들을 하나같이 훌륭하게 키워내서 그 아름다운 이름을 오래 전하게 했으니 그 어머니의 역할 또한 만대의 귀감이라 하지 않을 수 없다. 7남매가 모두 뛰어났지만, 특히 그중에서도 3남 이는 만세의 스승으로 추앙받는 대학자 율곡 선생이고, 장녀 매창은 작은 사임당으로 불릴 정도로 어머니의 예술적 재능을 물려받아 탁월한 그림과 글씨를 남긴 것은 물론 학식과 지혜가 뛰어나 '부녀자 중 군자'로 불렸으며, 4남 우는 거문고와 글씨와 그림과 시에 모두 능해 그를 따라올 자가 없다고 하여 4절로 불리었다. 이 모두 본인의 노력만으로 이루어진 게 아니라 어머니 사임당에게 물려받은 재능과 엄격한 가르침이 그 바탕이 되었을 터이니, 어찌 자상한 어머니이자 엄격한 스승의 표본이라 하지 않을 수 있으랴.

세월이 흘러 사임당의 나이 마흔여덟이 되었다. 그동안 북평, 율곡리, 봉평을 전전하며 살던 사임당은 십 년 전 서른여덟에 한성에 정착했다. 시어머니 홍 씨가 연로하여 수진방의 집안 살림을 물려받은 게 그 계기가 되었다.

집안 살림을 주관한다는 것은 그리 간단한 일이 아니었다. 연중 끊이지 않는 대소사를 빠지지 않고 챙겨야 하는 것은 물론 식솔들의 먹고 입는 것 모두 그 손을 거치지 않으면 안 되었다. 그뿐 아니었다. 제대로 공부하지 못한 남편을 대신해서 아이들의 교육까지 모두 책임져야 했다. 게다가 그림과 글씨 재주를 타고난 큰딸과 막내의 공부는 다른 사람에게 맡길 수가 없어 직접 가르쳐야 했다. 이렇게 빡빡한 집안 살림과 아이들 교육에 힘을 쏟다 보니 정작 자신을 위한 틈을 내기는 어려웠다. 그 좋아하는 그림을 그리거나 글씨 쓰는 일도 손에 잡을 수 없었다. 그나마 다행인 것은 그 누구도 사임당에게 무얼 시키거나 간섭하지 않는 점이었다. 모든 일은 본인이 판단해서 처리하면 되었고, 일의 순서도 본인이 정해서 하면 그만이었다.

그렇게 분망하게 살면서도 사임당의 마음은 늘 북평에 홀로 계신 친정어머니에게 가 있었다. 어머니를 생각하면 자신도 모르게 눈물이 흘러내렸다. 밤에도 문득 어머니를 떠올리면 잠이 오지 않아 새벽까지 눈물로 지새우는 날이 많았다. 그럴 때면 친정을 떠나오며 대관령에서 읊은 시나 어머니를 그리워하면 지은 시를 꺼내 보면서 울적한 마음을 달랬다. 천성적으로 타고난 이런 다정다감한 성품이 절세의 예술 작품을 창작하는 동력으로 작용했을 것임은 어렵지 않게 짐작할 수 있는 일이다.

10여 년 동안 살던 수진방 집을 정리하고 삼청동으로 이사를 했다. 새로 이사한 집에 세간을 정리해서 자리를 잡게 하는 데는 꽤 시간이 필요했다. 큰 세간은 남자들이 정리했지만 자질구레한 물건들은 당연히 주부의 손길을 거쳐야 했다. 그 일은 해도 해도 끝이 없었다. 일을 마쳤다고 생각하고 돌아서면 곧 새 일거리가 생겨나곤 했다. 그렇게 몇 날 며칠을 정신없이 보내고 나서 모처럼 한가한 틈을 잠시 얻었다. 사임당은 깔끔하고 정갈하게 정리된 안방으로 남편을 불렀다.

"이사하시느라 애쓰셨어요. 이 차 한 잔 드셔 보셔요."

"큰 집을 구해 이사한 것 모두 당신 덕이지. 나야 뒷전에서 구경이나 하고 조금 거든 것밖에 없으니 애썼다 할 것도 없지요."

"다 우리 내외와 자식들을 위해 하는 일이니 좀 서운한 일이 있더라도 너무 고깝게 생각하지는 마셔요."

"그럴 리가 있나요. 감사해서 하는 소리지."

"오늘은 특별히 부탁드리고 싶은 말이 있어서 뵙자고 했어요."

"무슨 말씀인지 해 보시오."

"외할머니 체질을 물려받아서 그런지 전 어려서부터 몸이 약했어요. 고뿔도 잘 걸리고 자매 중에 유독 저만 잔병치레가 잦기도 했지요."

"그건 나도 이미 잘 알고 있는 사실이지요. 새삼스레 그 얘긴 왜?"

"나는 아마 오래 살지 못할 거예요. 내가 죽고 나면 혹시라도 당신이 다른 여자를 들일까 염려되어 걱정됩니다."

"현숙한 부인께서 설마 투기를 하시는 건가요?"

"이건 투기가 아닙니다. 다 당신과 가족을 위해 드리는 말씀이에요. 우리가 자식을 이미 4남 3녀나 두었으니 자식이 더 많아야 할 필요도 없고, 무엇보다 다른 여자가 들어오면 아직 어린아이들이 적응을 못 할 겁니다."

"여자가 일부종사했다는 말은 많이 들어봤어도 남자가 부인을 잃은 후 정절을 지켰다는 말은 들어보지 못했소. 그게 법도에 맞는 일이라면 어째서 그런 기록이 전하지 않는가요?"

"기록 여부가 중요한 게 아닙니다. 기록이 남아 있다고 해도 그게 언제나 다 옳은 것도 아니고요."

"공자, 증자, 주자 선생께서도 부인을 새로 얻으신 적이 있지 않나요?"

"그건 당신이 잘 못 알고 계신 겁니다. 정확히 말하면 세 분 모두 부득이한 이유로 부인을 내보내거나 사별했지만, 부인을 새로 들이지는 않았습니다."

"알았소, 당신에게 감히 따지려던 내가 잘못이지."

사임당은 간곡하게 남편에게 부탁했지만, 평소 심성으로 보아 남편이 그걸 지킬 사람이 아니란 걸 익히 알고 있었다. 그런데도 굳이 그런 부탁을 한 건 어린 자식들이 자신과 새 여자를 비교하여 생길 불화와 실망에 대한 걱정이 너무 컸기 때문이었다. 부인에게 늘 주눅 들다시피 살아온 남편은 아내의 그런 우려를 헤아리지 못하고 평소의 그답지 않은 말대꾸를 늘어놓았으니, 결국은 서로 생각을 딴 데 두고 대화를 나눈 셈이 되고 말았다.

집 안 정리가 어느 정도 마무리된 며칠 후 이공이 집을 떠났다. 그 해 가문의 음서(蔭敍)로 수운판관의 자리에 오른 이공은 주로 세곡 운반하는 일을 담당했는데, 마침 정부로부터 평안도 지방의 세곡을 운반하라는 명을 받았기 때문이었다. 집에 있던 장남 선과 3남 이가 아버지를 돕기 위해 뱃길에 동행했다. 남편과 아들 둘이 집을 나설 때 사임당은 뭔가 불길한 예감이 선뜻 몸을 훑고 지나갔으나 먼 길 떠나는 사람들을 배려해 전혀 내색하지 않았다. 대신 몸조심하고 잘 다녀오라는 배웅 인사를 평상시보다 더 곡진하게 했다.

며칠 후 사임당은 오랜만에 지필묵을 꺼내 글씨 쓸 준비를 했다. 벼루에 연적의 물을 몇 방울 떨어뜨리고 먹을 갈기 시작했다. 은은한 먹의 향기가 코끝에 맴돌았다. 종이를 펼쳐놓고 붓에 먹물을 묻혔다. 그런데 갑자기 눈앞이 가물가물해졌다. 독한 고뿔에 걸려 열이 많이 올랐을 때 몸이 붕 드는 것과 같은 어지럼증도 동반되었다. 내가 왜 이러지, 정신을 차려야지, 속으로 다지면서 허리를 곧추세우고, 눈을 크게 뜨고, 숨을 깊게 들이마셨다. 한참을 그러고 있자 서서히 진정되었다.

펼쳐놓은 종이 위에 원래 쓰려던 초서를 그만두고, 잔글씨로 남편에게 보내는 편지를 쓰기 시작했다. 이게 마지막 편지일지도 모른다고 생각하니 처연한 마음이 들었다. 그래서일까. 그동안의 고마움과 간곡하게 부탁하는 말을 적어 나가다 보니 저절로 눈물이 배어 나왔다. 손을 들어 훔치기 전에 그 눈물이 종이 위로 툭 떨어졌다. 떨어진 눈물이 글자를 뭉개고 조금씩 번져나갔다. 쓰던 걸 버리고 처음부터 다시 쓸까 하다가 손힘도 떨어지고 또 눈앞이 아른거려 포기했다. 그냥 그 편지를 접어 봉투에 담아 일하는 사람을 불러 남편에게 전하라고 일렀다.

남은 힘을 끌어모아 편지를 쓰고 난 탓인지 졸음이 몰려올 때처럼 몸이 나른해졌다. 앉아 있는 것도 힘이 들었다. 바람에 쓸리는 나무같이 저절로 몸이 한쪽으로 기울었다. 곁에서 시중드는 사람이 얼른 다가와 부축했다. 몸이 서서히 물속으로 가라앉는 것 같았다. 부축받아 자리에 누웠다. 왠지 이번에 자리에 누우면 다시 일어나지 못할 것 같다는 상서롭지 못한 느낌이 휙 지나갔다. 와중에도 시중드는 사람이 호들갑을 떨지 않도록, 잠시 누웠다 일어날 테니 걱정하지 말라 이르고 눈을 감았다.

그러나 한 번 몸져누운 사임당은 그다음 날이 되어도 일어나지 못했다. 미음도 제대로 넘기지 못했고, 새로 지어다 달인 약도 마시지 못했다. 점점 기운이 떨어지고 몸은 축 까라졌다. 사임당은 문득 자신의 최후가 다가왔음을 직감했다. 거부하거나 물러설 수 없는 일이었다. 그래서 흐릿해지는 정신을 가까스로 추스르고 집에 남아 있는 자식들을 불러 모으라 일렀다. 우두망찰하여서 모여 앉은 자식들에게 사임당은 마지막 힘을 다해 몇 마디 말을 남겼다.

"얘들아, 내가 다시 일어나지 못할 거 같구나. 아버지와 오라비들이 집을 비운 사이에 급작스럽게 이런 일이 생겨 너희들에게 매우 미안하다. 나중에 내 말을 아버지에게 잘 전해 드리고, 너희들도 내가 하는 말을 잘 듣고 따라 주었으면 좋겠다. … 나는 딸 다섯 중의 둘째로 태어나 외할아버지와 할머니, 아버지와 어머니의 과분한 은애를 받으며 자랐다. 그분들의 가르침과 도움으로 내가 하고 싶은 일을 마음껏 할 수 있는 특별한 은총도 누렸다. 그리고 네 아버지를 만나 7남매를 낳아 기르며 기쁜 일과 슬픈 일을 함께했다. 말하자면 나는 원도 한도 없이 이 세상을 살아온 사람이다. … 다만 아쉬움이 남는 일도 있다. 나는 철이 들면서부터, 남자

못지않은 능력과 재주를 갖고 태어났으면서도 단지 여자라는 이유만으로 차별받는 세상이 싫었다. 가능하면 그런 것을 고치고, 또 바꾸고 싶었다. 그러나 세상은 너무나 견고하고 막강했다. 도저히 손을 댈 수 없는 거대한 바윗덩어리였다. 하지만 제아무리 거대한 바위라 해도 그게 영원할 수는 없는 법이다. 바위에 떨어지는 물방울 하나는 아무 힘이 없어 보이지만 그게 모이고 쌓이면 언젠가는 바위에 구멍을 낼 수 있다. 나는 그 한 방울의 물이 되고 싶었다…"

힘겹게 말을 마친 사임당은 기름이 다 닳은 등잔불의 심지에 남은 마지막 불꽃이 사그라지듯 조용히 숨을 거두었다. 이 세상 어디서도 보기 힘든 아주 크고 단단한 물방울 하나. 그 물방울이 거대한 바위 위에 스스로 몸을 던져 찬란하게 부서지고 있었다. 5월 17일 새벽이었다.[1]

작품 속의 인물 묘사나 설명에 해당 인물의 행장, 비문, 묘지명 등에서 특별한 부호 없이 인용

2. 박숙희 | 황진이

바람 한 점 없는 밤이었다. 밤하늘에 미동도 없이 떠 있는 초승달이 짙은 밤하늘을 더 짙게 만들었다. 폭발하기 직전의 화산처럼 벌겋게 들끓고 있는 마음에도 불구하고 겉으로는 한없이 차분해 보이는 황진이처럼 주변 모든 것들이 조용히 숨죽인 채 몸을 사리고 있었다. 바람이 시작된 곳은 황진이가 거처하는 별당 후원 숲속이었다. 정지된 듯 고요한 어둠을 살짝 흔들며 불어온 바람 한 줄기가 분노와 혼란으로 굳은 황진이를 건드렸다. 헛웃음이 새어 나왔고 뒤이어 황진이는 칠흑 같은 어둠과 함께 잠든 세상을 깨우고도 남을 정도로 크게 웃어젖혔다. 미쳐버리고 싶지만 미치지 못하는 그녀의 웃음소리는 그러나 섬뜩했다.

열여덟 해 동안 어머니로 알았던 황진사댁 안방마님이 아닌 기녀 진현금이 자기를 낳아준 생모라는 사실보다, 황진이가 존경해마지 않던 아버지 황진사가 실은 호색한이며 위선자였다는 사실이 황진이에게는 더 충격이었다. 이미 고인이 된 자이지만 그래도 황진이는 황진사를 용서할 수 없었다. 집안의 시종들은 물론이고 색주가 기녀들과도 끊임없이 외도를 일삼은 아버지 황진사를 황진이는 도저히 받아들일 수 없었다. 그런 황진사댁 앞에 버젓이 세워져 있는 효자문은 세상을 기만하고 농락한 황진사와 안방마님의 역겨운 상징물이었다. 가문의 명예와 체면을 목숨보다 중하게 여기는 사대부 여인답게 황진사댁 안방마님은 지아비의 추한 만행에 속이 썩어 문드러지면서도 가문의 명예를 지키기 위해 황진사를 세상이 존경할 만한 효자로 포장했다. 황진이가 천출의 신분이 아닌 양반댁 규수로 자랄 수 있었던 것도 안방마님의 그런 허영심 덕분이었다.

남존여비 사상 중심의 조선법 중 유일하게 예외인 종모법(아버지가 양반이라 하더라도 어머니가 천출이면 그 딸은 어머니의 신분을 따르게 된다고 하는 법)

으로 따지자면, 황진이는 생모인 진현금이 기녀 출신이기 때문에 그 어미의 신분에 따라 천출이 될 수밖에 없었다. 그런데 황진사댁 안방마님은 지아비인 황진사가 기녀 진현금과 정을 통해 황진이를 낳았다는 사실을 세상에 알리고 싶지 않았다. 그런 사실이 세상에 알려지면 안방마님이 그토록 지키고자 했던 가문의 체면이 한순간에 바닥으로 곤두박질칠 게 불을 보듯 뻔하다는 사실을 누구보다 잘 알았기에 황진이를 자신이 낳은 딸로 속여 키운 것이다. 하지만 황진이와 결혼하기로 되어 있던 한양 윤승지 댁에서 황진이가 안방마님이 아니라 천출인 진현금이 낳은 딸이라는 사실을 알게 되었고, 그로 인해 파혼을 통보받게 되자 황진사댁 명예는 물론이고 안방마님의 삶도 통째로 흔들리고 있었다. 자신의 진실한 감정보다는 사람들의 평가와 시선에 온전히 생을 바치고 산 안방마님은 이생에서의 자기 삶은 이제 끝났다고 말하면서 황진이에게 모든 사실을 털어놓았다.

열여덟이라는 나이가 적은 나이는 아니지만 그렇다고 어떤 시련에도 바스러지지 않을 만큼 단단한 나이도 아니었다. 그런데도 안방마님은 출생의 비밀을 알게 된 황진이가 받게 될 충격과 상처보다 자신의 절망이 더 크고 아팠다. 있었던 사실과 자신의 감정 등을 횡설수설 쏟아내는 안방마님을 오히려 황진이가 걱정스러워하며 지켜봐 줘야 할 형편이었다. 혼란과 분노가 자신을 덮쳤으나 그 와중에도 황진이는 어린 딸 앞에서 무너지고 있는 안방마님이 오히려 안쓰러웠다. 뿐만 아니었다. 황진이는 안방마님이 털어놓는 자신의 출생에 관한 이야기를 들으면서 울기보다 웃었다. 냉소였다 할지라도 울음이 아닌 웃음으로 자신의 불행과 직면하는 황진이를 안방마님은 도저히 이해할 수 없었다. 추락한 가문의 명예와 더불어 자신도 추락해버려 어린 황진이 앞에서마저 형편없이 무너져내리는 안방마님이, 마지막 자존심만은 지키기 위해 앙다문 입술 사이로 새어 나온 황진이의 냉소를 알아차릴 리 만무했다. 자칫 안방마님의 추한 모습까지 엿보게 될까 염려스러워 서둘러 말을 끊고 방에서 나오면서 황진이는 장

유유서 어쩌고 하는 조선의 유교 사상을 땅바닥에 내동댕이쳤다.

안방마님의 방문을 열고 들어가기 전의 세상과 다시 그 방문을 열고 나선 후의 세상은 완전히 다른 세상이었다. 어리석음이 진실을 가리고 있던 가짜 세상은 달콤했던 데 반해 어리석음이라는 안개가 걷힌 이후의 진짜 세상은 쓰고 아팠다. 하지만 뿌옇던 시야가 갑자기 또렷해졌을 때처럼 뭔가 명료해진 것 같기도 했다. 여름 한가운데에서 황진이는 한기를 느꼈다. 길을 잃은 것 같기도 하고 비로소 길 앞에 선 것 같기도 했다.

청천벽력 같은 출생의 비밀을 알게 된 순간 울기보다 웃음을 흘린 이유를 황진이 자신도 알 수 없었다. 어떤 기미 때문일지도 몰랐다. 황진사댁 외동딸로 남부러울 것 없이 살면서도 언제든 모든 것이 달라질 수도 있다는 것을 황진이는 일찍부터 본능적으로 느끼고 있었다. 온갖 자태와 향기를 뽐내며 정원에 기적처럼 핀 꽃들을 보며 더할 나위 없는 자유와 행복감을 만끽하던 순간에도 눈치채지 못할 정도로 빠르게 감정의 한 귀퉁이를 슥 베고 지나가던 그것. 그것은 어떤 기미처럼 황진이 주변을 늘 맴돌고 있었다. 그 기미는 최근 황진이 꿈속으로 황진이에게 좀 더 가까이 다가오고 있었다. 무언가에 쫓기거나 절박한 감정에 시달리는 꿈을 자주 꾸면서 황진이는 갑작스러운 불행과 맞닥뜨리게 될지도 모를 자신을 조금씩 단련시키고 있었을지도 몰랐다. 그래서 불행 앞에서 울기보다는 웃는 여자. 그런 여자가 바로 황진이였다.

윤승지댁 아들과 결혼하기로 되어 있던 황진이가 출생의 비밀이 드러나는 바람에 파혼당했다는 사실과 함께 황진이에게 모든 것을 털어놓던 안방마님은 여태까지 황진이가 알던 안방마님이 아니었다. 세상에 태어나서 처음으로 자신의 마음속에 있는 진짜 말들을 쏟아내던 안방마님은 황진이 곁에서 황진이를 돌봐주는 황진사댁 아랫사람들과 하나도 다를 바 없는 평범한 인간이었다. 늘 우아했고 법도에 어긋남이 없이 행동하는 안방마님으로서가 아니라 오롯이 인간으로서 다가온 안방마님에게 처음으로 친근감을 느꼈지만 그런 감정을 표현하기엔 갑작스레 닥친 황진이의 불행이 너무 컸다.

황진이는 무엇보다 자신을 용서할 수 없었다. 아니 자신을 받아들일 수가 없었다. 세상에서 가장 존경하던 아버지를 부정하게 된 황진이는 여태까지 자기가 발 딛고 살던 세상이 한순간에 무너져버린 느낌이었다. 위선적인 아비와 그 아비에게 추행당한 기녀의 딸로 태어난 황진이는 아무렇지도 않은 듯 세상에 버젓이 존재하고 있는 자신을 용서할 수 없었을 뿐만 아니라 인정할 수도 없었다. 남부러울 것 없이 살다가 하루아침에 날벼락을 맞은 꼴이었다. 어려서부터 공부하기를 좋아해 여덟 살 때 천자문을 떼고 열 살 때 이미 고전을 읽고 한시도 지으면서 수없이 많은 질문과 생각들을 머릿속에 떠올리곤 했지만, 이런 질문이 화살처럼 뇌리에 와 꽂힌건 처음이었다.

나는 누구인가?

자신을 부정하는 가운데 인두 자국처럼 가슴에 새겨진 이 질문은 이후 황진이 생에서 떨치려고 해야 떨칠 수 없는 질문이 되었다. 그러나 무너지기 직전의 황진이를 붙들어준 것도 바로 이 질문이었다. 늘 너무 가까이 있었으나 미처 눈치채지 못했던 이 질문은 한편으로는 낯익었고 다른 한편으로는 몹시 낯설었다. 손에 잡힐 듯 잡히지 않는 이 의문을 이정표 삼아 어쨌든 황진이는 살아야 했다.

동이 트기 전, 황진이는 아비가 글을 써서 남긴 족자와 함께 자신이 애착하며 읽던 서책들을 모두 태웠다. 동트기 전의 세상은 황진이가 한 번도 경험해본 적이 없는 세계였다. 하늘을 물들이고 있는 청금색은 이 세상 것이 아니었다. 빛을 품은 어둠, 아니 어둠을 품고 있는 빛이 자아내는 미묘한 순간을 묘사할 수 있는 언어는 이 세상에 없었다. 두루뭉술한 덩어리들에 불과한 것 같은데 한편으로는 또렷하게 낱낱이 자신을 드러내면서 당당하게 그 순간에 존재하고 있는 정원의 꽃이나 나무들과는 달리 황진이는 비현실적인 시간과 공간에 어울리지 않게 던져져 있는 이물질 같았다. 별당 마루에 걸터앉아 밤을 꼬박 새우고 새벽을 맞이하던 황진이는 짙푸른 청금빛 세상이 순식간에 변해 푸르스름해지려고 할 때 자리에서 일어섰다. 조금 전까지만 해도 황진이는 자신이 세상에서 지워져 버려도 상관없을 것 같다는 생각이 들 정도로 무기력했다. 그런데 자리에서 일어나는 순간 다시 감정이 격앙되면서 무엇이라도 해야겠다는 생각이 들었다.

독야청청이라고 써놓은 아비의 족자는 황진이가 기거하는 방의 벽에 늘 걸려 있던 것이다. 그 족자를 보면서 황진이는 돌아가신 아비를 그리워하고 존경했었다. 그런데 지금 그 족자는 아비의 위선과 황진이의 어리석음을 동시에 비웃으며 흔들거리고 있었다. 역겨웠다. 황진이는 벽에 걸린 채 건들거리고 있는 족자를 거칠게 잡아챘다. 그리고 자신이 아끼던 서책들도 손에 닥치는 대로 들고나와 정원 한 귀퉁이에서 불태웠다. 족자와 서책들은 불을 붙이자마자 기다렸던 듯 타기 시작했다. 언제나 그렇듯 불은 예고 없이 단번에 활활 타올랐다. 붉기보다는 희고 푸른 불빛 속에 온갖 형상들이 나타났다 사라지기를 반복했다. 일그러진 채 웃는 아비의 얼굴이었다가 한 번도 본 적이 없는 친어미 같기도 한 여인의 모습이 불 속에서 일렁거렸다. 흰빛으로 타오르는 불꽃과 주황빛의 불꽃이 한 불길 속에서 타오르고 있으면서도 서로 어우러지지 않은 채 따로 놀고 있는 것처럼 불 속의 아비와 어미도 서로 만나지 못한 채 어긋나고 있었다. 그러다가도 때로는 이것이 저것을 삼키기도 하고 저것이 이것을 뱉어내기도 했다. 처음부터 거세게 타오르기 시작한 불꽃이었기에 절정의 순간은 따로 없었다. 소리도 없고 냄새도 없었다. 성미가 급해 혼자 불 밖으로 나온 잿가루 하나가 뭔가를 아쉬워하는 듯 곧바로 날아가지 못하고 불길 위에서 머뭇거리다가 슬그머니 하늘로 향했다. 영원히 꺼지지 않을 듯 활활 타오르는 불길을 바라보면서 황진이는 조금씩 냉정해지고 있었다.

황진이 생모 진현금은 맹인이었다. 미모는 남달랐지만 앞을 볼 수 없는 여인이 기녀로서 살아남을 수 있었던 것은 거문고 타는 솜씨가 빼어났기 때문이었다. 남성적인 악기인 거문고를 아름다운, 그러나 앞이 보이지 않는 여인이 연주하는 모습은 사람들의 시선을 끌 만한 일이었다. 그래서 처음에는 호기심으로 진현금의 거문고 소리를 청했다가 한 번 듣고 나면 누구나 빠져들지 않을 수 없었다. 남성성이 강한 악기에서 그토록 애절한 소리를 낼 수 있었던 사람은 진현금뿐이었다. 보이는 세계와 단절된 세상에서 살았던 진현금은 다른 사람들이 듣지 못하고 놓치는 소리의 세계를 알고 있었다. 그래서 그녀가 거문고를 통해 빚어내는 소리는 색달랐다. 듣는 이의 영혼을 훔치고도 남을 정도로 탁월한 거문고 연주 실력의 소유자이며 황진이의 생모였던 진현금은 황진이 그 사실을 알았을 때 이미 세상에 없는 사람이었다.

양반가의 무덤과는 다르게 허술하기 짝이 없는 어머니 묘소 앞에서 황진이는 비로소 어머니의 출신과 그 어머니 딸인 자신의 처지를 실감했다. 출생의 비밀을 알게 된 순간에는 흐르지 않던 눈물이 생모의 초라하기 짝이 없는 묘소 앞에서 비로소 흘렀다. 하지만 그 눈물은 자신을 위한 눈물이 아니라 이미 고인이 되어 땅속에 묻힌 진현금이라는 여인을 위한 눈물이었다. 다는 짐작이 가지 않지만 진현금이라는 여인의 생이 어떠했을지 상상이 되었다. 어쩌면 아주 가까이서 황진이를 지켜보며 남몰래 눈물을 흘렸을지도 모를 그녀를 생각하니 새삼 가슴이 미어졌다. 만져보지도 못하고 닿아보지도 못한 진현금이라는 여인의 피가 자신의 몸속에 흐르고 있다는 것이 믿어지지 않았지만, 그것은 엄연한 사실이었다. 황진사댁 안방마님이 낳은 딸이 아니라 기녀 진현금의 몸을 통해 세상에 태어난 딸이라는 현실이 앞으로 자기 삶을 어떻게 바꿔놓을지 황진이는 어렴풋이 느끼고 있었다. 이제 황진이는 예전의 황진이로 살아갈 수가 없는 것이다.

생모인 진현금이 기거했다는 청교방은 호기심 많은 황진이가 언젠가 기웃거려보기도 한 곳이었다. 청교방은 해가 지기도 전에 대문 앞에 등을 매달아 놓은 집들로 즐비한 색주가 거리 안쪽에 있었다. 누구든 들어오시라며 대문을 활짝 열어놓은 채 현란한 치장을 한 여인들이 거리를 오가는 남정네들에게 잔뜩 신경을 곤두세우며 호시탐탐 기회를 엿보는 그곳은, 황진이가 안방마님의 눈을 피해 몰래 엿보던 다른 바깥세상과는 완전히 딴판이었다. 특히 그 거리를 떠돌던 남정네와 여인들의 입에서 흘러나온 말들은 황진이를 흠칫흠칫 놀라게 했다. 게다가 역한 술 냄새와 여인들의 분 냄새가 뒤섞인 야릇하기 짝이 없는 냄새는 황진이에게 두려움을 불러 일으켰다. 두 번 다시 듣고 싶지도 맡고 싶지도 않은 소리와 냄새였다. 아무리 호기심 강한 황진이라 할지라도 그런 색주가에 또 가보고 싶은 마음은 추호도 들지 않았다. 그런데 그 색주가 거리를 황진이가 다시 찾은 이유는 생모인 진현금을 마지막까지 거두어준 청교방 사람들에게 감사 표시를 하기 위해서였다. 아니 그것보다 진현금이라는 여인을 알고 싶어서였다. 아비인 황진사를 한 인간으로서 존중할 수도, 인정할 수도 없게 된 마당에 어미인 진현금이 어떤 인물인지는 황진이에게 매우 중요한 문제였다. 비록 기녀로 살았지만 그래도 진현금이라는 여인만은 황진이가 인정하고 받아들일 수 있는 인간이기를 황진이는 간절하게 바랐다. 세상이 뭐라 하든 진현금이 인간으로서는 가짜가 아닌 진짜여야만 황진이 자신도 자기를 인정하고 받아들일 수 있을 것 같았다. 그러니까 황진이가 청교방을 찾은 진짜 이유는 바로 그것을 확인하기 위해서였다.

어릴 때부터 황진이를 보호하고 돌봐준 황진사댁 아랫사람을 대동하긴 했어도 색주가 입구에서부터 황진이는 긴장하지 않을 수 없었다. 전에는 느끼지 못했던 이상한 감정도 황진이를 더 혼란스럽게 만들었다. 지나가는 남자들을 유혹하는 여인들의 교태 섞인 몸짓과 말투를 보고 들으면서 황진이는 생모인 진현금을 떠올리지 않을 수 없었다. 그녀도 저 여인들과 다르지 않았을 것이라 생각하자 온몸에 벌레가 기어가는 듯 스멀거리며 몸이 뒤틀렸다. 진현금의 피가 흐르는 자신 또한 숱한 남자들 앞에서 웃음을 흘리고 있는 저 여인과 다를 게 뭔가 생각하니 당장 이 거리를 벗어나 강으로 뛰어들고 싶었다.

색주가 다른 집들보다 큰 청교방 안으로 들어서자마자 황진이는 청교방을 꾸려나가고 있는 한 여인에게 안내되었다. 살아 있다면 생모인 진현금이 그 나이쯤 되었으리라 여겨 보이는 청교방 여주인의 내실은 의외로 화려하지 않았다. 소박해 보이는 그녀의 방 분위기와는 어울리지 않게 청교방 여인의 치장은 요란했다. 틀어 올려 커다래진 머리 뒤로 붉은색 댕기를 늘어뜨린 것 하며 짙은 녹색 치마와 감색 저고리에 화려하게 수놓아진 꽃과 나비는 검소해 보이는 방 분위기와는 완전 딴판이었다. 그런데 황진이와 마주 앉아 황진이를 빤히 쳐다보는 여인의 담백한 표정은 내실의 주인이 다른 사람이 아닌 바로 그 여인임을 말해주었다.

-양반댁 아씨께서 어쩐 일로?

청교방에 당도하기 전까지만 해도 황진이의 머릿속을 가득 채우고 있던 말들이 정작 여인의 물음 앞에서는 모두 달아나버리고 말았다. 언제 어디서나 당당하고 활달하던 황진이였다. 청교방을 찾아올 결심을 하면서 마음이 어느 정도는 정리되었다고 생각했는데 그게 아니었던 모양이었다. 말을 잊은채 머뭇거리는 황진이를 쳐다보는 청교방 여인이 슬그머니 미소 지으며 말했다.

-어머니가 궁금한 게지요.

여인의 말과 함께 황진이의 가슴이 뜨거워지면서 왈칵 눈물이 솟구쳤다. 얼굴 한 번 본 적 없는 어머니가 그 순간 사무치게 그리웠다. 황진이가 청교방을 찾은 것은 진현금이라는 여인이 궁금해서가 아니라 어머니의 흔적과 냄새를 좇아서였을지도 몰랐다. 그러나 황진이는 자기 눈앞에 앉아 있는 여인을 통해서만 어머니를 만날 수밖에 없었다.

-현금이는 좋은 여자였어요. 아니 좋은 사람이었지요. 아씨는 모르셨겠지만 현금이는 오직 아씨만을 생각하며 산 사람이었습니다. 살면서도 죽은 사람처럼 살았던 현금이가 그래도 살 수 있었던 이유는 아씨였지요. 아씨에 대한 그리움이 현금이를 살게 했던 겁니다. 그렇다 보니 다른 욕심이라고는 없어 주위 사람들에게는 오로지 베푸는 여인이었지요. 게다가 그녀의 거문고 소리는 이곳을 찾는 남정네들뿐만 아니라 우리 기녀들 마음까지도 어루만져주었어요. 거문고를 그렇게 애절하게 다룰 줄 아는 사람은 조선 천지에 현금이 한 사람뿐이었습니다. 뿐만 아니었어요. 현금이가 거문고를 다루는 솜씨는 가히 일품이었지요. 술대를 위에서 세게 내리치면서 줄과 함께 거문고 몸까지 건드리며 내는 소리는 세상을 놀라게 할 만큼 시원하고 장쾌했어요. 앞이 보이지 않아 어둠 속에서 지내는 현금이 내는 소리가, 뻔히 눈을 뜨고 살면서도 울타리 안에 갇혀 사는 사람들을 오히려 호통치며 깨우는 형국이었어요. 그렇게 천상에서 휘몰아치며 사람들을 두들기다가 세상에서는 들어본 적 없는 낮고 굵은 거문고의 한 음으로 들떠 있는 사람들을 땅속 깊은 곳으로 끌어내리는 반전은 아무도 흉내낼 수 없었지요. 소리의 여운을 중간에 끊지 않고 끝까지 밀어붙이는 솜씨도 현금이만의 연주법이었습니다. 그 순간 사람들은 한 번도 들여다본 적이 없는 자신의 깊은 곳을 들여다보는 것 같았어요. 색주가에 들르는 양반들이 대체로 분잡스럽기 일쑤인데 이상하게도 현금이 타는 거문고 연주를 들을 때는 경건하게 고요해지곤 했거든요. 듣는 사람들의 인내심의 극한을 시험하기라도 하듯 현금이는 거문고에서 시작된 소리의 여운이 완전히 사그라들 때까지 자신도 숨을 죽인 채 미동도 하지 않았지요. 그럴 때 현

금이의 모습은 범접하기 어려운 다른 세계의 사람 같았습니다. 특히 손가락으로 현을 뜯을 때는, 몸을 잔뜩 구부린 채 거문고와 아예 한 몸이 되어 그 소리가 거문고가 내는 소리인지 현금의 몸에서 나온 소리인지 분간하기 어려울 정도였지요. 거문고가 현금인지 현금이 거문고인지 모를 정도로 현금은 연주할 때마다 혼신을 바쳐 연주했습니다. 그렇게 거문고를 타는 순간이 유일하게 아씨를 잊는 순간이기도 했을 겁니다. 거문고와 함께할 때 현금이의 표정은 세상 누구보다 편안해 보였거든요. 그리고 아름다웠습니다. 나도 여인이지만 반할 정도였지요. 그러나 평소의 현금이는 누가 봐도 불행해 보이는 여인이었습니다.

청교방 여인이 들려준 어머니에 관한 이야기는 황진이를 더 슬프게 했다. 하지만 황진이는 이제 자기를 부정하지 않아도 될 것 같았다. 오로지 청교방 여인의 입을 통해 확인한 것이라 사실이 아닐 수도 있었으나 황진이는 믿고 싶었다. 그리고 자신이 알고 있는 자신을 보더라도 생모인 진현금이라는 여인이 한 인간으로서 그리 추하고 치졸하게 살지는 않았을 것 같았다.

어머니 임종을 지켜주셔서 감사하다는 말 대신 황진이는 청교방 여인에게 예를 다해 큰절을 올리는 것으로 인사를 대신했다.

소문처럼 급하고 인정머리 없는 것도 없었다. 발이 달리지 않아 더 빠르고, 남의 이야기라 달콤하기만 할 소문은 황진이가 자신의 출생에 얽힌 이야기를 알게 되고 얼마 지나지 않아 당사자인 황진이 귀에까지 들려왔다. 뿐만 아니었다. 딱 한 번 본 적이 있는 마을 총각이 황진이를 보고 나서 상사병에 걸려 시름시름 앓다가 급기야 죽었다는 소문도 함께 황진이 귀에 들어왔다. 담 너머에서 황진이를 훔쳐보고 마음을 빼앗겨 황진사댁 주변을 기웃거리다가 황진이 오라비에게 발각돼 곤욕을 치르던 마을 총각을 황진이가 구명해주면서 얼굴을 본 적이 있었다. 가볍게 타이르고 돌려보내도 될 터인데 호되게 다루며 겁박하는 오라비 처사가 부당하게 여겨져 황진이가 끼어들어 동네 총각을 구명하면서 얼굴을 본 것이다. 우락부락한 사내 느낌이 아니라 새색시처럼 수줍어하는 성품의 그가 어떻게 황진이를 흠모하면서 엿보게 되었는지 궁금해하면서 그날 한 번 본 이후로는 두 번 다시 그 총각을 본 적이 없었다. 그런데 그 총각이 황진이를 시모하다가 죽음에 이르렀나는 소문은 황신이를 충격에 빠트리기에 충분했다. 자신이 안방마님이 아닌 기녀의 딸이라는 소문이 돌고 돌아 자기 귀에 들어온 것보다 이웃 총각의 죽음이 황진이에게는 더 큰 충격이었다.

한 인간의 죽음. 인간이 맞닥뜨리게 되는 불행 중 가장 큰 불행인 죽음이 타인들에게는 흥미진진한 관심거리가 될 수 있다는 사실도 동네 총각의 죽음을 통해서 알았다. 그의 장례가 있던 날 마을의 사람이란 사람은 모두 나와 장례의 처음과 끝을 구경했다. 장례 행렬이 지나가게 될 길목 길목마다 구경꾼들이 몰려 서 있었는데 특히 황진이가 사는 황진사댁 앞에는 사람들이 떼로 몰려 시끄러웠다. 황진이를 사모하다가 황진이 때문에 죽은 혼백을 달래기 위해서는 총각의 상여가 황진사댁을 거쳐 가야 한다는 소문 때문이었다. 당연히 그 소문까지 들어서 알고 있는 황진이는 마음의 준비를 하고 있었다.

드디어 상여가 황진사댁 담 곁에 도착했고, 그곳에 멈춰선 상여는 앞으로 가는 것도 아니고 뒤로 가는 것도 아닌 걸음걸이를 반복하며 황진사댁 곁을 떠나지 못하고 있었다. 요령 소리와 상여 노래에 맞춰 추가 흔들리듯 왔다 갔다 하는 상여 속에 죽은 채 있을 총각은 이미 다른 곳으로 가버린 것일까 아니면 시신과 함께 관 속에 있을까 불현듯 궁금했다. 사람이 죽으면 어떻게 되는지 늘 궁금했던 황진이였다. 있었던 사람이 갑자기 없어지는 죽음이라는 현실은 경험할 때마다 당혹스러웠다. 누군가가 눈앞에서 사라진 건 분명한데 그것이 무엇을 의미하는 것인지 도저히 알 수 없는 것이 죽음이라는 사건이었다. 오직 한 번 보았을 뿐이지만 그때 보았던 동네 총각의 모습이 손에 잡힐 듯 선연했다. 그렇게 생생하게 살아 움직이던 그가 한순간 주검이 될 수도 있다는 것은 직접 경험해보지 않고서는 도저히 상상하기 어려운 현실이었다. 어디로 배웅해야 할지 모르겠지만 자기 집 곁에서 떠나지 못하고 있는 주검을 자신이 배웅해야 한다는 사실을 직감적으로 알고 있었던 황진이는 수많은 눈이 지켜보는 가운데 총각을 배웅했다.

상두꾼들의 구정닻줄 위에서 흔들거리고 있던 상여가 잠시 땅 위에 내려졌다. 요령 소리와 상두수번의 선소리도 멎었다. 황진이는 평소에 주로 입던 저고리를 관뚜껑 위에 올려놓았다. 구경꾼들은 숨소리도 죽인 채 귀를 활짝 열고 있었다. 황진이가 길 떠나는 동네 총각에게 남기는 말을 한마디도 놓치지 않고 듣고 말겠다는 기세였다. 하지만 황진이는 아무 말도 하지 않았다. 대신 관 위에 오른손을 올려놓고 눈을 감은 채 한동안 서 있었다. 까닭 없이 미안했고 왜인지 서러웠다. 그러나 그가 다시 살아온다고 해도 그의 마음을 받아줄 수는 없을 것 같았다.

출생의 비밀을 알고 나서부터 황진이는 사랑을 믿지 않게 되었다. 파혼당하기 전까지만 해도 황진이는 한양의 윤승지댁 아들을 상상하며 사랑의 감정에 부풀어 잠 못 이루는 밤을 보내기도 했다. 그러나 그렇게 달콤하던 사랑의 환상은 깨어졌고 이제 황진이는 다른 누구도 아닌 오직 자신과 함께 험난한 세상을 살아갈 결심을 하고 있던 터였다. 그런 황진이 앞에 사랑 때문에 아파하다가 주검이 되어 나타난 한 남자의 순결은 한마디로 역설이었다. 그런데도 이상하게 황진이 눈에서 눈물이 흘렀다. 그 눈물의 의미가 무엇인지는 알 수 없었다. 죽은 총각을 애도하는 눈물일 수도 있고 열여덟 나이에 이미 사랑을 비웃게 된 자기 자신에 대한 애도일 수도 있었다. 어쨌든 떠날 사람은 떠나야 했고 남은 사람은 누추하게 자신을 기다리고 있는 다른 삶 속으로 걸어 들어갈 준비를 해야만 했다.

또 다른 생을 위한 발걸음을 내디디기 전에 황진이는 박연폭포에 갔다. 폭포가 빚어내는 광경은 아무리 오래 보고 있어도 싫증 나지 않았다. 황진이는 사방으로 튀는 물보라에 몸이 흠뻑 젖는 것도 모른 채 오래 폭포를 바라보며 서 있었다. 여러 소리가 합쳐지며 내는 폭포의 우렁찬 소리는 황진이의 머리와 가슴을 짓누르던 갖가지 상념들을 시원하게 쓸어내려 주었다. 생각 없이 제멋대로 쏟아지며 물보라를 흩뿌리는 박연폭포의 분방함이 부러웠던 황진이는 폭포를 흉내 내기라도 하듯 목청껏 고함을 질러 보았다. 그렇게 마음껏 큰소리를 내질러보기는 처음이었다. 자기 몸속에서 튀어나온 괴성이 낯설면서도 통쾌했다. 박연폭포에 비하면 턱없이 작고 보잘것없는 외침이었지만 황진이는 그 절규와 더불어 새로 태어나고 있었다. 무엇이든 오라. 나는 나다. 아무도 빼앗아 갈 수 없는 보물을 지니게 된 사람처럼 황진이는 든든했다. 그렇게 믿음직하게 자신을 지켜줄 사람이 바로 자기 자신이라는 사실을 황진이는 박연폭포 앞에서 깨달았다. 그리고 기녀가 되기로 결심했다. 점잖은 양반 가문의 안방마님 딸이 아니라 색주가에서 기생 노릇을 하던 여자 몸에서 태어난 여식이라는 사실이 만천하에 알려진 황진이가 선택할 수 있는 길 중 최선은 기녀가 되는 것이었다. 부잣집 양반댁의 애첩이 되어 살 수도 있겠지만 그렇게 사는 것은 자신을 두 번 죽이는 일일 터였다. 오로지 욕망의 노리개가 되어 살면서 배에 기름이나 채우는 삶은 죽었다 깨어나도 황진이의 삶은 아니었다. 그렇다고 규수로 대접받던 황진사댁에서 하루아침에 여종으로 전락해 살 수도 없는 노릇이었다. 그렇다면 황진이가 선택할 수 있는 길이란 하나뿐이었다. 두어 해 전 밤 나들이를 하면서 기웃거려봤던 색주가 풍경은 다시 떠올려봐도 황진이를 오싹하게 했지만 거기도 사람 사는 곳일 것이라 여기면 도저히 받아들이지 못할 것도 없었다.

오 년이 흘렀고, 그 사이 황진이는 명월이라는 이름으로 송도 색주가에서도 꽤 유명한 기녀로 행세하게 되었다. 기생 노릇을 한 지 오 년 남짓 만에 따로 장만한 집에서 자신을 돕기 위해 기거하는 가속을 먹여 살릴 정도의 살림살이도 갖추었다.

황진이는 남자들이 자기를 탐하게는 만들면서 쉽게 마음을 내어주지는 않는 기녀였다. 그래서인지 시간이 흐를수록 황진이의 몸값은 높아져 갔다. 송도를 좌지우지하는 사또조차 황진이 마음을 얻기 위해 전전긍긍했다. 형편이 그렇다 보니 웬만한 남자들은 황진이 근처에도 오기 어려운 지경이었다. 기생이라는 꼬리표는 어쩔 수 없었으나 그 세계에서도 황진이는 자기를 속이며 살지는 않았다. 내키지 않는 상대를 받아들이는 법이 없었고 위선적으로 억지웃음을 팔지도 않았다.

생모인 진현금과는 다르게 황진이는 가야금을 잘 다루었다. 황진이의 가야금 소리는 당당한 게 매력이었다. 에둘러가는 법 없이 곧바로 듣는 이의 심장을 관통하는 연주도 황진이가 즐겨하는 기법이었다. 속보일 때는 발이 보이지 않을 정도로 미친 듯이 달리고 우보일 때는 하늘이 두 쪽이 나도 눈 하나 꿈쩍하지 않을 정도로 태연한 황진이의 가야금 연주는 언제나 좌중을 압도했다. 그러나 황진이의 가야금 소리는 친절하지는 않았다. 누구나 익히 아는 가락도 황진이식대로 연주해 낯설게 만들어버리기 일쑤였는데 듣는 사람들이 처음에는 의아해하다가도 금세 받아들였다. 변형된 황진이의 가야금 소리가 원래 가락보다 더 사람의 심금을 건드렸기 때문이다. 가야금에 곁들여 부르는 황진이의 노래도 명창이었다. 탁성과 미성을 번갈아 낼 줄 알았던 황진이의 소리는 취향과 상관없이 사람들의 감탄을 자아내었다. 특히 긁힌 듯한 목청에서 나오는 황진이 노래는 듣는 사람의 애간장을 녹이기도 했다.

한 인간이 표현해내는 것은 바로 그 사람이다. 주막집에서 주모가 끓여내는 국밥 한 그릇에도 그 주모의 모든 것이 다 담긴다. 그래서 황진이가 빚어내는 소리와 연주에는 황진이 자신도 미처 모르는 자기가 다 녹아들어 있었다. 그리고 그 순간의 모습이 가장 황진이다웠다. 조선의 이십 대 여인들에게서는 쉽사리 찾아볼 수 없었던 반항을 가슴속에 품고 있었으나 그 반항을 기가 막히게 포장할 줄도 아는 여인이 황진이였다. 기개나 근기로 따지면 웬만한 대장부 저리 가라 할 정도로 당당하고 뚜렷한 황진이였지만 기생이라는 신분을 뛰어넘기는 쉽지 않았기에 황진이에게는 여러 개의 가면이 필요했다. 그러나 노래하면서 가야금 연주를 할 때, 그리고 작고 검소한 자기 침소에서만은 황진이는 가면을 벗고 자기 자신이 될 수 있었다.

사랑이라 할 수도 없고 사랑이 아니라고 할 수도 없는 남자들과의 인연 중에 가장 오래 황진이 곁에 머문 사람은 명창 이사종이었다. 배 위에서 노래를 부르는 이사종에게 한눈에 반한 황진이는 아랫사람을 시켜 자신이 지은 한시를 이사종에게 보냈다. 남자가 아닌 여인이 먼저 만남을 청하는 행동부터가 조선에서는 보기 드문 일이었다. 하지만 황진이는 그런 점에서도 거침이 없었다. 가면이 필요할 때는 세상이 원하는 가면을 흔쾌히 쓸 줄 아는 여자였지만 정직하게 자신의 감정을 표출해야 하는 순간에는 체면이나 법도 따위를 과감하게 벗어 던질 줄도 아는 여자가 황진이였다.

꿈을 꾸어야 서로 사모하고 만나리
때맞춰 임 찾아가니 임은 날 찾는구려
원컨대 밤마다 서로 다른 꿈
한 시에 떠나 노중서 만날지고

相思相見只憑夢(상사상견지빙몽)
儂訪歡時歡訪儂(농방환시환방농)
願使遙遙他夜夢(원사요요타야몽)

一時同作路中逢(일시동작로중봉)

　노래하는 이사종의 모습을 한번 보고 나서 계속 그와 만나는 꿈을 꾸던 황진이는 급기야 이사종에게 이런 한시를 지어 보냈다. 꿈에서만 임을 만날 수 있는데 꿈이 어긋나 서로 만날 수 없으니 동시에 길을 나서 길가에서 만나고 싶다는 소망을 담은 한시였다.

　-당신과 한집에서 살아보고 싶습니다.
　황진이가 보낸 시를 받아보고 황진이 집을 방문한 이사종과 마주 앉았을 때 황진이가 내뱉은 첫마디였다. 도발적인 황진이의 태도에도 불구하고 이사종은 전혀 놀라지 않았다. 둘은 서로 이미 많은 대화와 접촉이 오고 간 남녀 사이 같았다. 아직 서른이 안 된 나이였지만 많은 남자들을 상대해본 황진이는 한 번 보는 것만으로도 관계의 시작을 어떻게 해야 하는 건지 본능적으로 알았다. 이사종 같은 풍류남에게는 쓸데없는 서론 따위로 시간을 낭비할 필요가 없었다.
　-그럴 수 있겠소?
　황진이 그렇게 말할 줄 알았다는 듯이 태연하게 이사종이 물었다.
　-내가 좋고 당신이 좋으면 그렇게 하는 거지요.
　황진이 말에 이사종이 크게 웃었다.
　이사종 같은 남자. 멋스러운 남자이긴 해도 지아비로 삼을 수 있는 남자가 아니라는 것을 황진이는 알고 있었다.
　-딱 육 년만 함께 살아보는 걸로 하지요.
　-왜 육 년이요?
　-어차피 나리와 나는 평범한 가정을 꾸릴 수 없습니다. 나는 그렇다 치더라도 나리는 언젠가 한 가정의 가장이 되어야 하는 사람입니다. 소인이 생각하기에 앞으로 육 년 정도는 혼인하지 않고 나와 시간을 보내도 될

것 같아서 말이지요. 그때쯤이면 나리 나이도 서른을 훌쩍 넘기게 되니 더 이상 혼인을 미룰 수 없게 되지 않겠습니까?

　-그대의 말이 틀린 말은 아닌데 그게 가능하겠소? 육 년을 함께 지내다 보면 정이 많이 들 터인데 갑자기 하루아침에 이별할 수 있겠냐 이 말이오?

　-소인은 가능합니다.

이사종의 눈을 정면으로 쳐다보며 말하는 황진이의 진지한 태도에 그때까지만 해도 반은 농처럼 받아들이고 있던 이사종이 이것 봐라, 생각하며 허리를 곧추세웠다.

　-농이 아니란 말이지…

이사종 역시 여자를 모르는 숙맥이 아니었다. 하지만 황진이처럼 당돌하고 직설적인 여자는 처음이었다. 그렇다고 경솔하거나 천박한 여자는 아니었다. 여인들과의 관계에서 늘 주도적이었던 이사종이 왠지 황진이에게는 처음부터 끌려가는 느낌이었다. 불쾌하지는 않았으나 묘했다. 이런 여자와 함께 살아보면 어떨까, 하는 호기심과 두려움이 동시에 일었다. 하지만 황진이의 제안을 거절하기에는 그녀가 치명적으로 아름답고 매력적이었다. 그것이 불구덩이라 할지라도 뛰어들지 않을 수 없었다.

　-그럼 이제부터 우리는 어찌해야 하는 것이오?

　-나리께서 소인이 사는 집으로 들어오시면 됩니다.

그렇게 두 사람의 사랑이 시작되었다.

사랑 앞에서 황진이는 불이었다. 이사종과 함께하면서 황진이는 기녀로서의 일상을 거의 접고 이사종과의 사랑에 몰두했다. 자신과 상대를 태우고도 남을 황진이의 열정은 아름다웠지만 위험했다. 풍류가객으로 숱한 여인들을 애달프게 하며 정작 자신은 품위를 유지하던 이사종도 황진이의 맹목적인 사랑 앞에서는 무릎 꿇지 않을 수 없었다.

그런 황진이와 이사종의 사랑 이야기가 송도를 떠들썩하게 만들었고, 그 소문은 늘 황진이를 품어 보고 싶어 하던 사또 귀에까지 흘러 들어갔다. 강압적으로 황진이를 품에 안기보다 황진이 마음이 동해 스스로 사또에게 다가오기를 바라며 기다리던 사또는 이사종과 황진이 소문을 접하고 마음이 급해졌다. 그래서 급기야 한밤중에 황진이를 자기 숙소로 불러들여 잠자리를 요구했다.

　　-지금 내가 너를 청하면 너는 응하겠느냐?

　　자기가 마음만 먹으면 언제든 황진이를 품을 수 있다고 여기며 여유만 만하던 사또였다. 그러나 그날 밤은 평소와 달랐다. 조급했고 눈빛은 이글거렸다. 지금 당장이라도 너를 덮칠 수 있다는 듯 거칠게 숨을 몰아쉬고 있는 사또의 모습을 보면서 황진이는 실망하지 않을 수 없었다. 사또를 사랑하는 마음 따위는 추호도 없었지만 그래도 괜찮은 남자라 생각한 적도 있었는데 그날 밤 사또의 모습을 보면서 그런 호감조차 사라지고 말았다.

　　-싫습니다.

　　황진이가 선뜻 응하진 않을 거라 짐작했지만 그렇듯 단호하고 매몰차게 거절할 거라고는 생각하지 못했던 사또는 몹시 당황했다. 기녀 주제에 감히 자신의 청을 거절하는 황진이를 강제로라도 범하고 싶은 마음이 굴뚝같았지만 무슨 이유에선지 사또는 자신의 욕망을 억누르고 황진이를 그냥 돌려보냈다.

　　이사종의 노래에는 깊은 슬픔이 묻어 있었다. 그 슬픔이 무엇으로부터 비롯된 것인지는 이사종과 살을 부대끼며 살면서도 알 수 없었다. 섬세하면서도 깊은 울림을 주는 소리였다. 무엇보다 황진이를 사로잡은 것은 중성적인 이사종의 목소리였다. 남자이면서 남자 같지 않은 이사종의 소리는 아무도 흉내 낼 수 없었다. 목소리를 타고났음에도 불구하고 이사종은 하루도 빠지지 않고 소리를 연습했다. 황진이 또한 노래라면 누구에게 뒤처지지 않는다 생각했는데 이사종 앞에서는 예외였다. 이사종이 추구하는 음악 세계는 끝이 보이지 않는 세계인 것 같았다. 피를 토하는 것쯤은 눈하나 깜짝하지 않는 이사종을 보면서 황진이는 자신이 왜 이사종을 사랑하게 되었는지 알 것 같았다.

황진이가 이사종과의 이별을 통보한 것은 이사종의 노래에서 슬픔보다 짙은 비탄이 토해지면서였다.

어차피 헤어져야 할 남자이기에 미련을 가지지 않으려고 마음을 다잡고 살았으나 이별의 아픔은 황진이도 비껴갈 수 없었다. 이사종과 만난 지 육 년째 되어 가던 어느 날 황진이는 잠들어 있는 이사종의 머리맡에 이별을 통보하는 서신 한 장을 남겨두고 새벽같이 집을 나섰다.

송도가 한눈에 내려다보이는 산등성이에 도착한 황진이는 동이 트기 시작하는 세상과 마주했다. 붉은 내색조차 없는 하늘을 보니 일출을 보기는 힘들 것 같은 날이었다. 황진이는 평소 하던 대로 눈을 감았다. 자주는 아니지만 혼자 시간이 필요할 때 황진이는 이곳에 와서 눈을 감고 수런거리는 세상의 소리를 듣곤 했다. 눈을 뜨고 있을 때는 들리지 않던 소리가 눈을 감으면 들렸다. 눈에 보이지 않는 어떤 것들이 움직이면서 내는 소리가 들리는 것 같기도 했다. 그리고 익히 아는 새소리나 바람 소리, 그리고 나뭇잎들이 움직이는 소리도 눈을 감고 들으면 달랐다. 눈을 감고 세상의 소리에 귀를 기울이고 있을 때 황진이는 가장 평화로웠다. 그러나 외로웠다. 그 외로움이 뼛속까지 전해지면서 한기가 느껴졌다. 늘 어둠과 함께 살았을 어머니 진현금이 떠오르면서 갑자기 눈물이 솟구쳤다.

어디서부터 시작된 울음이었을까? 느닷없이 터져버린 울음과 함께 황진이는 털썩 주저앉았다. 자신이 기녀의 딸이라는 사실을 알게 되었을 때도 이렇게 무너지지는 않았다. 한 번도 소리 내어 운 적이 없는 황진이는 마음껏 통곡했다. 이사종과의 이별 때문만은 아니었다. 아주 오래전 어머니 뱃속 이전서부터 울고 싶었던 바로 그 울음이었다. 오래된 것이기에 길고 깊었다. 마지막 한 방울의 눈물까지 다 쏟아낼 즈음 동쪽 하늘이 불그스레 물들기 시작했다. 해가 뜰 모양이었다.

3. 류서재 l 허난설헌

1

균은 붓을 들자마자 단숨에 문장을 써버렸다. 붓은 칼이다. 우로 돌리거나 좌로 돌리지 않고 언제나 정공법이다. 말의 뼈마디를 짚듯이, 정확하게 할 말만 쓴다.

백성이라는 글자에 가슴이 아려온다. 윗사람에게 부림을 당해도 아무런 저항 없이 법을 지키는 항민(恒民), 윗사람을 원망하는 원민(怨民), 몰래 딴마음을 품고 때를 기다리는 호협한 백성 호민(豪民). 어리석은 위정자는 호민을 모른다. 수재(水災), 화재(火災), 호환(虎患)보다 더 두려워해야 할 존재는 호민이다.

백성은 소리 없는 바람이다. 하늘과 마주 누운 흙이다. 백성의 소리는 천지의 소리다. 땅은 뿌린 씨대로 그 모양을 내는 법. 서책에나 존재하는 태평성대는 임금을 완전히 잊는 것이다. 태양을 잊고, 밤을 잊고, 숨 쉬는 공기를 잊고 살듯이 생각할 필요조차 없는 상태. 백성이 임금을 잊어야 태평성대. 허나 조선 백성은 하루도 임금을 잊은 적이 없다.

균은 마치 갈필로 쓴 것처럼 붓의 먹물이 마를 때까지 거침없이 죽죽 써 내려갔다. 글자는 뼈처럼 가느다랗지만 돌보다 단단하다. 그러다가 '백성'이라는 글자에서 빠른 붓놀림을 딱 멈췄다.

왼쪽 벽에는 연화사 선승이 준 와불화가 걸려있다. 지난 겨울밤, 연화사 선방에서 연화주를 마시며 칼날 같은 선시를 주고받다가 눈이 오는 소리를 듣고 문득 그린 그림이다. 무차별적으로 쏟아진 눈은 산속의 깊이를 덮었고, 균은 선시 화답으로도 속세의 감정을 넘어서지 못했다. 와불은 흰 눈밭에 누워있는 듯 육체의 선과 짧은 옷자락, 눈동자만 그렸다. 군더더기를 싫어하는 선승은 먹물을 아꼈고, 흰 종이가 흰 눈을 대신했다.

오른쪽 벽에는 청모란도가 걸려있다. 선시 놀음을 끝내고 마지막 찾아가는 곳은 매창의 집이다. 기녀 매창과 아랫목이 따끈한 기방에서 산삼주를 마시며 시문화답하다가 취기가 올라 이마까지 불콰해졌을 때, 문득 그린 그림이다.

아무리 마셔도 취하지 않는 산삼주 때문에 밤이 깃들어버린 방안에서 매창은 평소 즐겨 그리는 홍매화가 아닌 푸른 모란을 그렸다. 아무나 상대하지 않는 그녀답게 그녀의 붓은 한 획을 두 번 긋지 않는다. 청모란도에는 매창의 결기가 푸르게 묻어 있다.

두 그림은 좌청룡 우백호처럼 방을 지키는 수호신 같은 얼굴로 벽에 붙어있다. 균이 좋아하는 쪽은 불상보다 모란이다. 세속의 이방인 같은 어정쩡한 불상보다 허공에 파란 점을 찍어놓은 모란이 훨씬 낫다.

기방에서는 화용월태의 기녀에게 기분 좋게 져주었지만, 선방에서는 선승보다 한 수 밀리는 느낌에 졸음을 이겨내며 끝까지 이겼다. 균은 두 사람과 대작한 밤을 그림으로 돌돌 말아서 집으로 가지고 들어왔다.

졸음 내기를 걸고 졸음에 진 사람이 그림을 그리거나, 졸음에 이긴 사람이 그림을 그리거나 둘 중 하나였지만, 이기고 지는 것은 별 의미가 없었다. 그날, 선승은 균의 호승심을 거울처럼 들여다보고 있었고, 매창은 기녀의 눈길로 호승심의 거리를 재고 있었다.

선승은 균의 호승심을 와불로 슥슥슥 그려주었고, 매창은 균과의 하룻밤을 청모란으로 대신했다. 두 사람은 균의 지기지우이다. 육체에도 언어가 있어서 상대방의 뒤태만 보아도 마음을 안다. 성리학의 나라 조선에서 방외자들이 주고받는 시서화는 위정자들은 들어도 모를 고도의 언어이다.

선승이 그린 와불은 게슴츠레한 눈으로 균의 붓놀림을 바라보고 있고, 매창이 그린 청모란도는 균의 어깨를 치마폭처럼 감싸듯 푸르게 피어있다.

와불이 베고 있는 베개에는 연화문이 양각되어 있고, 와불은 베개에 오른손을 얹어 오른쪽 볼을 감싸고 균을 향해 모로 누워있다. 흰 종이에 먹물로 경계선을 친 그림에서 와불은 짧은 옷자락을 늘어뜨리며 게슴츠레한 눈으로 장난스러운 미소를 짓고 있다.

아무도 없는 방안에서 누군가 균을 바라보고 있는 기분을 느끼는 것은 순전히 와불 때문이다. 와불은 균이 글 쓰는 모습을 와유(臥遊)하고 있다. 균의 방안에서는 균이 와불을 감상하는 것이 아니라, 와불이 균을 감상하고 있다.

균이 밤마다 거침없는 붓놀림을 하다가 스르르 졸음이 와서 동침하는 것은 청모란이 아니라 와불이다. 문득 깨보면 균은 와불을 향해 목침을 베고 누워있곤 했다. 균은 목침에 왼손을 얹고 왼쪽 볼을 감싸며 와불과 같은 자세로 누워있었다.

오늘 균은 청모란을 향해 잠들겠다고 생각한다. 호민론을 쓰면서 의식은 더욱 명징하고 의지적이다. 선승의 시보다는 기녀의 시가 명쾌하다. 선승의 시는 차별을 지우지만, 기녀의 시는 차별을 고백한다. 정치인의 시는 차별을 위장한다. 서로에게 칼날을 겨누듯 긴장된 관계, 성리학에서 밀려난 선승의 시와 기녀의 시는 정치인의 시보다는 확실히 한 수 위다.

바람이 부는가?

균은 계속 호민론을 쓰려다가 깜빡 붓을 떨어트렸다. 붓은 실수한 듯이 굵은 획을 그어버리고, 창호지로 들어온 바람은 방바닥에 포복해있다. 하늘은 낮게 가라앉고 나뭇가지로 몰려오는 바람이 쉭쉭 소리를 내고 있다. 북두칠성의 국자 모양을 타고난 천성이 균의 가슴에 불을 댕긴다.

나의 문장은 직진한다. 제자리에서 서성이거나 옆으로 틀거나 후퇴하지 않는다. 균은 바깥 냄새를 풍기며 방바닥에 포복해있는 바람을 향해 중얼거렸다. 오른손으로 가슴을 꽉 움켜쥐는 바람에 옷고름이 풀려버렸다.

나는 본래 성질이 더럽게 거칠고 과격하다. 그래서 세상의 속된 무리와 화합하지 않는다. 나를 욕하는 무리는 그 입에 더러움을 묻힐 것이다. 허나 불온하다는 것은 불편함의 또 다른 이름이 아니겠는가?

창호지 문밖이 스산하게 일렁인다. 대숲이 그림자를 내고 바람이 일어날 때, 달빛이 소리 없이 비끼어 든다. 어디선가 분명 화답이 있었다.

그것은 자유로움의 또 다른 이름이 아니겠는가?

— 누이?

균은 허공에 대고 소리쳤다. 방안의 고요 속에 갇힌 목소리. 균은 자신의 목소리를 듣고 문득 혼자 있음을 확인하고는 몹시 실망하는 표정으로 고개를 좌우로 흔들었다.

균은 미친 듯이 방문을 열고 밖으로 나갔다. 달빛은 검은 하늘가에서 어스름한 길을 내고 있다. 균은 발밑을 쳐다보지 않고 홀연히 걸었다. 달빛은 완전히 구름을 벗어났고, 장명등처럼 환한 빛으로 길을 인도했다.

마당의 나무들은 희끄무레하게 푸른빛을 내고 있다. 푸른빛이 어슴푸레한 숲길. 달빛이 비쳐 들면서 청색이 불투명하게 얼룩져 있고, 맑은 검정이 서늘한 기운을 내고 있다.

균의 방과 초희의 방은 가깝다. 무성한 나무숲이 담처럼 두 방의 길을 막고, 새초롬한 색기(色氣)를 내는 꽃들은 쪽문 앞에서 방문객의 발걸음을 잡듯 흐드러지게 피어있다.

경번당. 하늘나라 선녀의 글솜씨를 닮으라. 천의무봉의 붓놀림은 선녀의 옷처럼 가벼워야 하고, 글은 선녀의 손길처럼 사람의 심금을 울려야 한다. 아버지 허엽이 오동나무를 갈아내고 해서체로 쓴 글씨이다.

균은 누이의 얼굴을 더듬듯 현판을 쳐다보았다. 묵은 나무의 당호 위로 달빛이 새하얗게 부스러졌다. 아버지와 시문 화답하던 누이의 웃음소리가 들리는 듯해서 균은 애달픈 표정을 지었다. 균은 애달픔을 약관의 나이가 되어서야 깨달았다. 누이 때문이었다.

사람의 마음에는 늙지 않는 감정이 살고 있다는 것, 그 감정은 시간의 물살을 견디는 힘으로 서 있다는 것도 누이 때문에 알게 되었다. 애달픔을 알고 나서 문장이 길어지거나 수사를 쓰지는 않았지만, 혼자서 공연히 마당을 서성이는 버릇이 생겼다.

균은 익숙한 듯 방문을 열고 들어갔다. 격자무늬 방문은 삐걱, 소리를 냈다. 행랑어멈이 하루에 한 번씩 들러서 말끔하게 물걸레질했다. 방안은 매끄럽게 정갈했고, 방주인이 방금 외출한 듯 약간의 온기마저 있었다.

누이의 방에는 여러 사람의 온기가 배어있었다. 온 가족이 누이의 냄새를 그리워하고 있었다. 어머니 김씨 부인은 딸의 물건을 손끝으로도 건드리지 않고 멍하니 앉아있다 돌아가곤 했다. 균은 가끔 들어와서 주인 없는 베개를 베고 홀로 잠을 잤다.

균은 나비 촛대로 다가가 불을 붙였다. 은빛 자개농과 화조도 병풍, 붉은 화문갑이 윤기를 내고 있고, 서안에는 글 쓴 지가 오래되어 보이는 메마른 벼루, 짧아진 먹, 먹빛이 사라진 붓이 가지런히 놓여 있다.

균은 누이를 보는 듯, 홀로 등을 떨었다. 석란(石蘭) 벼루는 양각된 홈을 따라 검은빛을 냈고, 불빛이 새처럼 내려앉았다. 석란 끝에는 '난설헌'이 초서체로 새겨져 있다.

균은 방바닥에 앉아서 천천히 먹을 갈기 시작했다. 먹은 자연스럽게 미끄러지고, 조금의 끈적임도 없다. 허엽이 조선 제일의 장인에게서 구해온 벼루다. 연지에 물이 고여 며칠이 지나도 결코 마르는 법이 없다.

허엽은 딸을 시집보내고 나서 하루에 한 번씩 딸의 방을 들렀다. 균은 허엽처럼 앉아서 밤새 먹을 갈았다. 아버지가 꽉 막힌 답답한 가슴을 달빛과 먹물로 갈아내던 심정이었다는 것을 비로소 깨달았다.

먹이 들어왔어도 벼루는 소리를 내지 않고, 먹물은 벼루 안에서 갈라졌다가 합해졌다. 갈라지고 합해지는 것이 먹물을 먹물답게 만들고, 먹물이 진해질수록 먹을 가는 마음은 무심해졌다.

천년을 가는 먹물은 밤하늘처럼 속을 알 수 없다. 가장 빛나는 별빛으로 까만 점을 찍어 마음의 위치를 알려줄 뿐이다. 삶이라는 밤하늘에 점을 찍는 것은 글이다.

균은 검은색의 깊이를 눈으로 재고, 흰 종이에 점을 찍고 한 획을 그었다. 두 획, 세 획. 획을 그을수록 흰 공간들은 좁아지면서 수가 많아지고, 붓은 그 속에서 소리를 내기 시작했다.

균은 칼 같은 문장을 거칠게 휘두르다가 어느 순간 이상하게 차분해졌다.

적요에 휩싸인 방안. 하늘하늘 움직이는 촛불의 그림자 때문인가? 여기는 누이의 방. 누이가 시집가기 전까지 후원에 머물며 시를 쓰던 방이다.

근자에 균은 누이의 냄새가 배어있는 방에 취한 듯 들어가 홀로 글을 쓰곤 했다. 글을 쓰다 잠이 들면, 새벽빛은 밤새 문안 인사를 하듯 방문으로 찾아와, 균의 잠 못 이룬 눈자위를 비추었다. 간밤에 분명히 붓을 들고 있었는데, 자기도 모르게 누이의 베개를 베고 자고 있었다.

누이의 이름은 초희다. 누이는 호를 난설헌으로 지었다. 균은 벼루의 난설헌 글자를 쳐다보았다. 난설헌(蘭雪軒). 난초 난, 눈 설. 각각의 글자는 누이와 지독하게 닮았다. 끈질기게 오래도록 향기를 내는 난초와 6각의 결정으로 차가운 흰빛을 내는 눈. 누이의 자기애는 난초와 눈을 닮았다. 그것이 누이의 운명인가?

균은 밤보다 까만 먹물을 보며 붓을 들었다. 누이, 나는 속된 무리와 화합하지 않을 거야. 균은 붓대를 쥐고 눈을 질끈 감았다. 눈을 감으면 보이는 얼굴. 누이의 목소리가 소곤소곤 들리는 듯하다. 그래, 불여세합. 너다운 생각이야. 나비 촛대에서 노란 불꽃이 조용히 불타오르고 있다.

이상하게도 누이의 방에서 호민론은 써지지 않았다. 자꾸 누이의 냄새를 맡으려는 자신을 느끼며, 균은 헛헛하게 웃었다. 오늘은 무륜당 문우들과 적서차별 토론을 하고 집에 들어온 날이다. 어머니는 어머니라 부르는데, 아버지는 아버지라 부르지 못하는 서자는 글재주가 뛰어나도 입신양명할 수 없다.

사흘 전에는 누이의 시집을 내려고 류성룡 대감댁에 새벽부터 다녀왔지만, 서자 이달에게서 사사 받았다는 사실과 여자의 글은 장독 덮개로 쓸 하찮은 부부(覆瓿)라서 쳐다보지도 않는다는 답변을 들었다.

─ 제길, 시에서도 적자와 서자를 차별하는 망할 놈의 세상. 조선은 양반이 문제야. 낱알 고르듯, 신분을 가려내고도 성골끼리 파당을 만들어서 다양성을 죽이고 있어.

균은 너무나 피곤해서 벌렁 드러누웠다.

…… 균아, 넌 언제나 직선이구나? 곡선으로 가는 길도 있어.

…… 누이, 직선은 실천하는 거야. 음풍농월이 아니라고.

…… 차라리 너의 시가 음풍농월이면 좋겠구나.

…… 바람이고 달이고 간에 신분 차별하는 세상에서 성골들끼리 글 잔치야. 나는 나야. 피죽 같은 시를 쓸 거라고.

…… 물론 너는 너지. 하지만 촛불을 봐. 방안에 촛불이 켜져 있으면 촛불을 바라보는 사람은 없어. 방안의 사물들을 바라보지.

…… 촛불 같은 존재가 되란 말이야?

균은 고개를 흔들었다. 누이야말로 촛불 같은 존재가 되었다. 아무도 쳐다보지 않는 삶을 살았고, 촛불처럼 자신을 불태우고 사라졌다.

몸이 피곤할수록 의식은 바늘처럼 뾰족뾰족해지고, 먼 기억들이 와락 달려들었다. 어릴 때의 기억은 서책처럼 긴 주석을 달고, 끈적이는 진흙처럼 달라붙는다.

균은 오동나무 문갑으로 무릎걸음으로 다가가서 종이 뭉치를 꺼냈다.

누이가 시집가기 전에 써놓았던 시문들이다.

종이가 머금은 습기, 오래된 먹물에서 누이의 냄새가 먼지처럼 훅 끼친다. 균은 기침하려다가 심호흡을 해버렸다. 오래된 옷처럼, 오래된 종이에서도 누이 냄새가 난다. 누이의 치맛자락에 얼굴을 묻듯, 균은 시문 뭉치를 이마에 대고 한참을 앉아있었다.

균은 종이 뭉치에서 시문 하나를 꺼냈다.

읊노라. 보배로운 덮개가 하늘에 드리우고 구름 수레는 색과 상의 경계를 넘었으며, 태양이 은빛 누각을 비추니, 석양의 난간은 티끌 같은 술병 속 세상을 벗어났다…….
- 광한전백옥루상량문, 광한전 백옥루 상량을 축복하는 글

누이가 처음으로 쓴 글이 우연히 손에 잡혔다. 종이는 시간의 그림자 따라 누렇게 변색하고, 먹물은 한 획의 양보도 없이 맑고 짱짱했다. 옷감에 빳빳하게 풀을 먹인 듯, 조금의 늘어짐도 없이 팽팽한 글. 겨드랑이에 꽉 끼는 저고리에서 여인의 목선이 드러나듯, 균은 문장에서 누이의 냄새를 흠씬 맡는다.

균은 누이의 시문에서 8살의 누이를 만난다. 누이가 신선나라의 궁궐 광한전 백옥루 상량식에 초대받았다고 상상하면서 썼다는 글이다. 어린아이답지 않은 고차원적 상상력과 심미적 문장은 아버지 허엽의 관심을 끌었다. 문한가의 아들들이 이미 문장가로 유명한데, 딸까지 문장가로 이름을 낼만 한 싹수를 본 것이다.

허엽은 파안했다. 신선 세계의 고귀함과 인간 세상을 내려다보는 기개. 차별 없는 신선 세계는 글 쓴 자의 기개와 하나로 어울려서 성과 속의 경계가 없었고, 비유법의 문장은 은빛 자개처럼 오묘한 빛을 냈다.

허엽은 딸의 시재를 이끌어줄 독선생을 당장에 들였다. 독선생은 이수

함의 서자 손곡 이달이었다. 이달은 작은아들 허봉의 절친이며, 최경창, 백광훈과 어울리는 삼당시인으로 절구(絶句)에 뛰어났다.

허엽은 석 달 후에 나무가 많은 후원에 팔작지붕 기와집을 짓고, 집필실을 만들어 가로로 긴 대들보를 올렸다. 상량문은 초희의 독선생 이달이 지어 올리고, 허봉은 초희에게 붓을 선물했다.

예전에 신선나라에서 준 글방의 벗
규방에 보내니 가을 경치를 희롱하여 보아라.
오동나무를 쳐다보며 월색도 묘사해보고
등불 따라 움직이는 벌레, 물고기도 즐겨보아라.
- 허봉, 송필매씨, 누이동생에게 붓을 보내며

초희는 즉시로 화답했다.

구름 깔린 높은 산봉우리에 부용꽃이 촉촉하고
붉은 언덕 구슬 나무는 이슬에 젖어있네.
경판각 염불 마친 스님은 선정에 들고
재 끝낸 법당에는 학도 소나무로 돌아가네.
넝쿨 우거진 오래된 벽에는 도깨비가 울고
안개 낀 가을 연못에는 촉용이 누워있네.
밤이 되어 향 등은 돌을 밝히고
흐린 달 동쪽 숲에는 종소리만 울리네.
- 차중씨견성암운, 둘째 오빠의 견성암 시에 차운하다

— 언제 내 시(詩)를 보았느냐?
허봉이 깜짝 놀라며 묻고, 초희는 웃기만 했다.

어린 균은 누이가 시문을 쓸 때마다 훼방을 놓으면서 붓을 가지고 놀기 시작했다. 균과 초희의 시는 여름과 겨울처럼 달랐다. 균이 남자인 것을 부정할 수 없듯이, 초희가 여자인 것을 부정할 수 없듯이, 그 둘의 문장은 서로 다른 색깔과 질감으로 존재를 드러냈다.

> 어젯밤 꿈에 봉래산에 올라가서
> 갈파의 용에 올라탔네.
> 푸른 옥지팡이를 든 신선들이
> 부용봉에서 나를 맞아주었네.
> 동해가 아래로 내려다보이는데
> 한 잔 술처럼 맑고 고요했지.
> 봉황은 꽃 밑에서 생황을 불고
> 달은 황금 술 항아리를 비추고 있네.
> – 감우, 느낌대로 노래하다

누이의 시는 상상의 공간에서 여유롭게 노닐었다. 시풍이 달라서 말싸움도 잦았지만, 이상향을 향한 시론은 정확하게 일치했다.

…… 넌 여백이 없는 글을 쓰는구나?

…… 여백이 왜 필요해?

…… 숨을 쉬어야 살아있는 것처럼, 여백은 공간감을 만들어줘.

…… 내 글이 여백 없이 꽉 차 있다는 말이야? 잘못 봤어. 난 군더더기를 싫어한다고.

…… 단도직입한다는 뜻이야. 너의 문장은 칼로 자른 것처럼 보여.

…… 성리학자의 글은 칼이야. 삼봉 정도전이 조선을 설계한 이유, 조선은 선비의 나라라고.

…… 알아. 성리학자의 이상(理想). 비 내린 후의 무지개도 이상이지만, 거친 물살을 견디는 돌도 이상을 표현해. 나는 그냥 여백과 어울렸으면 좋겠다는 생각이야.

…… 누이의 여백은 상상력인가? 누이 글을 읽으면 구름 위에 떠 있는 기분이야. 나는 상상하는 현실은 싫어. 나에게 현실은 진검승부야.
…… 균아, 제발 목검을 써. 몸을 다칠까 걱정이구나.
…… 나를 어린애처럼 보지 마. 나는 골목대장 놀이를 하는 거 아냐.
…… 바보야. 어머니는 너 때문에 밤잠도 못 주무셔. 나는 어머니 말을 전하고 있는 거야.

균과 초희의 방은 나무숲을 사이에 두고 지척에 있지만, 서로 다른 계절이 머물다 가는 것처럼 기온이 달랐다. 균과 초희는 문장 논쟁을 벌이는 일이 잦았고, 잘 토라졌다. 특히 공부 안 하고 밖을 쏘다닌다고 어머니에게 혼나는 날에는, 균은 초희의 시에 괜한 시비를 걸었다.

> 규방 금빛 화분에 저녁 이슬 맺히니
> 미인의 열 손가락은 가냘프게 길구나.
> 대절구에 찧은 꽃잎 장다리 잎으로 말아
> 등잔 앞에서 손가락에 묶느라 귀고리가 흔들린다.
> 새벽에 일어나 휘장을 걷어보니
> 어머나, 붉은 별이 거울 속에 있네.
> 풀을 뜯을 때는 호랑나비 날아오는 듯
> 거문고 빠르게 탈 때는 복사꽃 떨어지는 듯
> 뺨에 분 바르고 댕기 머리 단정히 매만지면
> 소상반죽 피눈물처럼 보이네.

때때로 채색 붓으로 초승달을 묘사하면

다만 붉은 비가 고운 눈썹을 지나는 듯하네.

　- 염지봉선화가, 손가락에 봉선화를 물들이는 노래

　— 사달이이의라고 했어. 문장은 뜻이 통하는 게 중요해. 뭐가 그리 수사가 많아? 나는 손톱에 봉숭아물을 들였다. 색깔이 붉었다. 두 문장이면 되겠네.

　균이 이죽거렸다.

　— 누이의 글은 딴 세상 이야기 같아. 사람이 없는 세상이야? 너무 아름다운 세상이라서 더러운 인간의 씨는 눈 씻고 찾으려 해도 없는 건가? 누이의 글은 수식이 너무 많아. 아름다운 선녀의 세상이 뭐 어떻다는 건지 알 수가 없어.

　초희는 균이 손에 들고 있는 서책을 빤히 쳐다보았다. 〈용호경〉, 〈대통경〉, 〈청정경〉. 선도수련의 책들이다.

　— 죽도로 대련했니?

　— 누이, 세상에는 하늬바람만 있는 게 아냐. 돌개바람도 있고, 비바람도 있어.

　— 다친 곳은 없니?

　— 바람이 있어야 댓잎들이 움직이고 소리를 내는 거야. 바람이 없으면 대나무는 절대 소리를 내지 않아.

　— 흥, 내 시에 바람이 없다고 하니까 하는 말인데, 내 시는 바람조차 없는 적념의 상태야. 고요함의 극치지.

　초희는 균의 말을 간단히 조소했다. 균은 누이의 조소를 다시 조소했다.

　— 적념? 사람이 그걸 느낄 수 있다고 생각해? 설마 죽은 적념을 말하는 건 아니겠지?

— 죽은 적념이라니? 적념도 사람처럼 살고 죽는 거니?

— 적념이 뭔데? 물속처럼 고요한 중심이야? 물 위에 퍼지는 파문 따위에는 관심이 없다는 건가? 너무 깊은 곳을 응시하면 생기가 없어.

— 생기?

— 백팔번뇌의 강을 건너야 적념에 도달하는 거야. 모든 살아있는 것들 속에서 고통스럽게 얻어낸 적념만이 가치가 있는 것이지. 너무 쉽게 도달한 적념은 적념이 아닌 거야.

— 내 시가 적념에 너무 쉽게 도달했다고? 너야말로 어찌 그리 쉽게 말할 수 있니?

— 살아있는 숨 말이야. 숨은 사람의 가슴에서 생겨난다고. 문장의 수사나 미사여구로 만들어지는 것이 아니야. 시를 쓰기 전에 누이가 체험한 삶은 뭐야?

— ······.

— 누이는 얼마나 많은 계층의 사람들을 보았어? 계집종이 차려주는 밥을 먹고, 계집종이 빨아주는 녹의홍상을 입고, 따뜻한 방바닥에 앉아 천상 세계의 시를 써대는 사람. 누이의 시에는 봄바람만 불어. 겨울을 이겨낸 봄바람이 아니라 아예 처음부터 봄바람인 거. 누이의 시가 병풍의 그림처럼 예쁘긴 해.

— 내 시가 고작 병풍의 그림이니?

초희는 샐쭉한 표정을 감추며, 자주색 옷고름을 만지작거렸다. 칭찬만 듣다가 처음 듣는 신랄한 비판이다. 아무도 내게 그렇게 말하는 사람은 없었어. 초희는 우물거리듯 중얼거렸다.

김씨 부인이 못마땅한 표정으로 균을 흘깃 쳐다보며, 두 사람의 대화에 끼어들었다.

— 마구간의 말은 왜 끌고 다니는 것이냐? 아무나 만나지 마라. 그만 돌아다니고 공부를 해. 성균관에 입학하고 입신양명하는 것이 세상 공부

야.

　김씨 부인의 손에는 딸의 시문이 들려있었다. 봄·여름·가을·겨울, 사계절을 쓴 연작시이다.

　— 조용한 뜨락에 봄비 내리고 살구꽃은 지네. 잠에서 깬 미인이 몸단장하는구나. 연못가의 피리 소리. 술잔에 달이 비치고, 눈물에 젖은 명주 수건? 이 여자는 왜 새벽에 일어나서 우는 것이냐? 아하, 어떤 여자의 봄날을 생각하며 쓴 거라고 했지? 오, 이건 게으른 여름이구나. 약초밭에 사람은 없고 벌들이 장을 보네. 참 재미있어. 우리 딸은 정말 대단해.

　김씨 부인은 초희의 머리를 쓰다듬으며 함빡 웃었다. 딸의 귀밑머리는 날씬한 붓을 닮았다.

　— 황진이 시에는 남자를 누르는 힘이 있다고 들었다. 너는 달라야 해. 문한가 규수로 무엇을 더 바랄까마는 시로 따져도 황진이와 다르고, 신사임당하고도 다르고, 아무튼 우리 딸은 달라야 해.

　균은 어머니의 옆얼굴을 맥 빠진 표정으로 쳐다보았다. 균은 알고 있었다. 김씨 부인은 딸의 문재(文才)에 자부심이 컸다.

　김씨 부인은 허엽과 혼인하기 전에 화담에 들렀을 때, 딱 한 번 황진이를 만났다. 화담 서경덕 문하 성리학자들의 시문 화답 자리에서 황진이는 조금의 주눅도 들지 않고 남자들과 시재를 겨루었다.

　김씨 부인은 그 광경을 먼 달 쳐다보듯 물끄러미 서 있었다. 다과상을 차리기 위해 부엌에서 사과를 깎고 있던 김씨 부인의 가슴은 몹시 두근거렸다. 술 취한 사내처럼 이마까지 불콰함이 올라왔다. 그것은 부끄러움이었다.

　서화담의 기일원론을 정확히는 모르지만, 그 자리가 실천하는 자들의 모임이라는 것은 알고 있었다. 그런데 황진이는 뭔가? 황진이는 기녀도, 여자도 아닌 시객(詩客)이고, 신분 차별은 없었다. 신분 차별은 우주의 이치를 모르는 하수 중의 하수가 하는 말이라고 했다.

김씨 부인이 수를 놓을 때, 빨강, 파랑 실을 고르듯이, 황진이는 능숙하게 시어(詩語)를 골랐다. 조금의 고심도 없이 직감으로 고르는 실력, 남자들은 잘 짜낸 피륙을 보고 감탄하듯, 황진이의 시를 보며 고개를 끄덕였고, 붓을 들었다. 특히 정혼자 허엽의 눈길이 잠시라도 황진이에게 머물렀을 때는 김씨 부인의 등에 싸르르 전율이 일었다.

김씨 부인은 시를 잘 짓는 딸을 낳고 싶었고, 그 소망은 예정된 운명처럼 착착 이루어졌다. 김씨 부인은 남모를 만족감을 표정 속에 애써 숨기다가 가끔 터지는 웃음을 참지 못했다.

— 사과 달리면 사과나무고, 배 달리면 배나무지. 문한가 집안의 씨가 그런 건데.

김씨 부인이 밥 먹는 아들들을 바라보며 밥상머리에서 한 말이다.

균은 옛일을 떠올리며 누이의 시문들을 정리하다가 낯선 시문 하나를 발견했다.

깊은 규방 열다섯 처녀 아이
방 앞에서 달에게 절해도 아무도 모르네.
비단 띠가 바람에 날려도 묵묵히
돌계단을 내려와 정원의 꽃대를 손으로 꺾네.

스승 이달의 배신월(拜新月)이다.
— 오, 스승님…….
균은 이달을 그리워하며 배신월을 느리게 읽었다. 이달은 서자 신분에 분노하며 조선을 떠돌고 있었다. 이달의 필체를 보니, 이달을 다시 보는 듯하다. 누이는 달에게 인사하는 엉뚱한 여자가 맞다고 생각하며, 균은 흐리게 웃었다.

칼을 차고 만 리를 날아가니
하늘 꼭대기 누각에 석양이 걸렸네.
서쪽으로 흐르는 강물에는 세 고을이 갈라지고
산세는 남으로 돌며 큰 풀숲을 숨기네.
발아래는 조각구름이 우거진 풀처럼 생겨나고
눈에는 어두운 바다가 아득히 들어오는데
해 떨어질 때 높이 올라가 돌아보니
변방의 말 울음소리에 살기가 번뜩이네.
  - 차중씨고원망고대운, 작은오빠의 고원 망고대 시에 차운하여 짓
다

균은 눈을 꼭 감았다. 초희가 균과 함께 말을 타고 시회(詩會)를 돌아다
니다가 집으로 돌아와 허봉의 시에 화답한 것이다.

봉홧불이 황하에 비치니
병사들이 집을 떠나네.
창을 베개 삼아 흰 눈 위에서 자며
말을 몰아 황사 날리는 사막에 도착했네.
모진 삭풍에 쇠 딱따기 소리 들리고
변방에 들어가는 호드기 소리 들리네.
해마다 결속해 왔지만
군대를 쫓아다니기 정말 괴로워라.
  - 출새곡, 변방으로 떠나는 노래

누이의 시가 부분적으로 정치적인 색채를 띠기 시작한 때였다. 하늘나
라 선녀 이야기에서 인간 냄새가 나기 시작해서, 낮에는 지상에서, 밤에는

천상으로, 오르락내리락하는 움직임이 보였지만, 누이의 시는 여전히 천상의 고고한 자태를 유지하고 있었다.

균은 마지막 시를 읽었다.

파란 바닷물이 요해를 침범하고
청란은 채란 신조와 인연으로 만났네.
부용화 27송이 휘늘어져
차가운 달빛 서리에 붉게 떨어지네.
- 몽유광상산시, 꿈에 광상산에서 놀다

누이의 부감법이다. 누이가 붓을 들면 시간의 거리는 장난처럼 사라지고, 현실 세계와 환상세계가 대조를 이룬다. 그런데 27송이는 뭔가. 삼구(三九)의 시구. 3의 세 제곱은 9, 9의 세 제곱은 27. 누이는 27살에 죽었다. 누이는 〈손자산경〉에 나오는 명수법을 익힌 건가? 지상의 숫자는 속눈썹 아래로 조롱하던 누이였다.

사람들은 시참(詩讖)이라고 수군거렸다. 균은 어깨를 부르르 떨었다. 죽음의 담백함이 서러운데, 그 서러움을 풍경화처럼 그린 무구함이 또한 서러운데. 몽유광상산시를 쓴 누이 앞에서 시문 화답할 수 없음이 또한 서러웠다. 그 서러움은 알 수 없는 시간 속의 느낌이다.

누이는 죽음을 변명하지 않고, 원망도 절망도 없이, 모든 감정을 제거하고 뼈만 남긴 채, 세상을 푸른색에 가두었다. 이승과 저승, 두 공간이 합쳐진 어떤 공간에서 누이의 격렬했던 감정은 한철 꽃처럼 붉게 떨어지고, 달빛은 새들의 날갯짓에 노란빛을 떨어트리며 푸른 바닷물을 이끈다.

누이는 부용화에 앉아서 잠시 울다가 이 세상이 재미없는 새처럼 훌쩍 날아갔다. 모든 감정이 서로 자리를 내주고, 섞이고 섞여서 하나의 감정으로 밤하늘처럼 반짝일 때, 그 밤하늘을 본 자만이 그 감정을 알 수 있을까?

 ⋯⋯ 너는 질문이 많았어.
 ⋯⋯ 누이도 질문이 많았어.

균은 견딜 수 없는 표정으로 일어나 방문을 벌컥 열었다. 균의 손에는 검(劍)이 들려 있었다.

누이! 누이를 생각할수록 누이의 고독한 속내가 미웠다. 달빛의 각. 저 멀리 어둠은 허리를 비틀며 겹겹으로 퍼지고, 먼 하늘가는 완전히 흐린 먹색이다. 균은 역검으로 검을 숨기다가 다시 검날을 세웠다.

누이는 완벽하게 사라졌다. 죽었다는 사실이 새까맣게 다가오고, 밤은 입을 꽉 다물었다.

붓에 필법이 있고, 검에는 검법이 있다. 인간에게는 예의가 있는 법. 균과 누이는 끊임없이 조선에 질문하고 있었다. 그 질문을 향해 달려온 세월. 균과 초희는 수많은 밤을 낮처럼 쏘다니며 길거리마다 말발굽을 남겼다. 누이의 백마는 익숙한 밤의 체취를 맡은 듯, 마구간에서 부스럭 소리를 내고 있다.

균은 어둠을 벤다. 기억을 벤다. 베고 또 베어도 어둠은 그 자리에 있고, 누이가 사라졌다는 사실은 어둠처럼 우뚝하다. 누이는 저 산이 되었을까? 바람이 불었다. 누이는 바람이 되었을까?

균은 방안으로 도로 들어와 검을 내려놓았다. 방바닥에 가로누운 붓과 검. 멀리서 삼경을 알리는 종소리가 뎅, 뎅, 뎅, 울렸다. 균은 마침내 붓을 들었고, 호민론을 쓰던 종이를 윗목으로 쓱, 밀어냈다.

방문이, 달빛이, 밤하늘이, 상한 가슴이 온통 먹물 속으로 빠져들고, 붓 끝에 까만 방울로 모아졌을 때, 새벽빛은 방문을 투과해 꿈처럼 날아들었다. 방안이 온통 흰빛으로 환해졌을 때, 나비 촛대는 존재감 없이 투명해졌다.

가엾은 앵무새가 하늘로 날아갔구나. 가슴에 어지럽게 부유하는 감정들 때문에 시는 쉽게 써지지 않았다.

옥구슬 깨지고 진주 떨어지니, 님의 인생 맑지 못했네. 거문고 비파는 잃어버려 켜지 못하고, 새벽 밥상 차렸어도 님은 먹을 수 없네. 침실에는 고독만이 가득하고, 여린 난초 싹은 모진 서리에 꺾여버렸네. 오직 살아있는 자만이 애통함을 껴안고……….

균은 훼벽사를 쓰기 시작했다. 구슬이 깨지는 아픔. 글자에 눈물이 떨어져서 먹물이 퍼지고, 종이는 흐린 자국을 남기며 젖었다.

균은 울고 있었다. 우주 끝 어떤 별에서 왔는지, 감나무 꼭대기 홍시처럼 속은 여물었으나 사람의 손가락 끝에서는 맥없이 벗겨지는 누이. 균은 나머지 문장을 쓰기 시작했다.

저 까마득한 하늘 끝 요압
백옥루로 되돌아가 소요하며
신선 무리를 따라 지내소서.

— 이대로 보낼 수 없어!
균은 방문 밖을 향해 소리쳤다.
말할 수 있는 자가 말하게 하라.
초희는 마치 균을 향해 숙제를 남긴 것처럼 사라졌다. 균은 그 숙제를 하기 위해 꼬박 백일 밤을 새웠다.
천생 시인, 속세의 시간을 희롱한 하늘나라 선녀, 천의무봉의 문장. 불태워진 것이 1,000여 수, 친정에 남아 있는 시가 100여 수, 균이 외우고 있는 시가 50여 수, 불태워지고 남은 것이 50여 수, 이것, 저것 끌어모아 213수가 남았다. 그중에 유선사가 128수. 누이의 시집을 만들어 세상에 내놓아야 한다. 균은 눈을 꼭 감았다.

　그날 균은 거기에 있었다.

2

　균은 육중한 솟을대문을 삐걱, 소리 나게 열어젖히며 성큼 들어갔다. 균은 뒷짐을 진 채 사랑채 대청마루를 향해 소리를 꽥 질렀다.

　— 이 집은 도무지 사람 사는 집 같지 않네! 내 눈에는 사람이 보이질 않아!

　깔끔한 비질만큼 나무 한 그루 보이지 않는 곳, 달빛이 그대로 내려앉은 마당은 넓은 사각의 폭만큼 고요했다. 오래된 나무 냄새를 풍기는 문설주, 광정(光井)의 지붕창, 팔작지붕 추녀마루의 잡상들은 수문장처럼 서 있고, 처마는 달빛이 들어오는 각도만큼 날렵하게 올라갔다.

　균은 문설주의 주련을 노려보았다. 유천하지성 위능화唯天下至誠 爲能化, 오직 천하의 지극한 정성을 다하는 사람만이 능히 변화시킬 수 있다. 집주인의 성정을 드러내는 듯, 각이 분명한 해서체다.

　김성립이 대청마루로 아주 느리게 걸어 나왔다. 방문의 열린 틈으로 나비 촛대가 보였다. 명나라에서 들여온 듯 화려한 색감. 조선에서는 낯선 크기다.

　높은 기단 때문에, 김성립은 눈을 내리깔며 균을 아래로 내려다보았다. 기단은 오랜만에 만난 두 사람의 거리만큼 멀었다. 균은 기단 위로 성큼 올라갔다.

— 호상은 아니지 않나?

김성립이 간단한 인사는 생략한다는 표정으로 균을 쳐다보았다.

— 곡소리까지는 바라지도 않아!

균은 어색한 시간의 거리를 마음의 거리로 환산하듯 잘라 말했다.

— 내가 눈물을 모르지는 않네. 다만 흘려야 할 때를 알 뿐이지.

— 나는 부부의 예를 묻고 있어!

— 눈물이 없다고 해서 정이 없겠나? 부부간의 일이네. 또한 우리 집안의 일이네. 출가외인이니 처남이 왈가왈부할 일이 아니야.

— 내 누이가 죽었어!

— 조선의 혼인제도일세. 지킬 건 지켜야지. 자네 집안이나 우리 집안이나 모범을 보여야 할 처지가 아닌가?

— 이율곡도 외가에서 자랐어. 신사임당과 고작 60년의 차이를 두고 조선이 이리 바뀔 수는 없어. 신사임당처럼 친정에서 살았으면 맘껏 글 쓰고 살았을 누이야.

— 조선은 확실히 바뀌었네. 바뀌어 갈 거고. 자네는 조선이 친영제로 바뀌기 전의 과거에 아직도 머물러 있는 것인가? 아니면 지금 와서 과거로 후퇴한다는 말인가?

— 조선의 문제가 아니라 집안 나름 아니겠어? 그래, 김씨 집안에서는 부부의 예가 도대체 뭐란 말이야?

— 이혼이 아니라 사별이야. 처남의 예를 지키게.

— 부부의 예를 봤으면 했는데 예상대로야. 역시 없어. 부부의 예가 없는데 언감생심 처남의 예를 바라나?

— 언감생심? 뼈아픈 말이군. 자네는 우리 집안을 허투루 보는가? 모두가 다 아는 사실을 다시 말하는 것처럼 헛된 일은 없으나, 우리 집안은 5대가 문과에 급제한 문벌 집안일세. 나 역시 부부의 예를 간절히 바랐네. 하나 부부의 예를 먼저 거절한 것은 자네 누이야.

— 부부의 예를 거절하다니?

— 저잣거리에 내 마누라를 모르는 사람이 없네. 제발 갈 때는 조용히 갔으면 하네.

김성립은 포기한 자의 표정을 지었고, 균은 김성립의 멱살을 잡았다. 남자 노비들이 급히 다가오는 것을 김성립이 손으로 제지했다. 균이 김성립을 노려보며 한발 물러섰다.

— 시집살이가 힘들었다고 들었어!

— 귀를 씻을 일일세. 힘들었던 쪽은 우리 집안사람들이야. 내가 입신양명이 늦어서 그렇지 우리 집안이 만만한 가문은 아닐세. 종부가 종부다워야지.

— 종부? 혼인을 노예계약으로 아는 집안이군.

— 자네 누이의 고집은 자네가 알 거야. 워낙 고집불통이라서. 나는 부부의 예를 수없이 권했네. 결국 실패했지만.

— 실패가 아니라 열패겠지! 문한가 출신의 아내를 들일 때는 무슨 생각이었는지 묻고 싶군.

균의 눈가에 비릿한 웃음이 스쳤고, 김성립은 턱 끝을 들어 올리며 말했다.

— 흥, 내가 출사가 늦어서 그렇지 열패감은 없네. 또한 시집와서 글 쓰라고 부른 건 아니었네. 글 잘 쓰는 여자는 심성도 곱고, 시댁의 예에 기꺼이 따르는 영민함이 있을 줄 알았네. 그런데 아니었네. 자기밖에 모르는 여자였어.

— 조선의 문도(文道)가 그리 허접하지는 않아. 일개 집안을 위해서 문도가 존재하는 것은 아니지.

— 뭐라고?

김성립은 불쾌한 듯 미간을 찌푸렸다.

— 누이는 천생 시인이야. 아무리 글을 몰라도 그렇지, 자기 내면을 거

울처럼 닦아내는 심성을 이기심으로 해석하는군. 마구간에서 천리마가 울어댄들 그 울음을 모르면 천리마는 천리마가 아닌 거지. 불행은 무식하게 찾아오는 법이 맞는군. 아니 그러한가?

— 흥, 사람의 인성은 관뚜껑이 닫힐 때까지 안 바뀌는 법 아닌가? 자네 누이한테서 그걸 확인했네. 부덕(婦德)을 거부하는 여자는 조선에 다시는 없을 걸세.

— 절필을 강요했겠지.

— 우리 집에선 집필도, 절필도 없네. 자네 누이는 국가가 권장하는 미풍양속을 따르지 않았어. 아주 나쁜 여자야!

— 이 나라 조선에서 문장을 모르는 양반은 없을 터인데? 이상하군. 문장에서는 적자도, 서자도, 문중도, 남녀도 다 뛰어넘어. 구분하라는 말은 없어.

균은 대청마루를 휘둘러보았다. 육중한 대들보가 굵고 매끈하게 천장을 가로질렀다. 어두운 마당에는 희미한 빛이 서렸다.

— 남녀를 구분하는 이 집에는 사랑채와 안채 사이에 부부의 내외문도 없어. 부부의 통로가 없다고.

— 아들을 낳기 위해 좋은 날을 택일해서 자주 만나기는 했네.

— 이런! 우주를 꿰뚫는 시혼을 문중이라는 좁은 틀 안에 가두다니. 가문에 봉사하는 여자를 만들기 위해 이렇게 가두어놓다니! 이런 곳에서 누이가 살다니!

— 도대체 누가 가두었다는 건가? 자네 누이가 스스로 안 나온 걸세. 자네 누이의 글? 그래, 부부(覆瓿)라는 말은 있지. 부엌 장독이나 덮을 글. 여자는 장독과 친해야 돼. 그게 조선의 법이야. 시대의 가풍을 따르는 것. 그 외에는 아무 의미가 없어. 시를 쓰려면 한 가문의 시를 써야지! 현모양처의 시를 써야지!

균은 김성립의 좁은 이마를 물끄러미 바라보았다. 방안의 불빛은 이마

위에서 말간 빛을 냈다.

— 흥, 자네 누이는 달라. 흰 개 꼬리 굴뚝에 삼 년 두어도 흰 개 꼬리지 뭔가? 황모는 절대 안 되네.

— 내 말이 그 말이야! 글을 읽어도 황모가 안 되는 인간이 여기 있군! 부부의 예를 모르니 아내가 죽어서도 부끄러움을 모르고, 부끄러움을 모르니 인간의 천성을 모를 것인데, 성리학의 성자는 제대로 이해했는지 모르겠어. 명문가 흉내 내며 재주만 부리는 호손(猢猻) 아닌가?

김성립은 억지로 화를 참고 있느라 이마까지 불콰해졌다. 계속 문과에 낙방해서 접에 들어간 지 오래되었다. 아내를 잘못 들여서 출사의 운이 막혔다는 소문이 자자했다. 이상한 일이었다. 시험을 못 본 것은 아닌데, 계속 낙방이었다.

김성립은 시문 하나를 균의 머리 위로 힘껏 던졌다. 종이는 나비처럼 사뿐 날았다. 균이 급히 손을 뻗어 종이를 잡았다.

공령 여울목에 비가 걷힐 때
무협에는 운무가 쫙 깔렸네.
깊은 원망에 잠기니 님의 마음도 조수와 같이
아침에 잠깐 나갔다가 저녁에 돌아왔으면.
- 죽지사

— 내가 바닷물이야? 공부에 집중할 수 있겠나? 지아비가 출사하려고 접에 들어가 공부하고 있는데 이런 시를 쓰는 여자는 조선 팔도에 자네 누이밖에 없을 걸세.

김성립은 분이 안 풀리는지 종이 하나를 또 던졌다. 종이는 또 나비처럼 사뿐 날았다. 균이 또 종이를 잡았다.

말 탄 수레에서 부채로 달을 가리며
나비 치마에서는 향내가 나네.
너무나 아름다운 진 땅의 여인
위장군이 눈물을 보이네.
옥갑에 남은 분을 가져다가 금화로에 저녁 향을 바꿔 피우네.
무협 땅 너머를 바라보니
오는 비 지나가는 구름이 하나로 섞여 있네.
 - 효이의산체, 이의산의 체를 본받아

─ 혼인한 직후에 쓴 시야.
김성립은 묘한 미소를 지었다.
─ 요염한 냄새를 풍기는 시. 아내가 아내다워야지? 음전하지 않아.

비단 띠 비단 치마에 남은 눈물 자국은
향기로운 풀을 보며 왕손을 그리워한 한스러움이에요.
옥 아쟁으로 마음을 다해 강남곡을 연주하니
빗줄기에 떨어지는 배꽃이 대낮의 문을 가리네요.
 - 규원, 규방에서 원망하다

─ 매일 누구를 생각한 거야? 요조숙녀인 줄 알았는데.
─ 매형은 군자야?
─ 한두 개가 아닐세.
김성립이 화풀이하듯이 종이를 균의 발아래로 던졌다. 종이는 아래로
사뿐히 떨어졌다. 균이 허리를 구부렸다.

양동과 양서로 봄 물결이 긴데

임이 탄 배는 작년에 구당을 향해 떠났어요.
파강 골짜기에는 원숭이 울음이 괴로워
세 마디 울음도 끝나기 전에 애간장이 끊어져요.
- 죽지사 2

— 도대체 누가 떠났다는 거야? 누구야? 한 이불을 덮고 자는 여자라도
도대체 속을 알 수가 없어.
김성립은 계속 시문을 내던졌다. 균은 계속 허리를 구부렸다.

부엌에 찬 바람 스며들고 밤은 길게 남았는데
텅 빈 정원에는 이슬 내려 옥 병풍은 차가워라.
연못의 연꽃은 시들어도 밤새 향기가 나고
우물가 오동나무 잎이 떨어져 가을 그림자가 없구나.
옥 물시계 똑똑 시간 가는 소리 서풍에 들리고
주렴 바깥에는 서리 내려 저녁 벌레가 우네.
베틀 아래 명주를 가위로 잘라내고
옥관에서 꿈을 깨니 비단 장막이 텅 비어있네.
의상을 만들어 먼 길 가는 인편에 부치려니
난초 등불이 고요히 어두운 벽을 밝히네.
눈물을 머금고 편지 한 통을 써놓으니
역인은 날이 밝으면 남쪽 길로 출발한다고 하네.
옷 만들고 편지까지 봉해 놓고 정원을 거니는데
은하수가 반짝이며 새벽 별을 밝히네.
차가운 이불에서 이리저리 뒤척이며 잠 못 이루는데
지는 달이 다정하게 그림 병풍을 엿보네.
- 사시사, 추, 사계절 노래, 가을

김성립이 균을 향해 소리를 질렀다.

— 도대체 누구를 위한 옷인가? 도대체 누구를 위한 편지인가?

김성립은 아예 시문 뭉치를 마당으로 다 던졌다. 균이 시문을 향해 달려갔다.

멀리서 손님이 찾아왔는데
나에게 전해준다는 잉어 한 쌍을 주었어요.
무엇이 있나 궁금해서 갈라보니
그 속에 긴 편지가 들어있네요.
첫 줄에 늘 그리워한다며
요즘 어떻게 지내는지 물으시네요.
글을 읽어가며 임의 뜻 알고는
눈물이 떨어져서 옷자락을 흠뻑 적셨어요.
- 견흥, 감정을 풀다

균이 누이의 시문들을 하나하나 찬찬히 읽더니 입을 열었다.

— 이건 내가 보낸 서찰을 받고 쓴 시 같은데…….

균의 눈가에 그리움이 울컥 묻어났다. 종이의 글자들이 흐릿해 보였다.

— 누이는 비유법을 사용해. 내가 잉어를 보냈겠어?

— 보고 싶은 사람을 비유로 처리한다고? 그것이 남동생이라고 어찌 확신하나?

— 시에서는 직설(直說)을 피하지. 꼭 남편이라고 써야 남편은 아니야. 시제(詩題)를 봐.

균이 시문 하나를 내밀었다. 이율곡을 탄핵하고 귀양 간 허봉을 생각하며 쓴 시였다.

어두운 창가 촛불은 낮고
반딧불은 높은 집을 날아다니네요.
근심이 깊어가는 밤은 쌀쌀하고
가을 나뭇잎은 우수수 떨어지네요.
변방 소식을 들을 수 없어서
깊은 근심을 풀 길이 없네요.
저 멀리 아득한 청련궁을 생각하니
텅 빈 산 담쟁이넝쿨에 달빛만 밝네요.
      - 기하곡, 하곡오라버니께

  — 흥, 시문 속의 사람이 애인인지, 친정 식구인지는 몰라도 남편의 자리는 확실히 없군.
  — 이건 남편을 그리워하는 시인 것 같은데?
  균이 다른 시문을 내밀었고, 김성립은 고개를 홱 돌렸다.
  — 하도 희한한 시를 써서 이미 다 읽었네. 안 읽은 건 없어. 안 읽어도 알아. 다 안다고. 여기 이 시도 가져가게. 염소 새끼를 넣어 만든 고아주를 겨울에 빚어서 봄에 익어가는 술로 바친다는 시네. 하늘나라 선녀처럼 고상한 척은 혼자 다 하더니!
  균은 다른 시문을 김성립에게 내밀었다.

  싸늘한 대자리에서 잠 못 이루고 꿈자리만 뒤숭숭한데
  손으로 비단부채 휘두르며 날아다니는 반딧불을 때리네.
  장문궁은 밤도 길고 허공에는 달만 밝은데
  서궁의 웃음 섞인 대화 소리를 바람이 보내오네.
      - 궁사13, 궁녀의 노래

— 누이는 밤마다 혼자 있었나 보군. 남편 자리가 없는 게 아니라 아내 자리가 없네.

— 그건 진황후 얘기 아닌가? 진황후가 임금의 은총을 받다가 후궁들 질투를 받아 장문궁에 유폐되어 슬픈 시름으로 지내는 이야기 아닌가?

— 그러니까 누이의 비유라고.

균이 시문을 내밀었다.

새로 길들이는 앵무새 날개가 아직 길들지 않아
금롱에 가두고 옥루를 향해 살게 하네.
한가로이 비취색 머리 돌려 주렴 쪽으로 서서
품은 마음을 농서 지방 사투리로 임금께 말하네.
— 궁사4, 궁녀의 노래

— 내가 임금인가?

김성립이 과히 싫지 않은 표정을 지었다.

균이 김성립을 노려보며 시문 하나를 또 내밀었다.

파초꽃 이슬에 눈물짓는 소상강 굽이
아홉 봉우리 운무에 가을 하늘이 푸르네.
물속 궁전 서늘한 파도에 용은 밤마다 울고
남방 아가씨 맑은 옥을 두드리듯 노래하네.
난새 떠나고 봉황새 이별하니 창오산 멀어지고
빗기운이 강을 침범하니 새벽달이 희미하네.
한가로이 석벽 위에서 신묘한 거문고를 뜯으니
꽃 같고 달 같은 아가씨가 강가에서 새처럼 우네.
아름다운 은하수는 까마득히 멀고도 높은데

깃털 덮개 금빛 지주가 오색구름 속으로 사라지네.
문밖의 어부들이 〈죽지사〉를 부르는데
은빛 연못에 상사월이 반쯤 걸려있구나.
- 상현요, 소상강 거문고 노래

균이 누이를 만지듯 종이의 글자를 쓸어내리고, 김성립은 침을 꼴깍 삼켰다.

— 슬픔을 슬프게, 기쁨을 기쁘게. 그건 누구나 다 해. 슬픔을 슬프게 쓰지 않는 게 누이의 비유야. 슬픔도 외려 아름답지. 아름다운 풍경에 달 하나 그려 넣은 그림 같은 시를 써. 이렇게 상사월이라는 단어 하나를 툭 던져놓는다니까.

— 그래? 그럼 이건 어떤가?

김성립이 종이 하나를 힘껏 던졌다. 종이가 허공을 팔랑거리다가 내려 앉았다. 균이 허리를 구부렸다.

등륙을 재촉하여 불러 천관을 나오는데
바람과 용을 타고 가려니 뼈가 시리게 춥네.
소매 속 옥가루 삼백 섬이
휘날리는 눈발이 되어 인간 세상에 흩어지네.
- 유선사27, 신선세계에서 노니는 노래

— 내가 신선과 살고 있었나?

— 물활적(物活的) 세계야.

— 내가 이런 얘기까지는 안 하려고 했는데. 도가적 시풍이야? 누가 여 도사와 살고 싶겠나? 나는 마누라가 무서워.

— 유불선의 선에 가깝지. 도가와 선은 약간의 거리와 미묘한 차이가

있으니까. 우리 집안에서 글은 수행이야. 그것이 조선의 문도이고. 무섭다니? 누이의 시는 객관세계와의 완벽한 일치를 보이고 있는데, 그건 존경할 일 아닌가?

— 내가 단어를 사람처럼 생각해 보기는 처음일세. 존경이라는 말이 참으로 우습군. 그게 마누라야? 스승이야? 내가 마누라를 모시고 살아야 하나? 여자가 시부모 모시고, 가문을 위해 아들을 낳고 남편의 그림자처럼 살아야 여자의 할 일을 다 한 것이고, 그것을 세상에서는 부덕이라고 하거늘. 그것이 조선의 가법인데?

— 가법?

균이 피식 웃었다.

— 시집을 왔으면, 현실에 두 발을 딛고 똑바로 서란 말이야! 하늘의 달을 쳐다보고 달 타령하지 말고! 내 집의 부엌, 곳간 열쇠를 당당히 쥐고 김씨 집안의 며느리 역할을 하란 말이지!

김성립이 답답한 표정으로 소리쳤다.

— 달 타령이라니? 누이의 시는 음풍농월이 아니야. 누구나 보는 달 값을 계산하는 거야?

— 달 값이라니? 달에도 값이 있나? 나는 며느리의 역할을 말하는 걸세.

— 매달 보름달이 뜰 때, 아기를 가지라고 달빛이 잘 보이는 정자로 내몬 것을 알고 있어. 필요하면 달맞이, 필요 없으면 달 타령이야? 그렇게 잇속이 빠르면 글을 읽어도 글자만 외울 테니 문과 급제보다는 차라리 장사꾼이 낫지 않겠어?

— 내 집안을 모욕하는 것은 좌시하지 않겠네. 모욕은 오늘까지야.

김성립은 균이 가슴에 끌어안고 있는 시문들을 노려보았다.

— 자네 누이는 시댁의 법도를 따르지 않았네. 그건 분명한 사실이야. 자네 누이는 집안에 집중을 못 해. 마음이 집 밖을 떠돌아. 이 시를 보게!

김성립이 남아 있는 시문을 또 획 던졌다.

> 동쪽 집 세력이 불길처럼 활활 일어나
> 높은 누각에 피리와 노랫소리 드높고
> 북쪽 이웃들은 가난해서 옷도 없이
> 굶주려서 문안을 떠돌아다니네.
> 높은 집안이 하루아침에 망하고서야
> 거꾸로 북쪽 이웃들을 부러워하니
> 흥망은 대를 이어 교대로 바뀌는 것이니
> 하늘의 이치로부터 도망가기는 어려우리.
> - 감우, 느낌대로 노래하네

— 도대체 이런 시를 왜 쓰는 건가? 이해할 수 없네. 이 시를 썼을 때가 기억나네. 제삿날이었어. 정결한 마음으로 음식 준비를 해야 하는데, 새벽에 일어나 이런 시를 쓰고 있더라고. 집안이 망하라는 건가?

— 이건 사회의식에서 나온 글이야.

— 한집안의 며느리이네. 사회의식이라니?

— 시인은 법 위에 선 자야. 새의 눈으로 세상을 보지. 누이의 시를 협소한 공간으로 몰아넣지 마. 소인배만 있는 공간 말이야.

— 흥, 말이 나온 김에 어디 말해 보세. 자네 집안은 무슨 공간인가? 감히 이율곡을 탄핵하다니. 그러니까 귀양을 가지.

이 자식! 균은 또다시 김성립의 멱살을 틀어쥐었다. 남자 노비들이 나무 막대기를 집어 들자, 김성립이 손을 들어 제지했다. 균의 검술 실력을 잘 알고 있었다. 노비 열 명이 달려들어도 균을 상대할 수 없다. 균이 뒤로 물러서자, 김성립이 옷자락을 탁탁, 소리 나게 털었다.

— 자네, 우리 집안이 잇속에 빠르다고 했나? 재물 문제로 파직당한 사

람이 누군지 알 터인데? 나도 집안이 엮이기가 싫어서 쓰고 싶지 않은 호칭이지만, 처남이야말로 부끄러움을 모르는군.

— 모함을 밥 먹듯 하는 파당 문제 아니겠어? 나는 위선이 없어서 말이야. 내가 부끄러워하는 것은 오직 위선뿐이야.

— 이제 더 이상 서화담을 따르는 사람들은 없을 걸세. 학맥을 만들기에는 기이한 행각이 많다는 소문일세.

김성립의 눈가에 흐린 웃음이 스쳤다.

— 정도전이 조선을 설계했을 때, 왜 성리학을 국시로 삼았을까? 조선은 선비의 나라야. 성리학은 실천하는 학문인데, 실천하는 사람은 없고 모여서 갑론을박만 하고 있으니, 계속 집단화되는 것 아니겠어? 옳음이 그름이 되고, 그름이 옳음이 되니, 옳음과 그름이 질서를 잡기는 어렵지 않겠어?

— 흥, 서화담도 패거리를 이루고 있지 않나?

— 패거리라니? 평등을 실천하는 사람들이야.

— 역린이군. 자네 목숨이 몇 개인가?

— 성리학적 질서를 논하는 것이 역린이라면, 이 나라 조선은 선비의 나라가 아니라, 왕의 나라라고 불러야 할 거야. 정도전의 설계에 대한 반역이지. 리(理)와 기(氣)의 관계를 논하는 나라에서 신분 차별을 만들 필요가 있나?

— 그래서 자네는 중과 어울리고, 기녀와 어울리고, 서자와 어울리는 건가?

— 물론.

균이 팔짱을 끼고 고개를 까딱하며 여유롭게 말했다.

— 그것이 조선사회의 금기인 줄을 모르는가? 부끄러움을 모르는가?

— 나도 차별을 실천해! 신분 차별이 아니라 그 사람의 사람됨을 차별해! 절제를 미덕으로 떠드는 양반의 위선을 보면서, 내가 대신 맛있는 음

식을 실컷 먹고 식도락을 명문으로 예찬하기도 하지.

— 자네는 자네 누이와 똑같이 엉뚱한 말을 하는군. 음식은 아녀자들이 생각할 일이네.

— 매형은 사람 간의 경계선을 쳐놓고 경계선의 의미를 모르는군. 모르는 자는 아무리 설명해도 모를 터이니, 아는 자가 실천해야 하지 않겠어?

김성립은 더 이상의 논쟁은 불가하다는 표정을 지었다. 김성립의 이마에 대각으로 비친 호롱불. 불의 그늘. 김성립의 속눈썹으로 두려움이 스쳤다.

— 이 집안은 이율곡을 따르나?

균은 밤새워 논쟁하겠다는 표정으로 말했다.

— 이제는 제발 조용히 끝냈으면 하네. 자네 집안과 연루되고 싶지 않네. 다행히 혈육을 남기지 않았으니, 우리의 인연은 여기까지였으면 하네.

김성립이 차갑게 말했다.

안채에 머물던 송씨 부인이 긴 그림자를 거느리며 나왔다. 초저녁에 잠들었다가 어수선한 소리에 문득 잠이 깬 것이다. 송씨 부인은 균이 가슴에 끌어안고 있는 시문 뭉치를 노려보았다. 균도 송씨 부인의 발걸음을 노려보았다. 두 사람은 인사는 생략한다는 표정으로 고개만 끄덕했다.

— 우리 집안에서 며느리에게 할 일은 다 했으니, 마음에 남은 것은 없습니다. 친정에서 할 일을 내가 다 했으니까요.

— 친정에서 할 일이라니요?

송씨 부인은 다 알면서 뭘 묻느냐는 표정으로 균을 노려보았다. 송씨 부인은 시문 하나를 손에 꼭 쥐고 있었다. 증조모 제삿날에, 별당에서 가져온 시문이다.

그날은 제삿날 음식 준비 때문에, 별당으로 며느리를 찾아간 날이었다. 방문이 열려 있었고, 며느리는 없었다. 베틀에는 옷감이 걸려있었다. 계집종들이 촘촘히 잘 짠 옷감을 보며 호들갑을 떨어도 송씨 부인은 마뜩잖은 표정을 지었다.

며느리가 옷감은 잘 짰지만, 옷감은 송씨 부인이 원하는 게 아니었다. 송씨 부인이 원하는 것은 가문의 자존심을 높일 제사음식과 대를 이을 떡두꺼비 같은 손자를 낳는 일이다.

송씨 부인은 방바닥의 종이 뭉치를 이리저리 헤집어보다가, 한 시문을 읽고 깜짝 놀랐다.

얼음집에 봄이 돌아오니 계수나무에 꽃 피고
스스로 봉황을 타고 붉은 노을로 나가네.
산 앞에서 안기자를 맞닥뜨렸는데
소매 안에 어찌 오이 같은 대추를 가지고 왔는가.
- 유선사 58, 신선세계에서 노니는 노래

송씨 부인은 옆에 있는 여종들에게 물었다.
— 우리 집에는 얼음집이 없는데, 누구 집에 얼음집이 있느냐?
여종들은 고개를 가로저었다.
— 안기자는 누구냐?
— 모릅니다요.
— 오이 같은 대추를 본 적이 있느냐?
— 오이 같은 대추는 꿈에도 들어본 적이 없구먼요.
— 그렇습니다요. 오이면 오이고 대추면 대추지 어떻게 오이가 대추가 될 수 있남유?
— 아이고, 내가 어떻게 키운 금쪽같은 아들인데!
송씨 부인은 아들을 생각할수록 가슴이 막힌 듯 답답하고 설움이 복받쳤다. 사랑채 마당을 쓸던 마동이가 한걸음에 달려왔다.
— 마님. 소인이 얼핏 작은 마님께 한 번 들었던 이야기가 생각납니다

요. 안기자는 진나라 사람으로 신선 대추를 먹고 천 년을 살았다고 합니다요.

마동이가 빗자루를 가슴에 가만히 대고 머리를 조아리며 말했다.

— 뭐? 신선 대추? 글자 안다고 잘난 척이여?

여종이 입을 비죽거리며 대꾸했다.

— 앞으로 며늘아기는 부엌에 얼씬하지 말라고 해라!

송씨 부인은 마동이가 들으라는 듯이 여종들에게 큰 소리로 말했다. 그 뒤로는 별당에 발걸음을 하지 않았다.

송씨 부인은 손에 쥐고 있던 시문을 균에게 내밀었다.

— 뭣들 하느냐! 당장 후원으로 모셔라!

송씨 부인이 할 말은 많지만 애써 참는다는 표정으로 노비들을 향해 소리를 꽥 질렀다.

— 나리, 소인이 모시겠습니다요.

여러 노비들 틈에 끼어있던 마동이가 균에게 다가왔다. 마동이는 초희가 시집올 때 친정에서 데려온 교전비. 시댁으로 시집갈 때 마동이를 데려갈 때도 주변에서 말이 많았다. 몸 수발을 들 계집종 대신 남자 하인을 데려간다는 것이 흔한 일은 아니었다.

— 잘 있었느냐?

균이 나지막한 목소리로 따뜻하게 말했고, 마동이는 눈물을 글썽이며 고개를 푹 숙였다. 상전 따라 마음고생을 많이 한 얼굴이다.

— 마동이는 내 집안사람이니 내가 데려가지!

균은 대청마루를 향해 불편한 한 마디를 던지고는 휙 돌아섰다.

마동이는 등불을 들고 균의 발밑을 비추며 조심스럽게 앞장서서 걸어갔다.

사랑채와 안채가 남녀유별을 강조하며 높은 담으로 갈라진 집. 사랑채와 안채가 나란히 배치된 허씨 집안과는 달랐다. 지붕도, 벽도 만나지 않는 두 채의 집은 이웃집보다 멀어 보였다.

균은 사랑채의 팔작지붕을 노려보았다. 안채는 그보다 격이 낮은 맞배지붕이다. 안채보다 더 들어간 곳에 있는 별당은 바깥세상과는 완전히 유폐된 감옥처럼 보였다.

— 두 아기씨를 잃고 나서부터 기거하시던 곳입니다요.

3

달빛이 그대로 떨어지는 작은 마당은 나무 없이 휑했다. 꽃도 피지 못하는 땅인 듯, 건조한 흙과 돌이 많았다. 별채라고는 하지만 청지기가 기거하는 수청방과 가까이 있는 작은 방이다. 전혀 다른 두 세계가 공존하는 듯, 사랑채는 지척으로 가깝지만, 아득히 멀어 보였다.

하늘이 많이 보이는 마당이다. 낮은 조도의 은은한 달빛은 얼굴빛을 감추는 여인처럼 보였고, 밤하늘의 어둠은 거칠 것 없는 망망대해처럼 보였다. 경계선 없는 어둠이 완전히 시야를 가리고, 균은 마당에 한참을 멍하니 서 있었다.

— 말 많은 아랫것들이 별당 아씨라고 불렀습니다요.

— 별당치고는 특이하군.

균이 갑자기 휙 돌아서며 마동이를 쳐다보았고, 마동이는 눈물을 닦았다.

— 두 분은 어찌 그렇게 닮으셨는지……. 작은 마님도 꼭 그 자리에 서 계셨습니다요.

— 이 자리에서?

균은 계속 말하라는 표정으로 마동이를 쳐다보았다.

— 한 달에 한 번 보름날에 달빛을 향해 눈을 감고 서 계셨습지요. 그리

고 아기씨를 잃고 나서부터는…….

마동이는 방문을 쳐다보았다. 방문은 꽉 다문 입처럼 굳게 닫혀 있었다. 방문 주위의 어둠만이 분명한 표정을 드러냈다. 지난겨울에 누이가 썼던 낡은 화로가 계절을 모르고 덩그러니 놓여 있었다. 균은 방문을 열고 누이가 없다는 사실을 마주하기 싫어서 잠시 머뭇거리며 서 있었다. 달빛이 직각으로 꺾이는 마당에서 누이의 냄새를 한 호흡이라도 가슴에 간직하고 싶었다.

균은 아주 느리게 신발을 벗고 천천히 쪽마루로 올라섰다. 버선발을 살짝 들면서 조심스럽게 걸어도 마루는 유난히 삐걱거렸다. 쪽마루 밑으로 생쥐 한 마리가 재빠르게 쏙 들어갔다. 좁은 쪽마루 밑에는 먼지를 뒤집어쓴 장작더미가 잔뜩 쌓여있었다. 그러고 보니 처마 밑에도 장작더미가 쌓여있었다. 겨울에 쓸 땔감을 쌓아놓는 곳인 듯했다.

— 장작더미를 쌓은 곳에도 당호를 짓나?

균이 낡은 현판을 쳐다보며 중얼거렸다. 지선당(至善當). 지극히 착한 경지에 이르는 집.

균은 쓸쓸한 방문을 쳐다보았다. 때늦은 방문이었다. 균은 선도 수련을 위해 산천을 떠돌고 있었고, 누이가 인편으로 급하게 편지를 보냈어도 꼬박 여섯 달이 걸렸다. 균은 차마 방문을 열지 못했다. 마치 자물쇠를 채워놓은 듯, 어둠은 단단한 껍질처럼 문고리에 붙어있는 듯했다.

균은 울컥 눈물이 올라오는 바람에 어험, 헛기침을 해버렸다. 희끄무레한 방문을 열고 조심스레 안으로 들어갔다. 좁은 방안에는 어둡고 차가운 한기가 스며있었다.

마동이가 팔각 등잔불을 켰다. 두 사람의 표정이 분명하게 드러났다. 마동이의 눈자위는 젖어있었고, 균의 입가에는 약한 경련이 일고 있었다.

균은 달빛이라도 들어오라고 방문을 활짝 열어두었다. 아랫목에는 작은 장롱과 서안이 있었고, 윗목에는 육중한 베틀이 있었다. 베틀을 넣어두는 방인 듯했다. 서안은 베틀에 눌려 아주 작아 보였다. 균은 베틀을 노려보았다. 누이가 베틀에 앉아 있는 모습이 눈가로 스쳤다.

— 누이는 꽃과 새를 좋아했는데, 마당에는 그 흔한 꽃이 없고, 방안에는 그 흔한 병풍이 없어……. 조선에서 시서화를 모르는 사대부가 없고, 매, 난, 국, 죽, 사군자 중에서 3개가 꽃이야. 이상하지 않나? 문(文)을 아는 집안에서 어찌 이럴 수가 있나? 사물에 두루 감응해야 글이 나오는 법인데……. 여기는 사람이 들르지 않는 방이었나 보군. 냉기가 가득해.

균은 누이의 흔적을 찾으려 애쓰면서 아주 느리게 말했다. 방주인이 금방 나간 듯 세간은 그대로지만 남모를 찬 기운이 돌았다.

먹감나무 장롱에 균의 눈길이 딱 멎었다. 거무스름한 장롱에 올린 붉은 비단 금침이 보였다. 신혼 방에나 어울릴 화려한 이불과 베개는 유독 외로워 보였다. 누이의 혼수, 수많은 바늘 자국으로도 틈을 전혀 만들지 않는 섬세한 수(繡)와 빛깔, 친정어머니 김씨 부인의 솜씨였다. 방과 이불은 물과 기름처럼 전혀 어울리지 않았고, 섞이지 않았다. 방과 이불이 서로를 외면하며 완강히 버티고 있는 듯했다.

균은 비단 금침을 물끄러미 쳐다보다가 먹감나무 장롱 뒤에 작은 벽장문을 발견했다.

마동이가 벌떡 일어서려고 하자, 균이 먼저 일어섰다. 균은 벽장문을 조심스럽게 열었다. 붉은빛의 두툼한 비단 보자기가 눈에 띄었다. 균은 비단 보자기를 방바닥에 내려놓았고, 어떤 익숙함을 느꼈다.

붉은 비단 보자기. 누이가 시집갈 때 이바지 음식을 쌌던 홍비단이다. 황금 모란과 청색 나비의 촘촘한 수(繡)도 김씨 부인의 솜씨였다. 보자기를 풀어보니 사각의 상자가 나왔다. 사각 귀퉁이까지 새겨진 당초 문양은 외로워 보였는데, 방주인이 얼마나 아꼈는지 표면이 매끄럽고 빛이 났다.

— 그날 이후, 소인이 사람들 눈에 안 보이는 곳에 잘 모셔두었습니다요.

마동이가 비단 보자기를 향해 무릎을 꿇고 방바닥에 엎드려 이마를 조아리며 말했다.

균이 조심스레 비단 보자기를 풀었다. 그 안의 누런 종이 뭉치. 얼마나 많은 밤을 홀로 새웠을까? 누이의 방에서 유일하게 살아있는 것들이다.

깨끗한 시도 있지만, 한쪽 귀퉁이가 그을린 시도 있고, 반쯤 타버린 시도 눈에 띄었다. 균의 손이 파르르 떨렸다. 손가락에서 부드럽게 풀어지는 비단이 아니면 글을 쓰지 않던 누이였다.

— 야심한 밤이었습니다요. 작은 마님이 시들을 불태우고 계셨습니다요. 남은 것들은 소인이 뺏은 겁니다요. 돌아가시기 전에 당부하신 말씀도 시들을 모두 불태우라는 것이었습니다요.

마동이는 눈물로 부은 눈을 깜빡이며 말했다. 균은 두툼한 종이 뭉치에 얼굴을 푹 묻었다. 그리고 눈을 꼭 감았다. 산천을 떠도느라 누이가 죽은 것도 몰랐어. 미안해.

> 강남촌에서 태어나고 자라서
> 어릴 때는 이별을 몰랐지요.
> 15살에 어찌 알았겠어요.
> 제 마음대로 희롱하는 사내를 따라 시집가게 될 줄을.
> - 강남곡, 강남의 노래

종이의 먹물은 메마르게 말랐지만, 시문은 시간을 끌어당긴 듯했다. 균아, 내 말을 들어봐, 소곤소곤 말하는 듯, 착각이 들었다. 균은 누이의 손을 매만지듯, 시문의 글자들을 손가락으로 쓸었다.

> 친구와 놀던 추억의 길에 오두막 짓고
> 날마다 큰 강물이 흘러가는 모습을 본다.

화장품 상자의 난새는 외려 늙어가고
화원의 꽃과 나비도 이미 가을 신세구나.
차가운 물가에 작은 기러기 내려오고
저녁 빗속에 홀로 배만 돌아오는데
저녁에 비단 창을 닫고 나면
친구와 놀던 추억을 어찌 견디나.
- 기녀반, 처녀적 친구들에게

누이는 시집오기 전의 과거를 그리워하고 있었다. 균이 눈시울을 붉혔다.

춥고 배고픈 기색을 감추고
하루 종일 창가에서 베만 짜고 있네.
오직 부모만이 애처롭게 여길 것이니
사방의 이웃들이 어찌 알겠나.
- 빈녀음 2, 가난한 여인의 노래

— 빈녀음은 연작시야. 이런 시가 한두 편이 아니라고. 누이가 왜 이런 시를 쓴단 말인가? 이 집이 그렇게 가난하단 말인가? 왜 누이의 방만 가난한 거야?

균은 말 없는 베틀을 노려보았다. 베틀에는 누이가 짜다만 모시 옷감이 반쯤 걸려있었다.

비단 솔기에 붉은 등불 아득히 떨어지는 밤에
꿈 깨어보니 비단 이불 절반이 텅 비어있네.
서리 차가운 옥롱에는 앵무새 소리

섬돌에는 서풍 불고 오동잎이 우수수 떨어지네.
- 추한, 가을의 한

이런. 균은 가슴이 몹시 울렁거림에 숨을 잠깐 멈췄다가 길게 내쉬며 눈을 꼭 감았다.

— 누이는 누구보다 정이 많은 여자였어.

외로움을 절반으로 쪼갠 듯 보이는 시. 절제를 부덕으로 배운 누이는, 외롭다, 한 마디를 말하기 위해서 자신의 방과 정반대의 공간을 비유로 조형화했다. 마치 거울을 사이에 두고 두 개의 방을 바라보는 것처럼, 닮은 듯 닮지 않은 공간에서 그녀 스스로는 참다 참다 숨 쉬는 틈으로 겨우 삐져나온 듯한 외로움. 그 외로움은 내밀하게 뭉쳐있고, 누이는 먹물을 아끼듯 외로움을 썼다. 갈필로 꾹꾹 눌러 쓴 시문이다.

붉은 난간 저고리 위로 새벽 태양이 솟아오르는데
정향 천 송이가 봄 시름을 맺으며 피어있네.
새로 화장한 얼굴 거울로 보면서도
꿈이 마음에 남아 누각 아래로 내려갈 의욕이 없네.
누가 새장에 앵무새를 가두고 감시하나.
비단 막을 치고 공후 소리에 의지하네.
아리따운 붉은 꽃 지는 것의 원망과 서러움을 견디다가
은대야에 성급히 화장 얼룩진 눈물을 씻지 마오.
- 차손내한북리운, 손학사의 북리 시에 차운하다

— 시가 슬프게도 화려하구나. 차라리 화조도 병풍이라도 있었으면 …….

꽃과 새를 좋아했던 누이. 균은 벽밖에 보이지 않는 작은 방안, 윗목을 다 차지하고 있는 육중한 베틀을 노려보며 말했다.

시들은 분명하게 '고독'을 말하고 있었다. 시집가기 이전에 쓴 시에는 하늘로 날아다니는 새가 등장하고, 시집간 이후의 시에서는 조롱 속에 갇힌 새가 등장한다. 누이는 자기를 조롱 속에 갇힌 새라고 생각하고 있었다.

— 여기에는 누가 드나들었느냐?

— 소인밖에…….

마동이가 우물우물 대답했다.

— 별당이 아니라 행랑채로군.

봄, 여름, 가을, 겨울, 계절마다 쓴 시도 있었다. 균은 고독한 겨울을 읽고 또 읽었다. 누이의 시들에는 조롱, 앵무새, 거울, 꽃, 누각이 자주 등장하고 있었고, 오지 않는 누구를 많이 그리워하고 있었다.

— 거울에 난새를 그리며 놀던 누이. 누이는 예쁘게 화장하는 걸 좋아했어. 난새가 춤추지 않는 건 사랑을 잃었다는 뜻이야. 사랑을 잃은 여자가 거울을 보지 않기 때문에 거울에 먼지가 끼었다는 것이 아닌가?

균의 무릎 위로 시문들이 쌓여갔다. 달빛이 한층 흐려지면서 달빛과 섞인 햇빛이 *꾸물꾸물* 새어 들어오고 있었다.

균은 유독 구김살이 많은 종이 하나를 발견했다.

작년에는 사랑하는 여자아기를 잃고
올해는 사랑하는 남자아기를 잃었네.
애통하고 애통한 광릉의 흙이여,
그 땅에는 두 무덤이 마주 보고 서 있네.
백양나무로 스산한 바람 불고
소나무 개오동나무에는 도깨비불 번쩍이는데
지전을 불살라 너희 혼을 부르고

너희 무덤에 맑은 찬물로 제사 지낸다.
그래. 안다. 너희들 남매의 혼은
밤마다 서로 따르며 잘 놀고 있겠지.
뱃속에 또 아기가 있지만
어찌 편안하게 잘 자라기를 바랄까.
아들이 또 죽을까 두려워하는 황대사를 부르며
목메는 피눈물을 속으로 삼키며 흐느끼네.
- 곡자, 아들 죽음에 통곡하다

— 그걸 끌어안고는 밤마다 우셨습니다요.

곁에서 숨죽인 듯 앉아 있던 마동이가 꼬질꼬질한 손등으로 눈가를 훔치며 눈물을 흘렸다. 균이 두 무릎을 꿇고 시문을 한참 끌어안았다.

마동이의 손등에는 불에 덴 흔적이 있었다. 균은 마동이의 손목을 끌어당겼다. 마동이가 부끄러움에 손을 빼려고 했고, 균은 마동이의 손을 꽉 붙잡았다.

— 자네가 누이의 시를 지켰어.

균의 목소리가 젖어있었고, 마동이가 콧물을 훌쩍 삼켰다.

— 시를 쓸 때가 편안히 쉬는 시간이었을 텐데, 저 자식 같은 시문들을 스스로 불태웠다니…….

— 소인이 작은 마님을 곁에서 항상 지켜보고 있었는데, 그날은 깜빡 잠이 들어서 그만……. 미련한 소인 때문입니다요.

— 자네가 없었으면 모두 사라졌을 거야.

— 그 후로 방문을 닫고 아예 자리를 깔고 누우셨습니다요. 처음에는 상심해서 그러신가 보다 생각했습지요. 편히 쉬시라는 마음에서 잠깐씩 방문을 열고 들여다보는 것이 전부였는데……. 여러 날이 지나도 나오시지 않아서…….

— 그래서?

— 의원님이 들어가서 보았는데…….

— 보았는데?

— 혀를 끌끌 차며 침도 소용없고 약도 소용없다고 했습니다요.

— 왜?

마동이는 잠시 머뭇거렸고, 균은 어서 말을 해, 라는 눈빛으로 기다렸다.

— 마음의 문을 닫고 누워서 살아있어도 산 것이 아니라고 했습니다요. 병자의 얼굴이 아니라고 했습니다요. 마치 어젯밤에 하루 일을 끝내고 잠자리에 든 것처럼, 얼굴에는 따뜻한 혈색이 돌고, 좋은 꿈을 꾸고 있는 것처럼 평온하다고 했습니다요.

균의 눈빛이 날카롭게 빛났다. 가슴에서 새 한 마리가 후룩 날아가는 느낌에 어깨를 조금 움츠렸다.

— 이 세상에서 가져갈 것이 없는 사람의 얼굴이라고 했습니다요. 의원님도 서책에서만 읽었지, 그런 얼굴은 처음 본다고…….

마동이가 방바닥에 얼굴을 대고 꺼이꺼이 울었고, 균은 울지 않았다.

4

노비들은 초희를 별당 아씨라고 부르고 있었다. 상전 눈치를 보며 뒷말로 떠드는 말이었는데, 초희의 귀에는 잘 들려왔다. 초희가 별당에 들어온 이후부터 시어른을 보는 일이 없었고, 남편은 발길을 완전히 끊었다.

칙칙한 방안에서, 초희는 밖의 소란과는 상관없이, 글을 쓰고 있었다. 누가 들어올 리 없는 사방의 벽은 단단했고, 육중한 베틀이 초희를 지켜주는 듯했다. 한때는 열심히 옷을 짜야 한다는 강박이 있었지만, 밤새도록 옷감을 짜야 하는 노동에서 해방되었을 때, 베틀을 바라보는 마음은 편안해졌다.

여기는 부부의 방이 아니다. 모란과 기러기가 수 놓인 이불만 있다. 초희는 부부의 방을 버려두고 별당에 머물고 있다. 부부의 방은 별당보다 화려하지만, 온기 없이 차갑다. 부부의 방에는 부귀와 다산(多産)을 상징하는 금계조 병풍이 차가운 벽을 가리고 있으나, 부부는 없고, 베개 두 개가 있지만, 베개를 베고 자는 사람은 없다. 홀로 화려한 부부의 방은 홀로 차갑다.

부부가 없는 부부방의 텃새는 금계조이다. 황금 깃털에 붉은 벼리, 아침을 부르는 새. 금슬을 의미하는 길조. 금계조 주변으로 호위병처럼 원앙들이 날아다니고, 붉은 단풍, 샛노란 국화, 하얀 민들레가 그려져 있다.

초희는 금계조 병풍을 생각하다가, 흰 종이를 끌어당겨 앙간비금도를 그렸다. 푸른 하늘에서 새 8마리가 키 큰 나무들 사이로 날아든다. 나무의 나뭇잎은 극소화해서 계절감을 지웠고, 새들의 날갯짓을 부각했다. 아버지 손을 꼭 잡은 여자아이는 하늘의 새들을 향해 손을 뻗는다.

어릴 때 광한전백옥루상량문을 쓴 이후에 아버지 허엽의 손을 잡고 화담에 다녀오던 길이었다. 언제부터였을까? 하늘을 바라보며 새를 좋아한 것은. 추억은 어제 일처럼 생생하고, 기억은 늙지도 않는다.

초희는 하늘과 새, 바다와 꽃을 좋아하고, 하늘은 거울처럼 바다와 닮았다. 초희는 눈을 꼭 감았다. 아, 바다여. 꿈처럼 펼쳐지는 강릉의 바다여.

어린 초희는 초당 집 앞 검푸른 파도에 빠져들었다. 붉은 작약이 피어 있는 솟을대문을 열고 물기 어린 우물가를 지나 해송의 숲길을 걸으면 언제나 검푸른 바다와 만났다. 검푸른 바다가 말을 걸고 있었고, 초희는 겁많은 파도가 우스워서 붉은 꽃신을 힘껏 던졌다. 그리고는 해죽 웃으며 다 젖은 버선발로 쪼르르 뒷걸음질을 쳤다. 검푸른 바다는 붉은 꽃신을 하얀 백사장으로 자꾸만 밀어 올렸다. 초희는 고개를 옆으로 돌리며 붉은 꽃신을 모른척했다.

검푸른 바다가 붉은 꽃신을 조금씩 가져간다는 것을 깨달은 것은 한참이 지난 후였다. 붉은 꽃신을 먹은 바다는 검푸르게 출렁이며 온몸을 틀었다. 초희는 꽃신을 찾으며 바다를 눈길로 더듬었고, 검푸른 바다는 새하얗게 변했다.

— 저 꽃들이 어디서 왔을까?

1천 개의, 1만 개의, 10만 개의 흰 꽃들이 푸른 바다 위에서 무연히 흩날리고 있었다. 초희는 흰 눈을 맞으며 한참을 서 있었고, 얼굴은 단단히 얼었다. 천지가 구별도 없이 하나로 뭉쳐졌다.

물아, 물아, 어디로 가니?

초희는 무슨 말을 하려고 입술을 달싹였다. 방안의 파지들은 고백처럼 나뒹굴고, 붓은 메말라가고 있다. 초희는 붓에 먹물을 다시 찍고 잠시만 기다려달라고 붓을 달랜다. 정숙한 언어는 푸른 바닷물처럼 가슴을 침범하고 있다. 두 날개를 펴고 날아오르려는 난조가 묻는다. 마음 밖으로 나가도 되냐고.

초희는 흰 종이를 바라보았다. 영원히 완성하지 못할 시를 쓰는 것처럼, 방안에는 허허로움이 가득 차고, 그 안에 인형처럼 들어앉은 마음은 글자를 따라 맴맴맴, 맴을 돌고 있다.

초초초초초초

청란, 채란신조의 울음소리가 들리는 듯하다. 시에서 부활하는 불사조. 초희는 새들을 향해 휘파람을 분다. 초희는 문득 바다가 아닌 방안임을 깨닫는다. 격자무늬의 방문은 새장처럼 견고하고, 방 밖에서 달빛이 서성일 때, 격자무늬는 거미줄처럼 보인다. 꽁꽁 묶여서 이러지도 저러지도 못하는 몸. 생각은 있지만, 결단을 내릴 수 없고, 육체는 있지만 행동할 수 없다.

초희는 검푸른 바다로 붉은 꽃신을 찾으러 가야 한다고 생각한다.

> 파란 바닷물이 요해를 침범하고
> 청란은 채란신조와 인연으로 만났네.
> ....

초희는 시를 쓰다가 갑자기 붓을 툭, 떨어트렸다. 필압이 일정치 않고, 붓은 글자의 균열을 내듯 심하게 흔들렸다.

누구세요?

초희는 방 밖에서 부스럭거리는 소리에 화들짝 놀랐다. 밤에는 새가슴이 된다. 그것이 바람 소리와 생쥐 소리란 걸 알고 있다. 그것이 방문을 흐리게 뚫고 들어오는 달빛 한 점임을 알고 있다.

외딴 방은 낯설고, 적막한 밤은 춥고, 이불은 차갑다. 외로움에 젖어, 어둠에 젖어, 혼잣말로 조용히 남편을 불러보지만, 남편은 오지 않고, 방 안은 공허함에 떨고 있다. 초희는 두 무릎을 구부리고 벽에 기대어 앉아 '고독'을 생각해본다.

차가운 벽과 어둠이 입을 맞추며 상실이 외로움이라고 속삭인다. 초희는 자신이 사과 반쪽처럼 불완전하다고 생각한다. 입안에 씹히는 과즙처럼 달콤했던 기억들. 그러나 그것은 독(毒) 사과처럼 목을 조른다.

초희는 부부의 방에서 베개 하나와 이불을 가지고 별당으로 들어왔다. 아이들이 죽은 이후 화려함을 버렸지만, 시집올 때 가지고 온 베개와 이불은 버리지 않았다. 이불에는 솜씨 좋은 친정어머니가 정성스럽게 수놓은 노랗고, 희고, 붉은 모란이 다투듯 화려하다.

초희는 친정어머니가 보고 싶을 때마다 이불에 얼굴을 푹 묻는다. 온통 모란꽃밭이다. 눈물이 모란꽃을 더욱 붉게 적시고 있다. 아이들을 잃은 후에 또다시 아이를 가졌고, 또 잃었다. 초희는 아랫배를 만졌다. 아랫배는 텅 빈 동굴처럼 비어있다.

또다시 불안한 밤, 밤은 상심의 나락이다. 태양은 달의 뒤편으로 숨었다. 밤은 태양이 뿌려놓은 조수고, 별들은 밤의 비늘이다. 수많은 비늘이 음험하게 빛날 때, 어둠은 창호지 문살 사이로 교태로운 빛을 내고 있다. 달빛과 창호지는 능숙하게 교합하며 이불자락으로 스며든다.

초희는 달빛을 외면하지만, 깊은숨을 내쉴 때마다 슬픔은 몸 안으로 들어가 과거를 깨우고, 외로움이 차올랐다. 외로움은 무거움이고 잠은 그리움이다. 외로움은 시간의 칼 위에서 춤추는 무희처럼 위험하다. 무희의 발가락 사이에서 흐르는 시간, 그 시간을 한 줌 건져 올렸다.

시간이 묻는다. 너는 누구냐? 나는 초록이며 풀이다. 나는 빨강이며 꽃이다. 나는 파랑이며 바다다. 나는 어둠이며 산이다. 세상의 존재들이 죄다 떠들어댔다. 너희는 모두 제각각인데 왜 나를 범하려 드느냐? 초희의 눈에 분노의 감정이 스며들었다.

초희는 창을 든 남자처럼 어둠을 노려보며 중얼거렸다. 외로움은 외로움이 아니다. 외로움은 수렁이다. 외로움은 수렁이 아니다. 외로움은 타인이다. 외로움은 가만히 속삭인다. 이 세계는 가짜라고.

초희는 고개를 절레절레 가로저었다. 가짜를 부정할수록 의식은 거울처럼 투명해졌다. 초희는 미친 듯이 시를 쓰기 시작했다. 마치 누군가에게 보내는 간절한 서찰처럼 시를 쓰다가, 왜 써야 하는지 목적을 상실한 채로, 쓰지 않고는 살 수가 없어서 시에 매달렸다.

시에서는 지지 않는 달이 뜨고, 영원히 마르지 않는 옥구슬 강이 흘렀다. 알록달록 빛깔 고운 난조가 수미산으로 후룩 날아갔다. 초희는 날개를 접은 파랑새처럼 홀로 노래를 불렀다.

초로로 초로롱 초초.

옥구슬 강을 건너는 사람들이 보였다. 아버지 허엽과 죽은 세 아이다. 초희의 눈에서 눈물이 뚝 떨어졌고, 눈물은 흰 꽃이 되어 날렸다. 허엽이

다가와 초희의 얼굴을 어루만졌다. 초희는 아버지의 손바닥에 뺨을 대고 눈물을 비볐다. 아버지 손에 흰 꽃이 묻었다. 아버지 손이 아니라 바람이었다. 나무와 풀과 꽃과 달이 어우러지고 있었다. 나무가 나비처럼 나풀나풀 날아다니고, 달이 땅바닥에서 데굴데굴 굴러다녔다.

얼마나 시간이 흘렀는지 모른다. 방문은 밝아졌다가 어두워지기를 스스로 반복하고 있었다.

— 누구 없어요?

초희는 생각의 정원을 거닐다가 가끔 고개를 들어 햇살 비치는 방문을 쳐다보았다. 방 밖은 조용했다. 태양이 정점을 돌고 내려가는 고요한 오후이다. 초희는 방문을 열고 마당을 내다보았다. 마동이가 빗자루를 들고 달려왔다.

— 답답하지 않으세요? 산책 좀 하실래요? 배고프지 않으세요? 밥상을 들일까요?

— 바다를 찾아 길을 나서면 길을 잃어. 바다는 등 뒤에 있는데 말이야. 그 사실을 잊고 걷기만 했으니 얼마나 우스워. 아, 저 햇살. 여름이 좋구나. 가을은 언제 오느냐?

— 지, 지금이 가을입니다요.

— 여름이야. 어제는 여름이라고 하더니 오늘은 가을이라고 하느냐?

— 소, 소인놈은 그런 말을 하지 않았습니다요.

초희는 거짓말하지 말라는 표정으로 방문을 닫았다.

시에서 사람들은 죽지 않았다. 사람들은 불사조처럼 불사했다. 문헌 속의 옛사람들이 모여서 수다를 떨고 연회를 베풀며 시를 썼다. 5백 년 된 이무기가 하례 인사를 했다. 선녀와 봉황이 거문고를 켜고 노래를 불렀다.

초희는 꽃이 그리운 날은 붓을 들고 꽃을 그렸다. 꽃은 기억 속에서 피고, 기억 속에서 졌다. 검은 꽃들만 자꾸 피어났다. 가고 싶은 나라를 그리듯 동그라미를 자꾸 그렸다. 방안이 검은 꽃들로 꽉 찼을 때, 초희는 붓을 놓았다.

초초초초초

방문 가까이에서 새가 울고 있었다.

방문 틈으로 신생의 달이 어둠의 각을 뜰 때, 밤바람은 표표히 지나가며 방문을 두드렸다. 천형의 고독을 아는 자만이 알리라. 초희는 방안에서 외로움을 지울 물성(物性)을 찾는다.

노란 먹물은 없지만 노랗게 달을 그린다. 마음속에서 노란 달이 뜬다. 초희는 조금 안심하고, 어둠은 조금 흐려진다. 사람 대신 채우는 풍경들, 사람처럼 말을 거는 풍경들. 그들로부터 한 호흡을 얻는다.

초희는 채도가 높은 단어와 채도가 낮은 단어들을 배치해서 과감하게 문장을 만들다가, 채도가 낮은 단어의 수를 확 줄였다. 배색은 중요하다. 감정의 주조를 결정해야 한다. 추우면 춥다고 말하고, 아프면 아프다고 말하고, 외로우면 외롭다고 말하기, 초희는 정직함을 결정했다.

정직함을 결정한 순간, 붓이 떨렸다. 누이! 균이 어둠 속에서 속삭이는 듯했다. 초희는 화들짝 놀란다.

— 균아! 어디에 있니? 내 서찰을 읽은 거니?

초희는 벽을 향해 소리쳤다. 방안은 공허하게 울렸다. 초희는 자기 목소리임을 확인하고는 다시 붓을 들었다.

…… 누이, 용기를 내.

…… 난 문장에서 비겁한 적은 한 번도 없었어. 비굴한 적도 없어.

…… 알아.

…… 그래, 너는 알지?

…… 알지. 생각에 정직하고, 감정에 정직한 누이의 시는 집에 많아. 누이가 옛날에 거침없이 썼던 시들.

…… 그 시절이 그리워.

…… 작은형이 그랬어. 누이는 종이 같다고.

…… 내가 종이 같아?

…… 응. 물속에 집어넣고 손을 떼면, 물 위로 떠 오르는 종이처럼, 누군가 옆에서 손을 잡아주지 않으면 물 밖으로 튀어 나갈 것처럼 떠오르는 종이 같다고.

…… 오라버니가 내게 물었었어. 너에게 시는 무엇이냐? 머릿속에서 생생히 떠오르는 그림이라고 대답했어. 이상(理想)이라는 거울에 비친 현실처럼, 내 머릿속에는 두 개의 그림이 중첩되어 있어.

… 누이는 실존에 깊이 뿌리를 박고 서 있는 나무처럼 보여. 나는 현실 하나밖에 없는데. 나에게 현실은 그냥 현실이야. 그래서 모든 수사를 배제하지. 누이의 시에는 수사가 많아.

…… 나는 현실보다 이상이야. 현실과 이상이 중첩되어 있지만, 이상이 현실을 이끌어. 내가 비유를 쓰는 이유이기도 해.

…… 그래. 누이는 이상이 없으면 살 수 없지.

…… 너도 이상이 없으면 살 수 없잖아.

…… 맞아. 나의 시는 설명하지만, 누이의 시는 표현해. 우리는 똑같은 현실을 이야기하지만, 표현은 차이가 있어. 누이의 시에는 이야기가 있어. 문헌 속의 이야기들. 그래서 공부 안 한 사람은 누이의 시를 이해하기 어려워. 하지만 나는 마동이도 이해할 수 있는 백성의 이야기를 쓰겠어. 진짜 이야기로 쓸 거야.

…… 진짜 이야기?

…… 시가 아닌 언문 말이야.

…… 너에게 시는 뭐야?

…… 시는 나야. 떼어버릴 수도 없는 나 자신.

…… 너의 시는 깃발 같아. 사람들이 따르고 싶어 하는 깃발.

…… 누이에게 시는 뭐야?

…… 시는 나의 종교야.

― 균아! 균아!

초희는 보고 싶어 견딜 수 없는 마음으로 방문을 벌컥 열고 버선발로 뛰어나갔다. 그리고는 마당에 한참을 서 있었다. 밤은 낯설게 차갑고 새까맣다. 찬 기운이 뺨에 스친다.

너, 울고 있니?

밤은 말이 없고, 초희는 또 혼자임을 확인한다. 초희는 실망한 얼굴로 방으로 들어와서 붓을 다시 들었다.

봄바람에 응하여 백화가 피어나고
계절 따라 만물이 성하니 만감이 일어나네.
깊은 규방에서 생각을 끊으려 해도
그 사람 생각에 심장이 찢어지네.
잠 못 들어 하얗게 지새는 밤
새벽닭 울음소리 들리네.
비단 휘장이 방에 드리우고
옥 계단에는 이끼가 생겼는데
깜빡이던 등불도 사그라져 벽에 기대어 앉으니
고요한 비단이불로 추위가 침범하네.
베틀 소리 아래에서 회문금을 짜보지만
글을 완성하지 못하고 애타는 마음만 어지럽구나.
인생의 타고난 운명이 두텁고 박한 차이가 있어
남들은 기뻐하고 즐거워하지만 내 몸은 적막하구나.
- 한정일첩, 한 많은 인생이 서러워

초희는 먹물을 쏟듯이 속의 감정을 왈칵 쏟았다.

봄바람에 응하여 백화가 피어나고……. 처음에는 봄날의 화려함을 생각했지만, 백화의 화려함을 계속 끌고 나갈 수 없었다. 은유의 꽃이 피어나다가 갑자기 새까만 밤이 침범해서 순식간에 모든 것은 사라지고, 외롭다는 하나의 감정만 오롯이 남아버렸다. 방안에서 백화는 홀연히 사라지고, 방문 밖, 길거리의 화려한 백화는 초희와는 상관없다. 상관없는 것들을 향하여 꽃은 피어난다. 초희는 꽃을 버렸다.

혼자서는, 스스로는 움직일 수 없는 삶. 아무것도 스스로 할 수 없다. 초희는 무기력함에 무릎을 꿇는다. 무기력함은 부덕(婦德)이다. 무기력해야 살아남는다. 시댁 사람들의 욕망대로 살아가야 하며, 실패했을 때는 스스로 책임져야 한다. 초희는 시집오기 전과 시집온 후에 달라진 것들을 세세히 적으려다가, 외면하듯 고개를 획, 돌린다.

그날부터였다.

그날은 초희가 댕기 머리를 풀고, 머리카락을 올려 비녀를 꽂던 날이다. 초희는 친정어머니가 주신 매화잠을 가로로 꽂았다. 송씨 부인은 빨간 자개를 꽃술에 박아넣은 비녀를 흘깃 쳐다보고는 며느리의 예법이 들어있는 청비단 보자기를 정성스레 풀었다. 혼인한 순간부터 며느리가 하루라도 빨리 시댁의 가풍을 익혀야 했다.

초희가 모르는 것은 수(繡)와 음식이다. 여종들이 음식을 만들지만, 며느리가 음식에 관심이 없으면 상차림의 묘미를 모른다. 송씨 부인은 상차림을 묘미라고 표현했다. 음식의 맛은 색깔로 표현된다고 믿는 송씨 부인의 상차림은 매우 엄격해서 일상식인데도 항상 의례식처럼 만들었다. 특히 제사상은 의례를 마친 문중 남자들의 칭찬을 듣고 나서야 안채로 들어가 비로소 잠자리에 들 정도였다.

여자의 모든 것은 음식으로 알 수 있다. 만든 음식 하나만 보아도 눈썰미, 계절 감각, 색감, 미감, 후각, 섬세한 손놀림, 집중력, 남을 위하는 마음, 모든 것이 숨김없이 적나라하게 드러난다.

송씨 부인의 얼굴에는 부엌살림에 대한 남다른 자부심과 며느리를 가르쳐야 한다는 사명감이 묻어났다. 음식 차리는 예법은 음식 만드는 예법과 다르지 않으니, 계집종들이 음식을 거든다 해도 음식을 만드는 사람은 며느리여야 했다.

송씨 부인은 초희에게 오방색 음식부터 가르쳤다. 초희는 종이와 붓을 들고 송씨 부인을 종종 따라다녔다. 오방색 음식은 신성했다. 봄·여름·가을의 절기대로 싹이 나는 동서남북의 다양한 식재료. 그 이름과 특성을 몸에 밸 때까지 외우고 외워서 직감으로 만드는 음식이 상급이었다. 송씨 부인이 며느리에게 요구한 건 음식 수련이다.

꽃 피우고 열매 맺는 먹거리를 통해 천지의 이치를 알고, 어린이부터 늙은이까지, 건강한 사람부터 병자까지, 그 사람의 체질대로 음식을 만들어 치유하는 식약 동원의 원리를 알아야 했다. 태양과 달의 움직임에 따라 음과 양을 나누어 찬물, 더운물, 미지근한 물을 가려먹는 묘미까지, 이 세상의 음식을 다 못 먹고 죽는 것이 안타까울 지경이었다.

상차림에 음식을 놓는 순서와 위치, 음식의 종류는 계절마다 달랐고, 초희는 그것을 외웠는데도 음식을 빠트리는 실수가 잦았다. 송씨 부인은 초희가 준비된 며느리가 아니라는 점에 크게 실망했다. 초희가 음식에 서툰 모습을 보이자, 며느리가 문한가 딸이라는 사실이 갑자기 싫어졌다. 음식에 엄격하지 않고 언어에 엄격한 모습을 이해할 수 없었다.

준비되지 않은 며느리를 가르치는 일은 송씨 부인에게는 가시밭길처럼 어려웠다. 속 터진다는 말이 무슨 뜻인지를 며느리를 보고 비로소 이해했다. 며느리 얼굴만 봐도 심장이 두근거리고 목소리가 커져서 몸은 항상 긴장되고 예민해져 갔다.

송씨 부인은 음식의 모든 것을 며느리에게 전수하고 싶지만, 그것을 배우는 며느리의 태도가 돼먹지 못하다고 생각했다. 그러나 시어머니와 며느리의 기 싸움이라고 하면 남사스러울 정도의 애매함이 있었다. 며느리의 예의를 효도라고 부를 수도 없고, 고집과 방만함을 불효라고 부를 수도 없었다.

며느리의 얼굴에서 특히 흑백이 분명한 까만 눈동자가 마음에 들지 않았다. 영민함과는 달랐다. 며느리의 눈동자는 사람 말을 잘 알아듣는 듯 사람을 정면으로 응시하기도 했고, 혼자 하늘가를 바라보는 듯, 투명하게 반짝이기도 했다.

풀 한 포기도, 바람 한 자락도 그냥 스치는 법이 없이 예민하게 걸어서 뒤태만 보아도 금방 며느리란 걸 알 수 있었다. 집안일로 아무리 바빠도 무슨 재미난 일을 찾는 사람처럼 허공을 빤히 응시하기도 했다. 그런데도 따지고 보면 시어른의 말 한마디를 고이 듣는 법이 없었다.

송씨 부인은 저런 여자 처음 본다는 표정으로 며느리를 대하는 일이 잦았다. 그러면서도 아들이 없어 미래를 알 수 없는 늙은이의 몸은 외롭다는 말을 전했다. 음식을 잘 만들지 못할 거면, 빨리 아들이라도 많이 낳으라는 뜻이었다. 송씨 부인은 며느리의 합방 날을 잡고, 아들 낳는 비법들을 찾기 시작했다.

남편 김성립도 계속 문과에 실패했다. 낙심한 남편은 접으로 들어가 버리고, 달이 차고 기울기를 반복해도 집으로 돌아오지 않았다. 남편이 집으로 들르는 날은 시어머니가 정한 합방일과 제삿날밖에 없었다. 힘들게 가진 아기는 자꾸 유산되었다. 겹치고 겹친 일들에 지쳐 서로에게 마음의 칼을 겨누고, 한 치도 물러설 수 없는 칼의 대화가 이어졌다.

초희는 시어른과 남편을 제대로 모시지 못함을 매일 고백해야 했다. 그러나 이미 돌아올 수 없는 강을 건넌 것처럼, 초희가 시어머니에게 석고대죄하며 밤을 새워도 고부 관계는 회복되지 않았다.

실망도 익어간다. 실망이 익었을 때, 분노는 사라지고 관계는 원점으로 회귀한다. 초희는 체념하듯 다시 붓을 들었다. 붓 없이는 견딜 수 없는 밤에 초희는 초희를 불러본다. 그 이름은 순정한 흰빛이기도 하고, 붉은빛의 희열이기도 하지만, 가로막힌 벽(壁) 같은 차가움이 남아 있다.

시에서는 방 안의 사물이, 방 밖의 달빛이 참견하며 끼어들고, 그것은 마치 거울 같은 느낌이다. 거울을 보며 오롯이 자신을 느끼는 순간. 시에서는 그 사람이라고 쓴다. 그 사람, 그 사람. 시 속의 그 사람은 여러 명의 얼굴로 나타난다. 남편이기도 하고, 친정아버지이기도 하고, 죽은 아이들이기도 하다.

너, 울고 있니?

시문의 글자들이 초희의 표정 따라 잔뜩 흐려져 있다. 마음이 글자가 되어 나올 때마다 풀어지는 감정들. 초희는 비유를 사용해서 감정을 절제하기로 한다. 그러나 감정은 얼마나 깊은 물인가. 퍼내도 퍼내도 없어지지 않는 바다처럼.

초희는 방안에서 홀로 자유로운 시간 속을 걸어 다닌다. 하루를 이등분하거나 삼등분으로 나눈다. 시는 현실의 단단한 벽을 뚫고, 높은 담장을 뛰어넘는 순간 새가 되어 달의 세계로 자유롭게 날아간다.

> 바람 타고 가버린 말 여덟 마리는 돌아오지 않으니
> 계수나무 아래에서 황죽가 부르며 요지를 원망한다.
> 곤륜산 정원 옥 비파소리가 구름 속에 울리며
> 꽃을 깔보는 눈썹 그리기를 그만두었다고 말하네.
> - 유선사 82, 신선 세계를 노니는 노래

초희는 푸른 옥구슬 강에서 세수하고, 계수나무 아래에서 황죽가를 흥얼거렸다. 노래를 부르면 깊은 외로움이 반쯤은 사라졌다. 그러나 우물물을 퍼내도 물이 고이듯, 외로움은 금방 차올랐다.

초희가 갑자기 방문을 벌컥 열었다. 마동이가 어깨에 지고 가던 물동이를 얼른 내려놓고 달려왔다.

— 흰 꽃들이 보고 싶구나. 겨울이 왔느냐?

— 눈 말씀이지요? 지금은 봄이라서 한참 기다리셔야 합니다요.

— 지금 농을 하는 것이냐? 달이 뜬 연못에 저렇게 연꽃이 지고 있는데, 봄이라니?

— 아이고. 왜 또 그러시는 겁니까요? 죽은 아기씨들 생각이 나서 그러세요? 석 달을 꼬박 앓으시더니, 그래도 그 후론 잘 지내셨는데, 또 아프신 겁니까요? 돌아가신 대감마님이 생각나셔서 그러시는 겁니까요? 도련님께 서찰을 쓰시겠어요?

— 지금 누가 죽었다는 것이냐?

초희는 화를 내며 방문을 쾅, 닫았다.

또 밤이 찾아왔다. 초희는 등잔불을 켜려다가 그만두었다. 불을 아껴야 한다. 하지만 달빛에 의지해 글을 쓰기는 어렵다. 초희는 쓰다만 시문을 어두컴컴한 벽장 속으로 쓱, 밀어 넣었다.

금침을 깔아도 잠이 오질 않았다. 깊이를 상실한 밤은 거울처럼 다가섰다. 푸른빛이 도는 밤. 푸른빛은 검은빛을 침범하고 있다. 검푸른 밤. 색이 빛을 내는 새벽이다. 항상 제사는 자시를 넘겨서야 끝났다. 얼굴도 모르는 시댁 조상들을 위해 밥상을 차리고, 찾아온 손님들을 모두 보내고, 설거지를 다 끝내야 제사는 끝났다.

제사상의 조기, 부엌칼에 잘린 아가리와 꼬리처럼, 밤도 3등분으로 흘러갔다. 제삿날 밤에 초희는 아픈 어깨와 허리를 번갈아 두드린다. 피곤할수록 잠이 오질 않았다. 달은 시간을 멍석처럼 말면서 지나간다. 멍석에 앉아 석고대죄한 밤. 시어머니는 곤하게 잠을 잤다.

초희는 그것이 습관이 되어 밤에는 잠을 이루지 못했다. 축시, 인시가 지나도록 전전반측하다가 겨우 일어나 앉았다.

달빛이 들어오게 방문을 활짝 열어 놓았다. 한참을 멍하게 앉아 있으니 어둠이 눈에 익기 시작한다. 별들이 총총하고 어둠은 먹물처럼 퍼져있다. 밤하늘은 광활한 검은 종이. 옻칠한 듯 새까맣다.

초희는 밤하늘에 한 획을 긋는다. 숨을 참으며 두 획을 긋고, 숨을 내쉬면서 세 획을 긋는다, 그리고 네 획. 밤하늘은 물결처럼 흘러가고, 달은 몸을 구부리며 둥둥 떠 있다. 서왕모가 사는 하늘가에는 푸른빛이 서려 있다.

세상은 이원성을 넘어서는 자와 이원성에 갇히는 자, 둘뿐이다.

나는 왜 여기에 있나?

여기에 머무르고 있는 지금, 과거는 물러가고, 미래는 얼굴을 돌린다. 나는 살아있다고 초희는 생각한다. 나는 여전히 살아있고, 그 세계는 사라졌다고, 그 세계는 영원히 오지 않는다고. 그러나 그 세계가 곧 나라고. 속삭인다.

초희는 접었던 종이를 다시 펼쳤다. 쓰다만 시는 반쪽 얼굴을 내밀고 있다. 걸쭉해진 먹물은 한 방울도 허투루 떨어지지 않는다. 세상의 모든 색이 섞이고 섞여 까매지고 까매져서 만들어진 밤하늘의 맑은 검정. 극단의 검은색. 먹물은 밤이 흉내 낼 수 없는 깊이로 새까맣다.

초희는 붓을 들고 먹물을 찍어 삶과 죽음의 경계를 지워나가기 시작했다. 고독을 지우고, 타인을 지우고, 시간의 경계를 지웠다. 종이 안에서 봄, 여름이 지나고 추상같은 가을이 왔다. 옻나무의 불타는 빨강과 수탉의 볏 같은 빨강. 흰 종이에는 새벽빛이 이슬로 내리고 있다.

초희는 생각나는 얼굴을 한 명씩 그려 나갔다. 초희의 왼쪽에는 아버지 허엽, 어머니 김씨 부인, 허봉 오라버니, 남동생 허균이 있다. 초희의 오른쪽에는 시아버지 김첨, 시어머니 송씨 부인, 남편 김성립, 죽은 아이들이 있다. 초희는 그리운 듯 애타게 손을 뻗다가 그 얼굴들을 차례로 지워나갔다. 그리움도 지우고, 외로움도 지웠다.

오롯이 담백함만이 남았을 때, 이원성의 세계는 일원성으로 흡수된다. 낮과 밤은 없고, 남자와 여자도 부질없다. 형상은 모두 지워지고 불타는 붉은색만 남았다. 초희는 조금 웃었다.

종이 안에서 바람이 불고 있다. 파도가 치는 건가? 초희는 햇빛이 바닷물에 비치는 윤슬을 보았다. 하늘은 바닷물 때문에 하늘답고, 바닷물은 하늘 때문에 바닷물답다. 아름답다. 황홀하다. 어떤 감정으로도, 어떤 언어로도 저 관계를 표현할 수 없다. 깊은 파랑이 만들어내는 궁극의 공간. 햇빛의 각도에 따라 파랑은 옅게, 짙게 수시로 바뀌며 움직였다.

초희는 나머지 두 구절을 쓰고 시를 완성했다.

파란 바닷물이 요해를 침범하고
청란은 채란 신조와 인연으로 만났네.
부용화 27송이 휘늘어져
차가운 달빛 서리에 붉게 떨어지네.
- 몽유광상산시, 꿈에 광상산에서 놀다

초희는 시문 뭉치를 가슴에 끌어안고 조용히 방문을 열고 나갔다. 버선발로 조심스럽게 걸어도 쪽마루가 삐걱, 소리를 낸다. 소리에 놀란 생쥐가 쪽마루 밑으로 재빠르게 쏙 들어갔다. 달빛은 멀리 달아났고, 초희의 눈은 한껏 흐려졌다.

초희는 어두운 마당에 쪼그리고 앉았다. 가슴에 안은 시문 뭉치를 땅바닥에 내려놓고, 종이 한 장씩 꺼내서 이별을 고하듯 불을 붙였다. 불은 종이를 끌어안았다. 슬픔과 그리움과 고독과 원망이 급속도로 타올라서 뜨거움을 내뿜고 있다. 초희의 얼굴이 시문 따라 환해졌다가 어두워졌다.

잠깐 불새를 보았던가?

진홍빛과 금빛이 하나로 섞여 오묘한 색깔을 내며 날갯짓한다. 초희의 눈동자가 아득해지고, 시들은 화려하게 춤을 추듯 날아갔다. 하늘로 날아가는 저 불새들. 27송이 꽃의 만다라. 달 쪽이다. 초희는 불새의 눈동자를 본 듯했다. 초희는 불새를 따라가려고 벌떡 일어섰다. 저 멀리 바닷물 소리가 철썩, 들렸다.

　…… 누이! 누이는 꽃이 지는 것이지, 떨어지는 것으로 표현하지 않았잖아! 왜 그래? 무슨 일이야? 누이! 누이! 기다려!

4. 김세인 | 논개 – 별들을 흠모하다

봉선화 빛 붉은 노을을 바라보며 물김치 국물을 마시고 나서 껍질째 찐 감자를 베어 먹는다. 소가 되새김질하듯이 우물거리다 김칫국물 사발을 입으로 가져간다, 곤죽이 된 감자 국물이 흘러내린다. 그녀는 자기 손을 바라본다. 아, 내가 감자를 먹고 있었지, 하고 의식이 되살아난다.

노을이 사라지고 없는데, 현감 마님은 아직도 들어오지 않고 있다. 현감 마님은 어머니 장례를 치른 이후부터 산소 옆에 초막을 짓고 낮 동안엔 그곳에서 기거하다가 저녁엔 집에 온다. 하루에 조반 한 끼로 연명하기 때문에, 그녀도 점심 저녁을 짓지 않고 찬밥이나 고구마 감자 등 되나마나 끼니를 때운다.

조금 후면 어둠이 날개 달린 짐승처럼 검은 깃을 펼치며 내려앉을 텐데, 현감 마님은 아직도 돌아오지 않고 있다. 그녀는 아까부터 현감 마님의 방문이 신경 쓰인다. 근신하는 현감 마님은 가능한 모든 언행을 간소화하고 있다. 출입할 때 차리던 격식도 그중 하나이다. 집을 나설 때 방문을 열어놓고 집에 돌아와서는 방문을 닫는 것으로 당신의 출입을 식솔들에게 알리는 것이다. 발걸음 소리가 크지 않고 헛기침하는 버릇도 없어서, 일부러 신경 쓰지 않으면 이 양반이 들어왔는지 나갔는지 알 수가 없을 지경이다.

어둠이 집안을 덮치기 전에, 방안에 어둠이 들어앉기 전에 방문을 닫아 드려야겠어. 그녀는 몸을 일으킨다.

현감 마님 방으로 들어가서 열린 방문을 닫는다. 어둠의 농도가 한층 진해진다. 잠자리를 봐 드리려고 펼치던 그녀는 기함하면서 나동그라진다.

뱀이다!

뱀이 현감 마님의 이부자리에 똬리를 틀고 들어앉은 것이다.

그녀의 기함 소리를 들었는지, 봉선 아배가 어느새 달려와 댓돌에 서서 이쪽을 향하여 기척을 낸다. 그녀는 방문을 열지 않은 채 응수해준다.

"나 괜찮아요. ……별일 아니니 염려 마요."

어떻게 방에 뱀이 들어와 똬리를 틀었을까? 그녀는 몸서리를 치며 촛불부터 켠 다음 잠자리를 마저 펴놓는다.

현감 마님이 관청에 있을 때는 집에 드나드는 사람이 많았는데, 관청에서 몸을 빼자 사람 발길이 일시에 뚝, 끊겼다. 그래서 그런지, 집안엔 온갖 잡것들이 설쳐댄다. 이른 봄부터 제비가 처마 밑에 한 살림 차렸다가 나갔고, 왕벌이 흙벽에 구멍을 숭숭 뚫어놓고 기세 좋게 드나드는가 하면, 댓돌에 벗어 놓은 신발 속에는 그리마가, 부엌에는 젓가락만 한 지네가 시도 때도 없이 출몰해서 그녀는 사기대접을 두 개나 해 먹었다. 그러더니만 결국엔 뱀이 방에까지 침투하는 지경에 이르고 만 것이다. 이것이 무슨 변고를 알리는 예시가 아닌지, 현감 마님께 이 사실을 알려야 하는지, 별일도 아닌데 호들갑을 떤다고 야단을 맞지 않을지 하는 생각들이 마구 가지치기하고 있다.

그녀는 이 집에 정이 붙지 않는다. 그래도 장수에 살 때는 이렇지는 않았는데…….

이번에 관직을 내려놓으면서 장수의 집을 정리하게 되었을 때 자동으로 봉선 아배와 그녀도 현감 마님을 따라 이곳 능주로 왔다.

오기 전날 현감 마님이 말했다.

"탈상하고 나면, 최 씨 호적에 올려 줄 테니 그때까지 근신하고 지내거라."

그녀는 그 말이 달갑지 않았다. 할아버지 곁에 할머니가, 아버지 곁에는 어머니가 묻힌 것처럼 현감 마님도 죽으면 마님 곁에 묻힐 것이다. 이것이 보기에도 좋고 순리에도 맞는다. 또한, 현감 마님과는 마흔두 해나 차이가 나니, 그의 후처가 된다는 것은 보기에도 모양 빠지는 일이잖은가, 말이다. 그런데도 싫다고 말하지 못하는 데에는 사연이 좀 있다.

뱃속에서부터 글 읽는 소리를 듣다가 세상에 나와 보니 집안에는 묵향이 가득했다. 진사인 아버지, 주달문은 학문에 조예가 깊었으므로 글을 배우러 오는 학동들이 끊이지 않았다. 그녀는 숟가락질이 익숙해질 무렵부터 먹을 갈았고 학동들 속에 끼어 단계적으로 글을 배웠다. 언제나 동문보다 한 걸음 앞서 나갔으며 언변 또한 뛰어나고 총기가 밝아서 남부러울 것 없이 지냈는데, 그만 아버지가 병으로 죽었다.

그때부터 그녀의 인생이 꼬이기 시작했다.

가세가 급속도로 기울어지면서, 숙부인 주달무의 집으로 들어가게 되었고, 어느 날 느닷없이 김부호라는 사람의 집에서 혼례를 치른다며 그녀를 데리러 왔다. 이미 혼인을 약속했다고, 사주단자도 보냈다고 막무가내로 생떼를 쓰고 우겼다.

까닭은 이러했다.

김부호에게는 나이가 많고 몸이 성치 않은 아들이 하나 있었는데, 그녀의 사정을 알고는 주달무를 벼 오십 석으로 매수하여 일을 꾸민 것이었다. 이에 응하지 않자, 김부호는 모녀를 고발하였다. 무고했지만 모녀는 결국 옥살이하게 되었다. 옥중 사람들이 전해주는 정보에 의하면, 장수 현감 최경회는 덕망이 있고 청렴하기로 칭송이 자자하다. 그런데 이번에 김부호 쪽에서 내놓은 돈이 워낙 거액이라서 최경회도 매수당한 것 같더라, 는 것이었다.

재판이 열릴 때마다 모녀는 분명하게 말했다.

"저희 모녀는 혼인 이야기는 들은 적도 없고 사주단자가 어떻게 생겼는지 본 적이 없습니다."

"네, 저희 어머니의 말씀에는 추호도 거짓됨이 없습니다. 또한, 저는 그 댁에 시집가고 싶지 않습니다."

해를 넘겨가며 시비를 가린 끝에 김부호와 주달무는 옥에 갇히게 되었고, 모녀는 방면되었다.

해방의 기쁨도 잠시, 모녀는 갈 데가 없었다.

그때 최경회의 부인이 병이 났고 모녀는 임시방편으로 그 댁에 들어가게 되었다. 그때부터 최경회를 현감 마님으로, 그의 부인을 마님으로 부르게 되었다. 그럭저럭 지낼만했는데, 그녀의 어머니가 갑자기 죽었고 얼마 지나지 않아서 마님도 죽었다. 천애 고아가 되어버린 그녀는 자기 인생 행로에 대하여 누구를 붙잡고 의논할 상대도 없이, 바다에 표류하는 배처럼 바람이 부는 대로 흔들리고 멎고 해 온 것이다.

탈상까지는 앞으로 적지 않은 시간이 남았다. 그 시간이 순탄하게 흘러갈지, 짐작도 하지 못한 무엇이 매복하고 있다가 그녀의 발목을 걸어 넘어뜨릴지 모르므로 그녀는 현감 마님이 한 말에 신경 쓰지 않기로 했다.

우두두두…… 달구비 떨어지는 소리에 그녀는 맨발로 뛰어나간다. 장독 소래기부터 덮고 이부자리도 걷어서 머리에 뒤집어쓰고 뛰어서 마루에 던져 놓고는 마당으로 내려선다. 콩알만 한 빗방울이 살갗에 닿을 때마다 따끔거린다. 허방지방 경중거리며 비설거지를 하다 보니 물에 빠진 생쥐 꼴이 되었는데, 하필 그때 마당에 들어오는 현감 마님과 맞닥뜨렸다. 현감 마님도 생쥐 꼴이긴 마찬가지이다. 주렴 같이 내리꽂히는 빗줄기를 피해 경중경중 뛰어 방으로 들어가더니, 연신 재채기해댄다. 그녀는 옷을 갈아입을 염도 못 내고 부엌으로 들어간다. 보릿단을 풀어서 아궁이에 집어넣고 옷을 말린다. 열흘째 오란비가 내리고 있다.

알 수 없는 울음소리에 그녀는 눈이 떠졌다.

먹는 것도 부실한데, 큰 집 살림을 건사하다 보니 누웠다 하면 곯아떨어져서 모기가 물어도, 부엉이가 울어도 깨지 않았는데, 이상한 울음소리에 그만 눈이 떠졌다.

또 운다. 처음 들어보는 울음이다.

귀를 기울여 들어본다. 새는 아니다, 소리가 땅에서 나니까. 귀뚜라미도 아니다. 중복을 지나 말복을 향해 가고 있으니 지금은 모기 철이다. 모기가 입이 비뚤어진다는 처서가 지나야 귀뚜라미 차례가 오는 것이다. 게다가 그 울음은 귀뚜라미의 그것과는 사뭇 다르다. 날개 달린 생물들의 울음은 가볍고 맑아서 적으나마 듣는 사람을 배려한달까, 눈치를 좀 본달까, 하는 느낌을 들게 하는데, 저 울음은 물에 잠긴 듯하고 끈질긴 데가 있다. 무신경해지려고 노력해보지만, 노력하는 자체가 이미 그 울음에 의식이 잠식당하고 있는 것 같다. 아, 진짜 뭐지? 능구렁이? 고개가 가로저어진다. 능구렁이는 일몰 직전에, 지상의 빛이 어스름하게 물들 때쯤에 음흉하게 질질 흘리듯이 운다. 뭘까, 왜 울까. 생물들은 짝짓기할 때 상대에게 신호를 보내기 위해 운다던데, 저 울음은 좀 절박한 데가 있다. 구호 요청을 하는 신호 같기도 하다. 어쩌다가 지하에 갇히는 신세가 되었을지도, 아니면 죽어서 한풀이하는 소리일지도 모르지. 그녀는 국수 반죽을 홍두깨로 밀 듯이 점점 괴이한 생각을 늘이고 있다. 그 생물이 자리 잡은 장소도 신경 쓰인다. 울음의 질로 본다면, 변소 어름이나 거름 더미가 맞을 텐데 뒤란 쪽이다. 뒤란은 장독대가 있는 신성한 곳이다. 신경이 새로운 국면으로 선회하는 중이다. 지붕 속에 있던 집지킴이가 씨간장이 담긴 장독에 똬리를 틀고 앉아 우는가? 그런가보다, 집안에 상을 당해서 미물들도 조상하려고 저리 우는가 보다, 날이 밝는 대로 장독대 청소를 해야겠다. 이렇게 마음을 돌리고 나니 좀 진정이 된다. 다시 잠을 청한다.

옹배기에 물을 담아 들고 뒤란 쪽으로 가다가 그녀는 하마터면 고꾸라질 뻔했다. 발밑에 뱀이 기어 나와서 걸음이 꼬였고, 옹배기를 놓쳤고 그 서슬에 그만 징그러운 그것이 그 밑에 깔려버렸다.

"휴우······!"

그녀는 이마를 짚는다. 뱀이 아니고 지렁이인데, 처음에 눈에 뜨일 때

뱀으로 착각했고 지렁이라고 인식되는 순간에는 이미 옹배기가 손에서 빠져나간 후였다.

그녀는 쪼그려 앉는다.

'지렁이가 운다는 소릴 들은 적이 있어. 그러니까 지난 밤 성가시게 울어대던 게 이 물건이었어.'

큰 옹배기 조각을 채반처럼 들고 그 위에 작은 조각을 담는다. 으깨진 지렁이 사체가 드러난다. 까닭 없이 생물을 죽인 것에 대해서 미안해진다. 미안한 건 미안한 거고 여전히 징그럽다고 느끼는 순간 예리한 통증이 손끝에 인다. 엄지를 옹기 조각에 베었다. 피가 제법 많이 나와서 급한 김에 행주치마로 엄지를 감싼 채 장독대를 내려선다. 바람이 심상찮다. 또 비가 오려는가 보다. 된장독이고 쌀독이고 곰팡이가 피는데, 이놈의 오란비는 언제나 물러가려는지……

또 들린다, 어젯밤의 그 울음소리가. 어제는 뒤란 쪽이었는데 이번엔 수채 쪽이다.

뚜루루루루 뚜루루루루 ……

그 소리를 따라 숨을 참아보다가 훅, 하고 숨을 터트린다. 울음의 길이가 무척 길다.

밤중에는 작은 소리도 십 리를 간다는데, 현감 마님과 봉선 아배는 왜 아무 기척이 없지? 환청인가?

아니다. 분명히 들린다. 왜 밤에만 우나? 이 야심한 시각에만. 사람의 정신을 분산시켜놓고 혼을 빼서 해치운 다음 이 집을 차지하려고 그러는 건 아닐까? 내일은 땅을 파보든지 해야겠다, 이렇게 정리하고 나서 다시 잠을 붙든다.

식전부터 봉선 아배가 땅을 파고 있다. 그이도 울음소리 때문에 잠을 설쳤다면서.

수십 마리의 지렁이가 구물거리고, 땅강아지도 있다. 쏜살같이 도망가는 땅강아지를 발로 막더니 그중에 한 마리를 집어 든다.

"이놈이었네."

봉선 아배는 땅강아지를 그녀 쪽에 대준다. 놈은 머리 쪽은 가재를 닮았고 앞발은 쇠스랑같이 생겼다.

"지렁이가 아니고 얘가 울었다고요?"

"지렁이는 눈도 귀도 없는데……, 듣도 보도 못해요."

살기 위해서는 모든 생물이 모두 전쟁을 치러야 한다는 사실이, 새삼스럽다.

'밤새 지렁이들이 얼마나 무서웠을까…….'

곡괭이질을 하는 봉선 아배가 동문서답을 하듯이 지껄인다.

"지렁이 소굴에는 반드시 땅강아지가 있다 드마는……."

뜻은 통하지 않지만 그래도 심성이 무던하여 그녀는 그이가 좋다, 봉선 언니의 아버지니까 말이다.

봉선 아배는 현감 마님 댁의 씨종이었다. 그녀의 어머니가 죽었을 때, 마님은 병을 앓고 있었기 때문에 살림할 손이 필요해서 봉선 아배가 오게 되었는데, 봉선이라는 딸을 데리고 왔다.

부녀가 온 첫날, 마님이 그녀와 봉선을 한자리에 불러 앉혔다.

"논개, 너는 양반집 자손이고 봉선이 너는 그렇지 못하다. 그러니 봉선이는 논개에게 하대하면 못쓴다, 둘 다 알아들었지?"

마님의 분부가 없더라도 그것은 당연한 일이기 때문에 두 아이는 무신경하게 네! 하고 대답했다.

그렇지만 두 살이나 많은 봉선에게 딱 부러지게 하대하기 싫어서 그녀는 말을 붙이지 않았다. 봉선이 거침없이 먼저 말을 걸어왔다.

"뭐 좀 물어봐도 돼?"

봉선은 대답은 기다리지도 않은 채 또 말을 걸었다.

"이름이 왜 논개야? ……넌 네 이름이 이상하지 않아?"

그녀는 고개만 끄덕여 주는 것으로 대답을 대신 했다.

그녀는 자기 이름의 내력을 수십 번도 더 들어서 아주 잘 알고 있다. 그러나 천박한 호기심으로 회자 되는 것이 싫어서 아예 입을 다물어버리는 것이다.

그녀는 갑술甲戌 년, 갑술甲戌 월, 갑술甲戌 일, 갑술甲戌 시생이다. 사주에 사갑술(四甲戌)을 갖고 태어난 것이다. 12지 간지 중에 술은 개띠에 속하고, 그 지방에서는 '낳다'를 '놓다'라고 하니 '개를 놓았다'라고 해서 논개가 되었는데 또 다른 내막이 하나 더 있다.

그녀의 부모는 첫아들을 낳았을 때 대룡(大龍)이라고 이름을 지었는데 그만 어린 나이에 죽었다. 그 후 오랜 세월을 자식 없이 보내다가, 아기를 점지해 달라고 명산을 찾아다니며 치성을 드렸고 드디어 그녀를 잉태하게 된 것이다.

봉선 아배는 대놓고 부르지는 않지만, 어른들에게 보고할 때라든가, 봉선과 이야기를 나눌 때는 '논개'라는 호칭을 사용했다. 그것은 봉선 또한 마찬가지였는데, 어느 날 논개가 논개로 불리게 되는 일이 발생했다.

텃밭에서 옥수를 따다가 그녀가 그만 벌에 쏘이는 사고가 생겼다. 예리한 통증이 범위를 넓히며 묵직하게 퍼져나갔다. 하필 왼쪽 눈 밑이어서 시야도 점점 가려졌다. 통증은 점점 더 심해져서 마치 생물이 꿈틀대는 것 같았다. 벌이 얼굴에 새끼를 쳤으면 어쩌지 싶었다.

마당 화덕 위 솥에다 옥수수를 넣고 보릿대로 불을 때고 있던 봉선에게 말했다.

"언니, 나 무서워!"

"언, 니?"

혼잣말처럼 이렇게 묻던 봉선이 화단으로 후다닥 뛰어갔다. 봉선은 흰 봉선화 줄기를 잡고 꽃과 꽃잎을 와락와락 뜯어서 모아두고는 자기 방으로 뛰어 들어갔다. 화덕 아궁이에 넣어둔 보릿대는 다 타서 마당으로 기어 나오는 중이었다. 그대로 두면 불이 보릿대 다발로 옮아 붙게 생겼다. 아직 불을 때보지 않아서 약간 두렵긴 했지만, 그녀는 한쪽 손으로는 여전히 볼을 감싸 쥔 채, 불을 아궁이로 밀어 넣고 새 보릿대도 움켜서 불땀에 보탰다. 방에서 나온 봉선의 목에는 베수건이 걸려 있었고 손에는 공깃돌 반 톨만 한 백반 한 도막이 들려있었다. 며칠 전에 봉선과 그녀가 손톱에 봉선화 꽃물을 들일 때 넣고 남은 거였다. 봉선이 봉선화꽃과 꽃잎에 백반을 넣고 짓찧었다. 봉선화 잎 으깨지는 냄새와 옥수수 익는 냄새가 마당에 퍼져나가고 있을 때 마님의 방문이 열렸다. 신을 끌며 봉당에서 마당으로 내려서던 마님의 눈길이 봉선과 화단의 흰 봉선화 쪽을 번갈아 얽어맸다. 순간, 그녀는 흰 봉선화는 귀한 것이니 약으로 쓰게 씨를 받아야겠다던 마님의 말씀이 떠올랐다. 마님이 평상에 올라가 자리 잡고 앉으며 말했다.

"그거 이리 가져오너라. 논개 넌, 이리 와 눕고."

봉선은 짓찧은 봉선화 잎을 가져다 마님께 대령했고 그녀는 조심스럽게 마님 옆 평상에 누웠다. 마님이 그녀의 상처에 봉선화 잎을 올려놓은 다음 베 보자기로 싸매 주었고 봉선이 옥수수를 건져 왔다. 봉선이 그녀의 상처를 만져보며 물었다.

"안 아파?"

그녀는 마님도 보도록 고개를 크게 끄덕거렸다.

마님이 옥수수 바구니를 끌어당기자, 봉선이 말했다.

"제일 큰 것 두 개는 솥에 남겨두었어요, 마님."

현감 마님과 자기 아버지 몫을 먼저 챙기는 것은 봉선에게 있어 의례적인 일이었으므로 마님은 그 말을 귓등으로 듣고는 제일 큰 옥수수를 골라서 반을 잘라 봉선에게 주었다.

"옜다, 애썼다."

불 때느라 애썼다는 건지, 봉선화 꽃잎 찧느라 애썼다는 건지, 아니면 봉선화 꽃잎을 함부로 꺾어버린 걸 용서한다는 건지 그녀는 마님의 의중을 헤아릴 수가 없었다.

봉선은 마님이 내민 옥수수 토막을 두 손으로 공손히 받아서는 논개에게 내밀었다.

논개는 차마 그걸 받지 못하고 마님의 눈치부터 살폈다.

"언니가 주는데 받으려무나."

논개와 봉선의 눈이 허공에서 얽혔다. 그녀는 침을 한 번 삼키고는 말했다.

"고마워, 언, 니."

그때부터 봉선은 논개에게 봉선 언니가 되었고 논개는 논개로 불리게 되었다.

상처는 쉽게 아물지 않고 자꾸 덧나서 마님이 흰 봉선화 잎을 짓찧어 논개의 볼에 붙여주었다. 상처는 결국 흰 봉선화 한 대를 다 작살내고 나서야 아물었다.

이듬해, 봉선화 피는 계절이 돌아왔다. 유난스레 날은 가물었고 마님의 병환은 점점 더 깊어갔다. 중복에서 말복으로 건너가던 어느 날 아침이었다. 닭이 첫 회 울 때 마님 방에서 곡소리가 나더니, 두 회를 울고 났을 때, 현감 마님이 마님의 부고 소식을 식솔들에게 알렸다.

그날 화단에 흰 봉선화꽃이 피었다.

마님이 그 꽃을 끝내 보지 못하고 숨을 놓은 게 논개는 못내 아쉬워서 봉선 언니에게 물었다.

"마님도 아셨을까, 언니가 흰 봉선화 모종을 구해다 심었다는 것을?"

봉선은 대답이 없었다. 남이 알아주는 게 무슨 대수인가, 그것이 사실이면 되었지.

이게 평소에 봉선 언니의 마음이라는 것을 논개는 진즉부터 알고 있었다.

마음결이 곱고, 잠자는 모양도, 걷는 태도도 얌전한 품성을 가진 봉선 언니.

피부가 박꽃처럼 어여쁜 봉선 언니에게는 남몰래 가슴에 품어둔 정인이 있었다. 논개도 딱 한 번 그 사람을 본 적이 있는데, 입이 딱 벌어질 만큼 잘 난 그분은 이름도 드높은 황희 정승의 5대 손자인 황진 나리이다. 그분은 무관인데다 현감 마님보다는 연치가 거의 스무 해나 아래이지만 두 분간에는 끈끈한 우정이 있어서 왕래가 잦았다. 현감 마님이 이곳 장수 현감으로 오기 전부터 봉선 언니는 그분을 만났고 첫눈에 그만 마음을 빼앗겨서 속을 끓여왔다. 그분이 젊어서부터 여자를 가까이하는 기질이 있다는 것을 알고는 기생이 되겠다고, 어떻게든 가까이에서 모시고 싶다고 하더니, 봉선 언니는 정말로 진주 교방으로 가버렸다.

그 후 봉선 언니는 두어 번 다녀갔다. 기생으로 머리도 얹었고 이름은 보화라고 새로 지었다고 했다. 보화는 무슨, 봉선 언니는 죽을 때까지 봉선 언니지. 논개는 이렇게 빈정대줬다.

탈상 일이 두 이레 앞으로 다가왔다.

이제 좀 온전히 일상으로 돌아가려나 했는데 낯선 사람들이 자주 찾아오는가 하면 현감 마님의 출타가 잦았다. 난리가 난다는 소문이 돌고 있다. 난리가 난다니 그게 정말 사실일까. 논개는 마음이 뒤숭숭해져서 봉선 언니라도 좀 안 오나 하고 바랐는데, 정말 왔다, 봉선 언니가.

상청에 예를 올리고 난 봉선 언니가, 댓돌에서 기다리고 서 있는 논개를 보며 팔을 벌린다. 둘은 서로 얼싸안으며 얼굴을 맞대고 부빈다.

"어떻게 왔어, 언니. 여기서 진주가 천리인데."

"음, 아버지 보러, 너도 보고 싶고 해서."

"자고 가, 그럴 거지?"

봉선이 고개를 끄덕인다.

"언니, 난리가 난다는데, 정말 그런 일이 생길까?"

"그럴지도 모른대. 사실은 그래서 왔어. 무슨 일이 생길까 봐서……."

둘은 겁에 질려서 마주 보다가 끌어안고 서로 토닥여준다. 논개는 봉선을 자기 방으로 데리고 들어간다.

봉선이 들고 온 보따리를 푼다. 한복이 한 벌 나온다.

"상복 벗고 나면 그때 이거 입어."

생전 듣도 보도 못한 색감과 질감의 그 한복은 눈이 돌아갈 정도로 아름답다.

"입어봐, 잘 어울리나 보게."

"고마워, 언니."

현감 마님 오기 전에 얼른 입어보라지만, 상중에 그런 요란한 옷을 걸쳐 본다는 자체만으로도 불경스러운 일이기에 논개는 보자기 채 궤짝 속에 감춰놓는다.

"맘에 안 들어?"

논개는 고개를 가로저으며 말한다.

"아주 훌륭해. 아껴 두었다가 좋은 날 오면 그때 입을게."

"좋은 날, 언제! 야, 너 뭐 있지?"

"저기……."

"뭘 그렇게 꾸물대, 이러다 동방삭이 숨넘어가겠다, 야."

"어려운 문자도 쓰고? 언니 많이 달라졌네? 좋아 보여, 언니. 그쪽 생활은 할 만해?"

"왜, 너두 기생하게?"

논개는 듣고만 있다.

"어디 가든 자기 맘먹을 탓이지. 절간에 가도 눈치가 있어야 새우젓 국물이라도 얻어먹는다고…… 나쁘진 않아."

'역시 언니는 달라지고 있구나. 상대하는 사람이 양반들이니 쓰는 말법부터 다르네.'

생각에 빠져 있는 논개를 쿡 찌르며 봉선이 보챈다.

"야, 그 얘기마저 해봐. 너 좋은 일 있지?"

"탈상하고 나면 정식으로 호적에 올려 준다네."

"휴! 아휴……!"

땅이 꺼지도록 한숨을 쉬는 봉선 언니에게 논개는 왜냐고 묻지 못한다.

봉선 언니는 한밤 자고 돌아갔다. 돌아서다 말고 비녀를 논개에게 빼주었고, 그리고 풀어진 머리를 대충 감아 틀어서 젓가락으로 꽂고 울면서 떠났다.

정말 난리가 나는 모양인데, 비워두고 왔는데 장수로 돌아가서 집을 지켜야 하지 않을까. 현감 마님은 관직에서 물러난 채로 이대로 그냥 늙어가시는 건가? 논개의 마음에 먹구름이 들어찬다.

부산포에 왜적이 출몰했단다!

어떻게 해야 하는지 몰라 불안에 떨고 있는 식솔들을 현감 마님이 불러 모았다.

조선을 점령한 후 명나라로 진격하려는 것이 왜의 목표라고, 탈상을 마치는 대로 당신도 전쟁에 참여할 거라고 공표했다.

현감 마님은 무인도 아니고, 환갑도 지났을 뿐 아니라, 이제는 현감도 아니다. 그런데 무슨 힘으로, 무슨 명분으로 나라에 한 몸을 바치겠다는 말씀인가.

논개뿐만 아니라, 식솔들도 이렇게 생각했지만 면전에 대고 따져 물을 수는 없는 일이었다.

날마다 나쁜 소식이 퍼져나가는 속에서 탈상은 잘 마쳤다.

그 후, 현감 마님이 가형과 친척들 그리고 인근의 젊은 사람들을 불러 모아서 선포했다.

"부모님께서 돌아가셨으니 이제부터 나는 이 한 몸을 나라에 바치려 하니, 너희도 내 뜻을 따르도록 하라!"

현감 마님은 월강사 부근에 훈련장을 차려놓고 날마다 군사훈련을 했다. 뜻있는 사람들이 속속 모여들었다. 이들을 이름하여 의병이라 했고 현감 마님은 그 우두머리가 되어 의병장이라는 칭호로 불렸다. 전국적으로 요소요소에서 의병이 모였는데, 그곳의 의병장들도 대개는 군사훈련을 받은 적이 없는 고을의 양반들이라고 했다.

봉선 아배도 의병 속에 끼어 현감 마님의 수족 노릇을 하고 논개도 현감 마님의 갈아입을 옷을 들고 훈련장에 나가게 되었다.

의병장들은 서로 연통을 놓아 왜적이 침투하는 노선을 알리면서 작전을 짰다.

훈련장은 전쟁터를 방불케 한다. 기합 소리, 다쳐서 신음하는 소리가 곳곳에서 들렸다. 몰골은 남루하기 그지없다. 죽음을 불사할 각오로 열심히 훈련하는 걸 보면서 논개도 의병 일에 참여하기로 했다.

믿고 싶지 않지만, 날만 새면 나쁜 소식이 들렸다.

왜적을 막으려다 고귀한 생명이 연일 죽어갔고 해상에서는 이순신 장군이 활약했지만, 선조 임금은 궁을 내주고 의주로 파천하였다.

나라를 지키기 위해 관군은 물론이고 농민이나 절에 있는 승려들까지도 의병 활동에 나섰다는 이야기와 함께 황진 나리의 활동 소식도 들어왔다. 권율 장군의 휘하에 들어가 행주대첩을 승리로 이끌었고 이치와 웅치 전투에서도 크게 활약하여 적을 몰아냈다. 그것은 조선의 화살이 왜의 조총을 이긴 전투라고 모두 환호했는데 그것도 잠시 전운은 나쁜 쪽으로 번지고 있었다.

왜적은 일진 이진 삼진 식으로 계속 조선에 쳐들어오고 있는 가운데, 진주성을 쑥대밭으로 만들었으며 진주 목사 김시민 장군이 이 전투에서 전사했다는 비보가 날아왔다.

현감 마님에게 김천일 장군과 황진 나리에게서 전령이 오는데, 하루속히 진주로 와달라는 내용이었다.

현감 마님은 의병들을 집결시키고 참전을 선포했다.

"한번 죽어 나라를 지켜내고 두 번 죽어 가족과 이웃을 지켜낼 것이다. 자 다 함께 전장으로!"

그 순간 논개는 빛을 보았다.

육신은 비록 늙었으되 그 뜻만은 강철처럼 단단하고 무지개처럼 찬란하구나. 참으로 훌륭한 분이구나!

현감 마님의 새로운 면모에 논개는 두 손을 모으고 우러러보았다.

곧이어, 출전하겠다는 함성이 산천을 뒤흔들었다.

'저분들은 모두 누구의 아들이고 누구의 남편이며 아버지일 터인데 ······!'

가슴이 먹먹해지면서 나도 저들의 대열에 끼일 테다, 하고 논개는 새로운 마음을 먹었다.

진주성에 와보니 그야말로 아비규환 속이다. 난리를 겪은 성내는 기물이 부서지고 산천초목도 온전하지 않은 채, 채 치우지 못한 시체가 나뒹구는 속에서 군졸들, 풀 옷을 걸친 농민들이 작업을 하고 있다. 나무를 베고 한쪽에서는 돌을 깨고 그것들을 옮기느라 개미처럼 떼를 형성하며 작업을 했다. 그 작업자들 속에는 진주 교방의 기생들도 끼어있었다. 비단옷을 벗어버리고 무명 저고리에 남자 바지를 입고, 상투를 틀어 얹어 수건으로 가린 차림으로, 돌을 머리에 이고 옮기는 그녀들 속에는 물론 봉선 언니도 있다고 봉선 아배가 전해주었다. 기생들은 전쟁터 부근에 임시 숙소를 마련하여 지내고 있었는데, 논개도 봉선 아배의 안내를 받아 봉선 언니의 숙소에 짐을 풀었고 봉선 언니와 재회했다.

봉선 언니는 당연하게 받아들이며 기다렸다고 했다.

"현감 마님이 능주 의병대장이 되었다는 소릴 들었어. ······황진 나리도 어제 오셨거든."

논개도 봉선 언니와 함께 작업 현장으로 나갔다.

봉선 언니는 눈빛을 반짝이며 각오를 다졌다.

"나도 끝까지 싸울 거야, 죽는 건 하나도 두렵지 않아."

그렇게 말하던 봉선 언니, 그 사랑하는 봉선 언니가 죽었다!

진주 전투에서 승리한 왜군들이 축하연을 벌였는데, 진주의 기생들을 강제로 동원해갔다.

"김시민 장군을 죽인 원수 놈들!"

"그놈들 시중을 드느니, 차라리 혀를 깨물고 죽는 게 낫지."

하면서도 기생들을 어쩔 수 없이 얼굴에 분칠하고 연회장으로 갔다.

연회가 아직 시작도 하지 않았는데, 우두머리 중에 한 놈이 봉선 언니를 점찍더니, 강제로 욕을 보이려고 했다. 봉선 언니는 그 얼굴에 침을 뱉었고 놈은 칼을 빼 봉선 언니를 반 토막 내었단다.

이 소식을 접한 논개는 세상이 반 토막 나는 기분이었다.

턱을 떨며 울다가 지쳐서 무심코 올려다본 하늘에는 무심하게 별이 떠 있었다. 그 별빛 속에 밝게 웃던 봉선 언니의 얼굴이 떠올랐다.

조선의 병사들은 죽음으로써 기필코 진주성에서 적들을 몰아내기로 결사 다짐하는 가운데, 하늘에서 비가 연일 퍼부어 성대가 무너져 내렸다. 아군에게 불리한 조건이었다. 황진 장군이 적의 탄환을 맞아 죽었고 결국 진주성이 함락되고 말았다.

봉선 언니도 죽고 황진 장군도 죽고…… 논개는 현감 마님이 보고 싶었다.

융복으로 갈아입은 현감 마님이 논개가 묵고 있는 거처로 와서 봉선의 죽음을 이야기하면서 마음을 단단히 붙들라고 위로해주었다. 따로 숙소가 없기 때문에 개인적인 시간은 길게 갖지 않은 채 현감 마님과 작별해야만 했다. 죽음이 그 자락을 펼치며 엄습해오고 있다는 것을 직감한 논개는 전장에 나가지 않고 집에 있다가 마침내 현감 마님이 운명했다는 전갈을 받게 되었다.

예상한 일이지만 너무나 비통해서 숨이 멎을 것만 같다.

준비해 두었던 소복을 꺼내 입고 머리를 빗는다. 그리고 남강 쪽을 향해 절을 두 번 하고 곡을 했다. 밥을 새로 해서 상식을 올리고 또 절을 두 번 하고 나서 논개는 스스로 쪽을 찐다.

체경을 본다. 낯설지만 또 낯설지 않다. 현감 마님이 어머니 상을 치르고 나면 정식으로 부인으로 삼겠다고 말해온 터라서 그때를 상상하곤 했었기 때문인지도 모르겠다.

봉선 아배가 논개를 찾아왔다.

"오늘 밤 왜놈들이 촉석루에서 연회를 연다는디, 기생들이 모다 거기 불려갈 것이라는 디?"

밑도 끝도 없이 이 말을 뱉고 엎드려 운다. 흐엉, 흐엉 짐승처럼 우는 봉선 아배를 위해 한바탕 통곡하고는 말한다.

"이따가 나 좀 남강에 데려다줘요."

봉선 아배는 들었는지 못 들었는지 울기만 하고, 논개는 부엌으로 들어가 밥을 한다.

봉선 아배와 겸상으로 밥을 먹고, 그러고 나서 논개는 방으로 들어가 침착하게 죽음을 준비한다. 봉선 언니가 준 한복과 좋은 날이 오면 입혀드리려고 마련해둔 현감 마님의 옷도 꺼낸다. 한복으로 갈아입고 비녀도 꽂은 다음 현감 마님의 옷을 보자기에 싸서 집을 나선다. 한걸음 뒤에서 봉선 아배가 그림자처럼 따라붙는다.

촉석루 아래 남강에 다다랐다.

무심한 듯 유유히 흘러가는 강물을 들여다본다. 현감 마님이, 황진 나리가, 봉선 언니가 거기 흘러간다. 모두 보고 싶은 얼굴들이다.

두 번 절하고 챙겨온 보따리를 물속에 던진다. 보따리가 물을 머금으며 가라앉는다.

허망하다. 한 생이 이게 끝이란 말인가? 이렇게 죽는 게 나라를 위한 일이란 말인가?

듣기로는 김천일 나리는 자기 아들에게 함께 죽자고 하고 동반으로 물에 빠졌다고 하던데, 일생에 단 한 번으로 끝나는 죽음을 그렇게밖에 선택할 수 없나, 하는 생각이 든다.

"기왕에 죽으려면 적을 한 명이라도 죽이라!"고 경고했다던 어떤 장수의 말이 떠오른다.

논개는 촉석루로 올라가 기생들 무리에 섞인다. 얼굴에 분칠은 했지만, 그들은 침통한 표정으로 먼 곳을 응시하거나 머리를 감싸고 있을 뿐 타인들에게 관심을 두지 않는다.

연회는 벌어지고 술잔이 오고 가고 왜놈들은 기생들을 하나씩 꿰차고는 함부로 주무른다.

어떤 놈일까, 우리 봉선 언니를 죽인 원수 놈이.

왜놈들이 먹잇감을 바라보듯 침을 흘리며 논개를 쳐다본다. 우두머리로 보이는 한 놈이 논개 옆으로 다가와 어깨를 감싼다. 역겨운 체취 때문에 숨을 쉴 수가 없다. 그놈이 아니라도 상관없어, 하면서 애교 띤 눈웃음을 날려 주고는 몸을 빼낸다. 놈이 무르춤하게 쳐다본다. 한 번 더 웃어주고는 사뿐사뿐 경쾌한 걸음걸이로 강을 향해 내려간다. 이판사판이다. 나라는 거덜이 났고 사랑하는 사람들은 죽었다. 지저분하게 연명하느니 차라리 먼저 간 임들 곁으로 가려는 것이다. 혼자 죽을 수도 있고 한 놈을 끌고 들어갈 수도 있다. 남강의 바위에 다다른 논개는 춤을 춘다. 잘 있거라, 한 많은 세상이여! 아까 그놈이 술병을 들고 따라오고 있다. 고꾸라진다. 잘하면 절벽으로 내리구를 수도 있는 상황. 손대지 않고 코 풀게 생겼다고 내심 논개가 좋아하는데, 놈이 비틀비틀 일어난다. 병을 입에 대고 나발을 분다. 빈 병을 강물에 집어 던지고는 허리춤에 찬 칼집을 바로 하고는 논개를 향해 내려온다.

오라, 기꺼이!

논개의 춤에 흥이 실린다. 잘 추는 춤은 아니지만 스무 살의 무르익은 몸체이니 놈이 욕정을 느끼기에는 충분하겠지, 하는데 놈이 바위에 올라서더니 느닷없이 칼을 빼 든다. 논개는 바짝 다가가 놈의 턱을 치켜든다. 놈이 칼집을 풀어서 멀찍이 던져두고는 훌훌 옷을 벗는다. 논개의 춤 박자에 맞추어 춤을 춘다. 둘은 태극의 문양처럼 돌고 돈다. 논개가 돌아서자 놈도 돌아선다. 논개는 몸을 놈의 사타구니 께에 밀착시키고 목을 껴안는다. 놈이 논개의 허리를 답삭 끌어안고 논개는 깍지 낀 손에 힘을 준다. 이제 자웅은 동체가 된 듯 단단하게 얽혀있다. 놈의 혀가 논개의 목에 닿는다. 논개는 무릎으로 놈의 사타구니를 냅다 질러주면서 동시에 배밀이로 놈을 강 쪽으로 민다.

풍덩!

물보라를 일으키며 논개와 놈이 한 덩어리가 되어 남강으로 떨어진다. 내려갈수록 물속 세상은 고요하고 논개는 편안해진다.

5. 정수남 | 김만덕 - 아주 특별한 소망

1

며칠째 바다가 계속 울고 있었다.

날이 밝았으나 난바다를 숨차게 달려온 파도는 그날도 갯바위를 타고 넘으며 높다란 물기둥을 세우고 있었다. 바람 탓에 돛을 내린 채 이마를 맞대고 접안해있는 배들이 파도가 달려들 적마다 위태롭게 몸을 흔들었다. 선착장으로 나와 바다를 바라보던 만덕은 한숨을 길게 토해냈다. 벌써 며칠째인가. 그래도 앞뒤 분간할 수 없을 만큼 퍼붓던 장대비가 그친 것은 다행이었다.

그때였다. 만덕이를 따라 눈을 비비며 나와 섰던 막손이가 손가락으로 어딘가를 가리키며 소리를 질렀다.

"저기 사람이 보임쑤다!"

그녀가 가리키는 곳은 멀지 않은 곳이었다. 파도에 떠밀려온 시체가 너럭바위에 걸려 낡은 거적때기처럼 오르내리고 있었다. 누더기가 된 갈옷을 입은 품이 남정네 같았다. 시신은 파도가 들어 올릴 때마다 살아있는 것처럼 팔을 흔들곤 했다. 만덕은 눈길을 돌렸다. 또 살길을 찾아 섬을 탈출하던 한 생명이 비바람에 그만 육지에 당도하지도 못한 채 목숨줄을 놓은 게 분명했다.

앞으로 얼마나 더 사람들이 굶어 죽어야 이 흉년이 끝날까. 살아 있어도 살아 있다고 할 수 없는 저들의 배고픔을 누가 채워줄 수 있을까. 저 사람 역시 얼마 전까지는 제주의 백성으로 살면서 숨 쉬지 않았겠는가. 객주로 발길을 돌리던 만덕은 한라산을 덮고 있는 먹구름만큼이나 마음이 무거웠다.

본디 제주는 화산섬으로, 땅심이 얇고 들떠서 논농사는 고사하고 밭작물도 풍작을 기대하기 어려운 실정이었다. 거기에 바람과 비와 돌까지 많아 걸핏하면 흉년에 시달리기 일쑤였다. 그런 가운데에서도 정조 16년부터 19년에 걸쳐 불어닥친 흉년은 최악이라고 아니할 수가 없었다. 정조 16년 가을에는 굶어 죽은 사람이 수천 명에 이르렀고, 다음 해 8월에 불어닥친 태풍은 정의현과 대정현 두 고을을 완전히 초토화시켜 버리고 말았다. 그러나 불행은 거기에서 그치지 않았다. 18년 8월에도 다시 태풍과 해수가 몰아쳐 제주 지역 백성의 절반가량이 굶어 죽는 사태가 벌어져 올레마다 시체 썩는 냄새 때문에 숨을 쉴 수가 없을 지경이었다. 마치 하늘과 바다와 땅이 한데 뭉쳐 섬에서 사람을 몰아내려고 하는 것 같았다.

'정조실록'에 의하면 이때 제주도민의 3분지 1이 굶어 죽었다고 기록되어 있다. 1794년 제주 인구가 62,698명이었는데 1795년 겨울에는 47,735명이었다는 것은 1년 만에 17,963명이 굶어 죽었다는 것을 의미했다.

그런데도 제주의 백성들은 앉아서 고스란히 그 천재지변을 맞이할 수밖에 없었다. 섬이 지닌 특성상 지역을 쉽게 벗어날 수도 없었을 뿐 아니라 특히 백성이 육지로 올라오는 것을 막기 위해 조정에서 내린 출육금지라는 엄명이 포승줄이 된 탓이었다. 그래도 남자들은 호시탐탐 고기잡이와 교역을 핑계 삼아 배를 타고 탈출을 시도했다. 물론 된바람을 만나 배가 난파되는 통에 바다에 빠져 죽는 일이 허다했으나 앉아서 죽는 것보다는 낫다는 생각에서 비롯된 행동이었다. 배를 타고 몰래 육지로 빠져나간, 가진 자들의 행색이 그들에게는 우상이었다. 문제는 여자들이었다. 여자들은 배를 타는 것조차 금지되어 있을 뿐만 아니라 육지로는 시집도 가지 못하도록 국법으로 엄히 다스리고 있어 옴짝달싹할 수가 없었다. 그런 까닭에 가사와 농사, 물질 등, 온갖 궂은일은 모두 도맡아 하면서도 태어난 곳에서 그냥 죽을 수밖에 없었다. 만덕은 그게 늘 의문이었다. 왜, 다 똑같은 사람인데 여자만 차별받아야 하는지 안타까웠다.

그렇다고 조정이 손을 놓고 있었던 것은 아니다. 장계를 통해 이 같은 사태를 알게 된 정조는 19년 2월 전라감사에게 배 열두 척에 진휼곡 5천 석을 새 목사인 이우현에게 주어 제주로 운반하도록 분부했다. 그러나 또 다른 불행은 제주를 향해 오던 그 배 가운데 5척이 난파당하는 바람에 정작 제주에 당도한 것은 고작 3천 석에 불과했다는 점이다. 결국 그것은 백성들의 기근을 잠시 채워줬을 뿐, 금방 동이 나버렸고, 목사의 거듭된 강권에 못 이겨 세 사람이 구휼미를 보탰으나 그것조차 바닥이 난 상태였다. 보리 추수할 5월까지는 아직도 많은 날이 남았는데……

"사람 목숨이 파리 같으우다!"

물허벅을 메고 부엌에서 나오면서 막손이가 진저릴 쳤다.

그때였다. 동문시장에 나갔던 칠성이가 허겁지겁 뛰어 들어오다가 막손이와 마주치자 큰 소리로 말했다.

"벌써 구휼미가 다 떨어진 모양이야. 혹시나 하고 향청에 갔던 사람들이 빈손으로 돌아서더라니까. 그 사람들 이제 어떻게 사냐?"

만덕은 그 소리를 듣고도 입을 열지 않았다. 산 입에 거미줄 치랴, 하는 속담이 있지만, 정말 산 입에 거미줄을 칠 수 있다는 것을 만덕은 요즘 들어와 새삼 절감하고 있었다. 막손이가 물허벅을 내려놓고 한숨을 길게 내쉬었다.

"내가 그럴 줄 알았다니까."

"맞아, 어쩐지 차인들이 큰소리 뻥뻥 치는 게 수상쩍다고 했는데, 딱 맞았지 뭐야."

빈정거리는 칠성이의 말을 한 귀로 흘리며 만덕은 하늘을 올려다보았다. 먹구름이 두껍게 덮고 있는 하늘은 또 금방이라도 빗줄기를 뿌려댈 것 같았다.

칠성이가 호들갑을 떠는 데는 이유가 있었다. 제주의 터줏대감이라고 늘 거드름을 피우던 토호 가운데에서 고한록과 홍삼필, 양상범 등이 내놓은 구휼미까지 어느새 바닥이 났다는 것이었다. 하긴, 모자란 진휼미를 보태기 위해 마지못해 내놓은 게 고작 5백 석에 지나지 않는데, 그것으로 굶주린 백성들의 배를 몇 날이나 채울 수 있었겠는가.

"대궐 같은 기와집이나 짓지 말고 이럴 땐 백성부터 생각해야 하는 거 아니야?"

칠성의 볼멘소리는 막손이가 용천을 향해 객주를 빠져나갈 때까지 계속되었다. 이런 위급한 때에도 열두 칸 기와집을 짓고 있는 사람은 홍삼필이고, 관아에 줄을 대고 진상권을 장악하여 큰돈을 번 사람은 양상범이었으며, 전 현감인 고한록은 3대째 거상 소리를 듣는 집안의 장손이었다.

"소나이들이 그게 무슨 짓들이야, 쩨쩨하게."

만덕은 그러나 그들을 탓하지 않았다. 돈이 힘이라고 믿는 사람이라면 흔히 취할 수 있는 일이었으므로 딱히 남자나 여자를 가릴 필요가 없었다. 얼마 전까지는 만덕도 그랬다. 재물이 전부인 줄 알았다. 그래서 한 푼이라도 더 모으기 위해 여자의 몸으로 화북포구에 객주를 차리고 아득바득 벌었으며, 온갖 훼방과 수모도 감수하지 않았는가. 자나 깨나 그녀의 머릿속에는 어떻게 하면 더 많은 돈을 벌 수 있을까, 하는 궁리뿐이었다.

만덕은 눈을 감았다. 방금 보고 돌아선 시체가 눈앞에 어른거렸다. 바닷물에 잠겼다가 떠오르곤 하던 시체가 자꾸만 자신을 향해 무언가 울부짖는 것 같았다. 멀어졌다 가까워지는 바닷소리가 고막을 때렸다. 그나저나 만재가 타고 나간 배는 언제나 돌아올까. 바람이 맞지 않는 것일까. 상추자도까지는 왔을까. 만덕은 이번 배에 싣고 올 물목인 소금과 곡물보다 동생인 만재의 안전이 먼저 걱정스러웠다.

그날 밤 만덕은 꿈속에서 아버지를 만났다.

아버지는 꿈에서도 바다와 싸우고 있었다. 파도에 배가 한쪽으로 기울어졌으나 아버지는 여전히 키를 놓지 않고 있었다. 아방, 어서 빠져나오세요. 만덕이 외쳤으나 아버지는 듣는지 못 듣는지 쳐다보지도 않았다. 그게 뭐라고, 아버지는 배가 물에 가라앉는데도 끝끝내 노를 잡은 격군들을 격려하며 배를 버리지 못하고 있었다. 물품 하나도 잃어서는 안 된다! 아버지의 절규가 비바람에 잦아들었다. 제주에서 싣고 간 미역과 전복 등 각종 해산물과 감귤 등이 어느새 바닷속으로 흔적 없이 잠기고 있었다.

그게 뭐라고, 정말 그게 뭐라고, 아버지는 끝끝내 붙들고 계셨을까……. 만덕은 한숨을 길게 내쉬었다.

2

새벽부터 객주는 사람들로 북적거렸다. 팔을 걷어붙인 일꾼들이 창고에서 짐을 나르며 내는 발걸음 소리에 눈을 뜬 만덕은 마당에 나와 바람의 방향과 세기를 살폈다. 날씨는 다행히 괜찮았다. 동풍이 돛을 올리기에 적당할 정도로 불고 있었다. 그녀는 칠성을 불렀다. 창고에서 행상들의 짐을 챙겨주며 한담을 나누던 그에게 포구로 나가 밤새 들어온 배들이 있는지, 또 제주 배가 육지로 떠났는지 알아보고 오라고 일렀다. 잠시 뒤 그는 들어온 배는 아직 없으나 제주 배들은 떠날 채비를 서두르고 있다는, 반가운 소식을 들고 왔다. 며칠간 일꾼들이 마실 식수와 부식을 싣고 있다는 것이었다. 그렇다면 머잖아 만재가 탄 배도 화북포구로 들어올 게 틀림없었다. 그러면 잠시 주춤했던 포구도 다시 활기를 띠게 될 것이고, 객주 역시 더 바빠질 게 분명했다.

그날 만덕의 발길은 어느 때보다 가벼웠다. 그것은 마침내 어젯밤 마음을 결정했기 때문이었다. 그것은 비단 아버지를 만난 꿈 때문만이 아니었다. 그렇다고 부족한 세 사람의 구휼미 때문만도 아니었다. 어찌 보면 그것은 그 이전부터 만덕의 마음을 무겁게 하던 것, 다시 말하면 재물이란 과연 무엇인가, 하는 물음에 대한 해답이었다. 재물을 모으는 것은 결국 나누기 위한 게 아니겠는가. 만덕이 내린 결론은 세상은 혼자 사는 게 아니라는 것이었다. 거기까지 생각한 만덕은 그렇다면 평생 모은 재산은 자신을 이렇듯 거상으로 키워준 제주 사람들이 어려울 때 사용해야 하는 게 당연하다는데 이르게 되었다.

창고를 한 차례 둘러본 만덕은 마구간을 돌아 안거리 쪽으로 다시 돌아섰다. 안거리는 말하자면 만덕이 기거하는 상단의 본채나 다름없는 곳이었다. 모든 의논과 결정은 대부분 거기에서 이루어졌다. 그렇게 보면 그곳이야말로 오늘날 만덕 상단을 만든 곳이나 다름없었다.

"이런 날씨면 우리 배도 곧 들어오지 않겠수꽈?"

만덕을 발견한 막손이가 부엌에서 뛰어나오며 반겼다.

"글쎄, 그랬으면 좋겠구나."

객주는 주로 구문을 받고 배에서 내린 물자를 대상인이나 행상에게 중개해 주는 중개업과 그것을 맡아 관리하는 위탁업과 또 직접 제주의 특산물을 싸게 사서 육지로 수송하여 판매하고, 육지의 물품을 현지에서 구매하여 도매형식을 빌어 섬의 행상에게 파는 행위를 했다. 물론 그러기 위해서는 바람이 맞지 않아 며칠 동안 떠나지 못하는 육지의 사공이나 격군, 상인들에게 숙식을 제공하는 일도 부수적으로 따랐다. 그러니까 관기에서 가까스로 양민 신분을 회복한 스무 살부터 시작하여 오십 중반에 이르도록 만덕은 그와 같은 일을 거듭한 끝에 제주에서 거상으로 우뚝 서게 된 것이었다. 더구나 만덕은 여타의 다른 상단들이 하는 것과는 다르게 각 고을을 찾아다니며 생산자들과 직접 거래를 통해 특산물을 주문생산하게 했으며, 육지 물품도 싸게 공급, 박리다매 형식을 취했다.

하지만 거기에도 문제가 없는 것은 아니었다. 고집이 센 만재를 어떻게 이해시킬 수 있을까, 하는 게 난제였다. 사실, 따지고 보면 상단의 행수는 분명 자신이지만, 여기에 이루도록 온갖 어렵고 힘든 일을 군말 없이 도맡아 해 온 것은 동생 만재였다. 그가 누구인가. 어머니를 역병으로 잃은 뒤 배고픔을 견딜 수 없어 먼 친척 집에 맡겨져 마름처럼 지낸 아이였다. 따라서 그는 어렸을 때부터 생존을 위해 익힌 대로 몸놀림이 재고 강했다. 눈치 또한 빨랐다. 사실, 이만큼 재산을 이룬 데에는 그의 그런 공로가 컸음은 물론이었다. 그런 까닭에 만덕은 그를 무시하고 싶지 않았고, 더더욱 두 살 손위라는 것을 앞세워 강압적으로 처리하는 것은 사리에 맞지 않는다고 생각했다.

만재가 타고 온 영주호가 화북포구에 무사히 닻을 내린 것은 만덕이 마음을 정한 지 이틀 후였다. 그러나 만덕은 곧바로 뜻을 전달할 수가 없었다. 선단을 이룬 제주 배 몇 척과 함께 달포 만에 제주에 돌아온 만재가 바빴기 때문이다. 만재는 쉴 사이도 없이 싣고 온 소금과 곡물, 면화를 창고에 들이고, 또 물건이 들어온 것을 알고 달려온 행상들에게 그것들을 나누어 파느라고 정신이 없었다.

만덕이 그를 안거리로 부른 것은 그로부터 또 이틀이 지난 해거름 무렵이었다. 오랜만에 남매가 마주 앉은 자리였으나 만덕의 뜻을 눈치채지 못한 만재는 회계장부를 들고 육지에서 구매한 물목의 수량과 대금 지급에 대해서, 그리고 행상들에게 풀어놓은 물품과 판매대금에 대해서 보고하기 바빴다. 사이사이에 뭍에서 보고 들은 것까지 쏟아내느라고 여념이 없었다. 만덕은 그의 말을 묵묵히 듣고 있었다. 그리고 얼마나 지났을까. 이윽고 그가 말을 마치자 만덕이 속내를 꺼내놓기 시작했다.

"네가 보기에는 이 난국이 얼마나 더 갈 것 같으냐?"

만덕은 에둘러가지 않고 단도직입적으로 물었다. 그러나 만재는 그때까지도 눈치를 채지 못하고 있었다. 뜬금없이 그게 무슨 말이냐는 듯 눈을 크게 떴다.

"글쎄요. 보리타작할 때까지는 가지 않겠어요?"

"너도 그렇게 생각하냐?"

"그럼요."

만재는 누님이 자기 말에 귀를 기울여주는 것 같아 흡족했다.

만덕이 다시 물었다.

"그렇다면 그때까지 이 백성들 가운데 몇 사람이나 살아 있을 것 같으냐?"

"아니, 그걸 제가 어떻게 압니까."

아니나 다를까, 만재는 그게 자신과 무슨 상관이냐는 듯 돌아앉았다.

"그래서 하는 말인데, 누군가 나서지 않으면 모두 굶어 죽지 않겠니?"

한숨을 길게 뱉은 만덕은 만재를 건너다보며 혀끝을 찼다.

"그걸 왜 누님이 걱정하세요? 목사나 현감이 걱정할 일 아닙니까?"

비로소 자신을 왜 불렀는지, 그 의중을 대충 짐작하게 된 만재가 화들짝 놀란 얼굴로 만덕을 쏘아보았다. 하지만 만덕은 물러서지 않았다. 오히려 한 걸음 더 바투 다가앉았다.

"관아에 곡물이 없는데, 그들이라고 무슨 일을 할 수 있겠니?"

"그래서요?"

"그래서 내가 나서기로 했다."

"뭐요? 어떻게요?"

만재는 어이가 없다는 표정으로 머리를 세게 흔들었다. 그렇다고 그가 태풍으로 인한 피해를 모르는 것은 아니었다. 돌아보면 자신도 그 피해자 가운데 하나였다. 육지와 달리 고립된 섬인 탐라는 태풍이 휩쓸기 시작하면 피할 데가 없었다. 배도 어장도 사람도 바람이 모두 쓸어가 버렸다. 태풍이 끝났다고 해서 끝난 것은 더더욱 아니었다. 죽은 사람은 그렇더라도 산 사람은 태풍이 휩쓸어 초토화된 섬에서 자기 목숨을 부지해야 했다. 당장 끼니를 해결하지 못하면 그들 역시 먼저 죽은 이들과 마찬가지로 황천길에 들어서야 할 판국이었다. 그래서 모두가 유랑민처럼 먹을 것을 찾아 산과 바다를 헤매고 다녔다.

잠시 뒤 만덕이 다시 무겁게 입을 열었다.

"내가 가진 재산 모두를 풀어서 그들을 먹여 살리기로 했다."

"예? 뭐요? 정신 나갔어요?"

만재는 깜짝 놀랐다. 도대체 그게 말이나 되는 소리인가. 여기까지 어떻게 왔으며, 어떻게 모은 재산인데……. 아니, 그것을 모두 풀겠다니……. 순간, 그의 머릿속에는 지난 세월 그와 누님이 걸어온 지난한 삶의 흔적들이 되살아났다.

"내가 오늘 너를 부른 건 바로 그것 때문이다."

만덕을 똑바로 건너다보던 만재는 그만 말문이 막혔다. 누님이 누구인가. 한 번 마음을 정하면 결코 돌아선 적이 없는 사람이었다. 스무 살 어린 나이에도 지엄한 목사 앞에서 당당히 기적에서 빼달라고 따지고 들어 결국 양민 신분을 회복했고, 또 열의 아홉은 여자의 몸으로 어림없다고 체머리를 흔들어도 화북 포구 앞에 객주를 차려 성공한 누님이었다. 그렇다면 이미 작정한 이상 자신이 아무리 말려도 들어줄 리 만무하다는 건 불을 보듯 뻔했다.

"그러니까 네가 이번에는 궤를 통째 들고 가서 곡물을 있는 대로 사서 싣고 오거라. 육지 역시 태풍의 영향으로 올해는 풍년이 아니라고 하더라만, 그래도 해남이나 나주, 강진 쪽에는 곡물이 아직 남아 있을 것이다."

만재는 잠시 혼란스러운 머리를 정리했다. 그렇다면 이제 기댈 데라고는 타협밖에 없었다.

"그럼 재산 전부를 풀 게 아니라 우리도 홍삼필이나 양상범, 고한록처럼 시늉만 하면 어때요? 그래도 누님한테 손가락질할 사람은 없을 겁니다. 그리고 또 그 정도라면 백성들도 한동안은 그런대로 버틸 수 있지 않겠습니까?"

그러자 만덕은 눈을 사납게 치떴다.

"그건 안된다. 너는 아직도 내가 왜 이렇게 하려는지 모르느냐?"

"그럼 환곡으로 하는 건 어떨까요?"

만재는 다시 다른 방법을 제시했다. 환곡이란 곡물이 급할 때 빌려 갔다가 추수 때 되갚는 것으로 주로 관아에서 행했다. 대개 여덟 되 반을 주고 한 말로 갚는 게 관례인데, 그것 때문에 백성들의 원성도 높았다. 그러니까 만재의 생각은 무상으로 풀지 않고도 당장 백성들의 배고픔은 모면시킬 수 있지 않겠느냐는 것이었다. 그러나 만덕은 그 말을 듣자 버럭 화를 내며, 머리를 곧게 쳐들었다.

"왜곡하지 마라. 그건 돕는 게 아니야. 너는 오늘날 우리가 이만큼이나마 살게 된 게 다 누구 덕분이라고 생각하냐. 제주 백성들 아니냐. 그런데 뭘 더 망설여. 그들이 어려운 처지에 놓였다면 마땅히 나눠줘야지."

잠시 뒤 만재는 결국 머리를 떨어뜨리고 말았다. 어쩔 수 없었다. 누가 그 고집을 꺾을 수 있겠는가. 재물이 아까운 마음은 여전했으나 그것 또한 누님의 것이고, 또 굶주린 백성들을 위해 사용하겠다는 데는 딱히 내세울 구실이 없었다.

"그럼 언제 떠날까요?"

"되도록 빨리. 한시가 급하니까."

"알겠습니다. 바람만 맞으면 사흘 안에 출발하겠습니다."

"미안하다. 쉬지도 못했는데……."

만재는 더 이상 말릴 수가 없다고 생각했다. 그래도 만재는 자신에게 의논을 청한 누님이 고마웠다. 그의 눈앞에는 벌써 돛을 올리고 바다를 지쳐가는 영주호와 함께 노 젓는 격군들의 모습이 그려졌다.

그렇지만 만덕은 안심이 되지 않는다는 듯 일어서는 만재의 등 뒤에 대고 다시 한 마디 쐐기를 박는 것을 잊지 않았다. 딱, 딱, 끊어서 뱉어내는 만덕의 말투는 낮았으나 엄중하고 단호했다.

"명심해라, 네가 늦는 만큼 또 몇 생명이 죽는다는 것을⋯⋯."

3

바다는 잔잔했다.

바람도 동풍으로, 돛을 올리기에 적당히 불고 있었다.

화북포구는 아침부터 바람을 받아 출항하려는 배와 일꾼들로 북적거렸다. 만재는 이번 배에 미역과 함께 건복과 숙복, 장인복과 인복 등, 그동안 잠녀들이 물질에서 건져 올린 전복을 소중하게 씻고 삶고 두드리고 말려서 저장했던 것을 가득 실었다. 또 돔도 몇 상자 실었다. 모두가 뭍 사람들이 선호하는 것들이었다.

"배가 모자라면 세를 얻고, 사공도 격군도 쓸만하다고 생각되면 태워라. 이번 출항은 장사로 가는 게 아니다. 그러니 잡곡이라도 많이만 사 모아 오거라. 돈은 아끼지 말고, 알겠니?"

포구까지 나간 만덕은 떠나는 만재를 붙들고 다시한번 다짐을 주었다. 국법 탓에 따라나서지 못하는 자신이 한스러웠다.

제주에서 육지를 뱃길로 가기 위해서는 먼저 상추자도까지 올라가야 했다. 바람이 도와준다면 거기에서 바로 육지를 향해 출발할 수도 있으나 바람이 돕지 않는 날에는 닻을 내리고 며칠씩 정박할 수밖에 없었다. 그러다가 다시 바람을 타게 되면 전라도의 영산포나 법성포, 탐진포까지는 밤낮으로 사흘이면 닿을 수 있었다. 배의 크기와 노를 젓는 격군, 그리고 길머리를 잡아가는 사공의 솜씨에 따라 다소 차이는 있을 수 있지만 빠를 경우, 대개 나흘에서 닷새면 육지에 닿을 수 있었다. 육지에서 제주로 오는 길도 마찬가지였다. 상추자도를 떠나 화도를 거쳐 조천이나 화북, 애월

포구로 들어오면 되었다. 바람의 방향만 다를 뿐이었다. 문제는 종잡을 수 없는 바람의 변화였다. 만약 바다 한가운데서 갑자기 태풍이라도 만날 경우엔 아무리 노련한 사공이 키를 잡았다고 해도 조난을 면하기 어려웠다. 그래서 배를 타는 사람들은 탈 때부터 자신의 목숨은 하늘에 맡긴다고 말했다.

다행히 순풍을 타고 육지에 도착한 만재는 먼저 영산포에 닻을 내렸다. 그곳 상인들에게 가져온 전복 일부를 풀고 만재는 강 행수를 찾아갔다. 그는 작달막한 게 볼품없어 보이지만 상인들 사이에서는 까다롭기로 소문난 위인이었다. 다 이루어진 거래도 비위가 맞지 않으면 단박에 틀어버리기 일쑤였다. 그런 까닭에 만재는 그를 대할 적마다 늘 조심했다. 그는 만재가 인사를 드리자 활짝 웃으며 반겼다.

"만덕 상단의 작은 행수님이 어쩐 걸음이신가?"

본채로 안내한 그가 좌정하자 만재는 먼저 나주 곡물 시장 사정부터 물었다.

"태풍 땜시 작년엔 벼가 다 절단 나버렸어. 그래도 아직은 괜찮여. 아, 남도에 쌀이 떨어졌다문 우리나라 백성 모두가 다 굶어 죽는다고 아우성 칠 거 아니것남?"

무엇 때문일까, 강 행수는 말끝마다 입가에 웃음을 달고 있었다. 그러나 만재는 그 이유를 구태여 묻지 않았다. 그러자 강 행수는 제풀에 그 이유를 꺼내놓았다. 오늘이 내 딸년의 사주단자가 들어오는 날이여…….

장사란 때를 놓쳐서는 안 된다. 들어갈 때와 나갈 때를 정확히 알아야 하는 법이다. 만재는 누님에게 일찍부터 그것을 이골이 나도록 듣고 배웠다. 그렇다면 오늘 일진은 괜찮은 편이라고 만재는 속으로 쾌재를 불렀다.

"실은……." 서두를 꺼낸 만재가 잠시 뜸을 들이자 강 행수가 궁금한 듯 눈을 크게 뜨고 쳐다보았다. "곡물을 좀 볼까, 해서 왔습니다."

"곡물? 얼매나?"

강 행수는 알겠다는 듯 머리를 끄덕거렸다. 만재는 그러나 수량에 대해서는 말을 아꼈다. 물론 나주가 전라도에서 제일 큰 고을의 하나로 곡물의 교역지인 것은 분명하지만 그가 창고에 쌓아놓은 수량이 얼마나 되는지도 모를뿐더러 자칫 목적이나 수량부터 알려주면 까탈스러운 그의 성미로 볼 때 단가를 높일 수도 있고, 또 여차하면 팔지 않겠다고 문을 닫아걸지도 모르는 일이었기 때문이다.

"그럼 가볼까?"

"그럴까요?"

만재는 앞장서 가는 강 행수의 뒤를 따라 창고로 향했다. 거대한 창고에는 그의 말대로 곡물이 켜켜이 가득 쌓여 있었다. 어림잡아도 800석은 넘을 듯했다. 과연 나주에서도 소문난 상단이라는 말이 거짓은 아니었다.

의외로 계약은 쉽게 성사되었다. 450석. 창고에 쌓여 있는 곡물의 절반이 넘는 숫자였다. 물론 거기에는 강 행수의 큰딸이 사주단자를 받는, 좋은 날이라는 것도 한몫한 게 사실이었다. 그러나 만재는 신중했다. 전대를 풀기 전에 누님이 이르던 말을 한 번 더 떠올렸다. 저들을 살려야 한다. 사실, 자신에게 누님은 여자지만 여자라고 할 수 없었다. 그렇다고 남자도 아니었다. 그보다 더 높은 곳에 올라가 있는 신 같은 존재였다. 아버지를 여덟에 잃고, 또 어머니까지 역병으로 잃고, 먼 고모뻘인 친척 집에 버려지듯 맡겨져 밤낮없이 허드렛일을 팔 년 동안 하고 있을 때 나타난 누님은 자신에게 태양이나 다름없었다. 가자고, 손목을 잡아끌 때를 만재는 지금도 잊을 수가 없었다. 그로부터 40여 년 가까이 지났으나 만재는 아직도 누님의 깊은 속내를 짐작할 수가 없었다. 다만 누님이 결정하면 따를 뿐이었다. 자신에게 누님은 누님이 아니라 어머니였고 아버지였으니까……

만재는 그날로 다시 탐진포로 뱃머리를 돌렸다. 격군들이 투덜거렸으나 그는 잠시도 지체할 수 없었다. 누님의 말대로 지체해서도 아니 되었다. 강 행수에게서 사들인 곡물을 오는 길에 싣기로 한 그는 저녁 무렵 탐진포에 도착하자마자 강진의 손 행수 상단을 찾았다. 손 행수는 초저녁부터 고을의 관속들과 술상을 앞에 놓고 붓거니 받거니 하고 있었다. 만재가 인사를 드리자 그는 대청에 앉은 채 턱수염을 쓰다듬으며 웬일로 왔느냐고 거만스레 물었다.

"해물을 내려놓고, 여기 물건도 좀 살펴볼까 해서 왔습니다."

만재는 공손하게 말했다. 그러나 만재의 의중은 그것만이 아니었다. 그를 통해 일이 없어 쉬고 있는 배를 알아보고 조건이 맞으면 빌릴 생각까지 하고 있었다. 배란 크기에 따라 용량이 다른데 자신이 타고 온 배는 그 한도를 가름해볼 때 400석 남짓밖에 싣지 못할 것 같았기 때문이었다.

사실 강진은 제주에서 생산되는 물건, 즉 미역과 전복, 돔, 갈치 등의 해산물과 어물, 또 갓, 양태, 삿자리, 참빗 등 생활필수품과 녹용, 표고, 우황, 지황, 천궁 등 약재류가 많이 거래되는 곳이었다. 또 제주 배를 상대로 육지에서 생산되는 곡식도 활발하게 거래되었다. 그런 까닭에 포구엔 언제나 전국의 상선들이 늘 정박해 있다시피 했다. 그런 만큼 팔려고 내놓은 배나 수리하기 위해 놓고 있는 빈 배도 많은 편이었다.

그러자 해소기가 있는 손 행수가 갑자기 밭은기침을 토해냈다.

"해물은 뭘 싣고 왔는가?"

"예, 전복하고 소라를 좀……."

만재는 그가 연속 뱉어내는 기침 소리와 거만한 말투가 귀에 거슬렸다. 그러나 내색하지 않은 채 그의 표정을 살폈다. 다만, 그가 관심을 나타내는 것으로 볼 때 한양에서 해산물을 찾는 상인이 내려오지 않았을까, 짐작할 따름이었다. 아니나 다를까, 손 행수는 잠시 뒤 정색을 한 채 입을 열었다.

"얼마나 되는 양인지는 모르지만 웬만하면 우리 집에 내려놓게나."

만재는 옳거니, 싶었다. 순간, 제주에 있는 누님이 활짝 웃는 것 같았다.

"금만 맞으면 내려놓는 거야 어렵지 않으나 저에게도 청이 몇 가지 있습니다. 행수님께서 부디 그 청을 거두어주시면 고맙겠습니다."

만재는 그의 얼굴을 자세히 살폈다. 그는 턱수염을 다시 한차례 쓸어내렸다.

"말해 보게."

만재는 망설이지 않았다. 그가 그렇게 나온다면 일은 거의 성사된 거나 다름없었다. 그는 곡물 이야기부터 꺼내놓았다.

"팔 수 있는 곡물이 얼마나 되는지요?"

"쌀 창고는 지난번에 거의 다 비웠고, 지금은 잡곡뿐인데, 그거라도 괜찮겠는가?"

"잡곡이라면?"

"작년에 수확한 보리와 귀리, 콩, 조, 수수가 조금 남아 있기는 한데……"

"얼마나 되는지요?"

"글쎄……."

손 행수는 손바닥으로 입을 가린 채 다시 밭은기침을 뱉었다. 한 가지 분명한 것은 이제 얼마 지나지 않으면 햇보리를 추수할 시기가 오기 때문에 아직껏 묵은 보리를 보관하고 있다면 싼값에 거래가 이루어질 수 있다는 것을 의미했다. 만재는 그걸 한꺼번에 모두 산다는 조건으로 비교적 헐값을 제시했다. 보리 80석에 콩과 조, 기타 곡물이 합쳐서 30석. 그 정도라면 만재로서도 불만은 없었다.

손 행수가 보는 앞에서 상단의 차인과 거래를 마친 만재는 이번엔 빌릴 배가 있는지 물었다. 손 행수는 잠시 생각하는 얼굴이었다. 그러자 곁에서 함께 술을 마시던 이방이란 작자가 참견하듯 거들고 나섰다.

"그런 배라면 내가 하나 알고 있네. 작년 겨울 흑산도로 누가 유배 가는 데 사용된 뒤로는 쉬고 있는 밴데, 지금 탐진포에 있을 걸세. 내놓았다고 하는데, 가격은 모르겠네. 하지만 그거라도 괜찮다면 내가 서찰을 써줄 테니 가지고 가보시게. 본래 거래는 당사자끼리 하는 거 아니겠나?"

만재는 고맙다고 머리를 깊숙이 수그렸다.

다음 날 아침 일찍 만재는 이방이 써준 소개장을 들고 탐진포로 향했다. 그에게는 지금 무엇보다 배를 빌리는 게 시급했다. 곡물을 사들이기만 하면 무엇하겠는가. 빨리 싣고 가서 화북포구에 부려야 백성들을 살릴 것 아닌가. 만재는 노심초사하고 있을 누님의 얼굴이 떠올랐다.

배 주인은 장애인 아들을 데리고 사는 팔순 노인이었다. 만재를 맞으면서 노인은 젊었을 때 상단에서 힘깨나 쓴 적이 있으나 지금은 늙은 데다 자식새끼도 저 모양이어서 꼼짝없이 묶여 산다고 한탄했다. 그러나 배를 빌리는 일은 그렇게 쉽지만은 않았다. 만재가 찾아온 목적을 말하자 노인은 얼굴빛이 달라졌다. 한두 차례는 물론이고, 월세도 말을 붙이지 못하게 했다. 적어도 일 년은 빌려야 한다면서 임대료도 만만치 않은 값을 요구했다. 그는 팔려고 내놓는 것이지, 임대는 생각도 하지 않았다고 했다. 가만히 놔두어도 시간이 갈수록 낡아질 게 뻔하고, 그렇게 되면 시세가 내려갈 텐데, 왜 임대하겠느냐는 것이었다. 그리고 그는 자신이 가지고 있는 배가 유배 갈 때 사용할 만큼 크기나 규모가 일반 상선과 다르다는 것을 자랑했다. 그것은 만재도 인정하지 않을 수 없었다. 갑판 아래쪽으로 창고가 있고, 그 위로는 커다란 두 개의 돛대가 위용을 뽐내고 있는 판옥선이었다. 복층 구조로 된 배는 쉬는 동안 수리까지 해서 지금 곧 출항해도 될 것 같았다. 그 배에 곡물을 싣는다면 500석도 너끈할 듯했다.

"얼마나 드리면 되겠습니까?"

만재는 사정할 수밖에 없었다.

"글쎄……."

노인은 만재의 사정 따위는 안중에도 없다는 듯 딴청을 부렸다. 소개장도 소용이 없었다. 결국 거래는 한낮이 되도록 이루어지지 않은 채 지체될 수밖에 없었다. 그때였다. 몇 번 안면이 있는 송방의 장 차인이 일행들과 지나가다가 만재를 보고는 반가워하며 무슨 일인가 물었다. 만재는 그에게 속사정을 털어놓았다. 그러자 그는 그 노인네가 본래 그런 사람이라고 알려주고는 거들어주었다.

"영감, 그 잘나지도 못한 배 한 척 가지고 위세 부리지 말고 빌려주슈. 좋은 데 쓰겠다고 하지 않수?"

그러나 노인은 끄떡도 하지 않았다. 만재는 혼자 속으로 따져 보았다. 어찌 보면 한시적으로 한 번 쓰겠다는 것은 억지라는 생각도 들었다. 어차피 장삿길을 위해서는 앞으로도 계속 육지를 오고 갈 터인데, 그렇다면 노인의 말대로 일 년도 괜찮을 듯했다. 몸이야 힘들겠지만 그만큼 해산물이나 특산물을 더 싣고 와서 푼다면 이윤이 많이 날 것은 분명할 터이고, 임대료는 그것으로 충당하면 될 것 아닌가.

결국 해가 넘어가기 전에 만재는 제주 길머리를 잘 아는 사공과 격군 15명을 붙여 달라는 조건으로 노인의 주장을 들어주었다. 그러자 노인은 인근에 놀고 있는 일손이 많다면서 비로소 처음처럼 얼굴 가득 웃음꽃을 피웠다. 만재는 다음 날 아침 일찍 배를 영산포로 돌렸다. 다행히 사공은 낯이 익은 사람이었다. 만재는 그곳에서 강 행수로부터 사들인 곡물을 모두 싣도록 지시했다. 한낮이 조금 지나자 강진에서 잡곡을 실은 영산호도 도착했다.

다음 날 아침 일찍 만재는 두 배를 이끌고 해남으로 뱃길을 돌렸다. 누님을 생각하면 잠시라도 지체할 수가 없었다.

제주와 전라도를 잇는 교통의 요지인 해남은 특히 제주에서 한양으로 올라가는 진상품 운송에 많이 이용되는 곳이었다. 또 귀양 가는 사람들이 육지를 떠나 제주를 비롯한 섬으로 들어가던 곳이었다. 그러나 전라도에서도 이름난 곡창지대로 늘 곡물 생산이 풍부한 곳이었다.

만재는 배에서 내리자마자 그곳의 전 행수를 찾아갔다. 몇 차례 거래를 한 적이 있는 그는 아침 일찍 찾아온 그를 이상한 눈으로 바라보았다. 그러나 장사꾼이 곡물을 사겠다는데 마다할 이유는 없었다. 만재는 먼저 그가 소유하고 있는 곡물을 알아보았다. 그리고는 그가 가지고 있던 쌀 300석을 전량 구매했다. 어디에 쓸 거냐고, 그가 궁금한 듯 물었으나 만재는 알려주지 않은 채 두 배에 나누어 싣도록 지시했다. 배에는 어느새 곡물이 가득 쌓여가고 있었다. 제주에서 가지고 온 궤는 텅 비었으나 꽉 차오른 만재의 마음은 왠지 부자가 된 것 같았다.

만재는 남쪽 바다를 바라보았다. 생각 같아서는 당장이라도 누님이 기다리는 제주로 출발하고 싶었다. 문제는 바람과 날씨였다. 봄바람은 언제나 변덕이 심했다. 북서풍이 코끝을 스치듯 불다가도 언제 또 사납게 바뀔지 누구도 예측할 수 없었다. 그럴 경우, 위급한 상황에 빠지는 것은 물론이고 자칫하면 목숨까지 잃는 불행을 겪을 수도 있었다. 그런데 만재가 가름해 볼 때 내일 바람이나 날씨는 다행스럽게도 출항하는데 하등 지장을 줄 것 같지는 않았다.

4

만덕은 꿈에 아버지를 또 만났다.

아버지는 활짝 웃고 있었다. 어렸을 때 가족들이 함께 살던 집이었다. 만덕은 아버지가 반가웠다. 바닷길에서 막 돌아오는 길인 듯 아버지가 걸친 겉옷이 짠물에 젖어 있었으나 만덕은 상관하지 않고 달려가 덥석 안겼다. 땀내와 함께 짭짜름한 아버지의 체취가 콧속으로 스며들었다. 아, 이 냄새. 꿈에서 깨어났으나 만덕의 몸에서는 그때까지도 아버지의 체취가 그대로 묻어있는 것 같았다.

아버지는 남자와 여자를 가리지 않았다. 어쩌다 어머니가 맛있는 반찬을 아들인 오빠나 동생 앞으로 밀어놓으면 호통을 치곤 하였다. 특히 식구들 누구나 다 좋아하는 돔베고기가 오를 때는 더욱 그랬다. 여자와 남자를 구별하는 건 좋지 않은 거야. 하늘 아래 숨 쉬고 사는 사람들은 누구나 다 똑같거든. 잠자리를 털고 일어난 만덕은 어릴 때 늘 해 주시던 아버지의 그 말씀이 문득 환청처럼 되살아나 고막을 때렸다.

평소보다 일찍 일어난 만덕은 그날도 마당에 나오자마자 다른 날과 마찬가지로 하늘을 올려다보았다. 아직 어둠이 채 가시지 않은 하늘엔 빛을 잃어가는 반달이 희미하게 걸려 있을 뿐 구름 한 점 보이지 않았다. 뺨을 스치는 바람도 아직 잠에서 깨지 않은 듯 결이 부드러웠다. 만덕은 기분이 상쾌했다. 비록 꿈이었지만 아버지는 그만큼 만덕에게 힘이 되어 주었다. 아버지가 웃는 모습을 보는 것은 실로 오랜만이었다. 여자가 무슨, 하는 사람에게 손가락질받으면서 화북포구에 객주를 차렸을 때, 그리고 토호 상인들의 온갖 훼방에도 불구하고 육지와의 장삿길을 열기 위해 어렵사리 배를 구매한 뒤 영주호라고 명명했을 때를 제외하면 처음인 듯했다. 그런데 아버지는 왜 웃고 계셨을까. 무슨 기쁜 일이 있는 것일까.

향청은 객주에서 그렇게 먼 거리는 아니었으나 만덕은 마음이 바빴다. 그날은 만재가 곡물을 싣고 온 배가 포구에 닿으면 그것을 어떻게 나눠줄 것인가, 심 좌수를 만나 의논하기로 작심한 날이었다. 또 지난번처럼 나눠 준다면 굶주린 백성들이 아직 한 달 넘게 남아 있는 보릿고개를 넘기기 어려울 거라고 판단했기 때문이다.

밖거리가 다시 북적거리기 시작했다. 칠성이가 물품을 챙기는 행상들과 웃고 떠드는 소리가 마당까지 들려왔다. 마구간과 창고를 한 바퀴 돌아

나온 만덕은 부엌 쪽으로 발걸음을 옮겼다.

그때였다. 새벽부터 용천을 다녀오는지 물허벅을 진 막손이가 대문간을 들어서며 투덜거렸다.

"또 봤어요, 오늘은 세 사람씩이나."

만덕을 보고 꾸벅, 머리를 숙이는 막손의 얼굴엔 어느새 눈물 자국이 얼룩져 있었다. 오는 길에 또 굶어 죽은 사람을 본 모양이었다.

"이번엔 모두 여자들이더라고요. 삐쩍 마른 몰골이 사람 같지 않았어요. 겨울철 한라산 삭정이 같더라니까요, 글쎄. 얼마나 굶었는지……."

막손은 코를 훌쩍거렸다.

만덕은 머리를 끄덕거렸다. 굶어 죽는 사람의 숫자가 남자보다 여자가 많은 것은 사실이었다. 그만큼 제주도에는 여자가 남자보다 3배 더 많았다. 이유는 간단했다. 남자들은 성인이 되면 섬을 버리고 육지로 나가거나 또 장삿배나 고기잡이배를 탔다가 바다에 빠져 목숨을 잃는 경우가 많았기 때문이다. 삼다 가운데 여자가 들어가는 이유도 거기에 있었다. 또한 제주도 여자가 유독 강하다고 소문이 난 것 역시 생존을 위해 남정네들이 맡아야 할 일을 여자들이 해온 까닭이었다. 사실 여자들의 대부분은 가정의 살림살이와 아이를 낳아 기르는 것은 물론이고, 농사와 물질, 장사까지 바깥일도 망설이지 않고 해냈다. 일 년 열두 달 끝없이 이어지는 고된 일이었지만 군말 없이 그 같은 일을 숙명으로 알고 계속했다.

이른 시간 때문인가, 향청은 조용했다. 만덕이 찾아가 뵙기를 청하자 심 좌수는 갑자기 무슨 일인가, 하는 얼굴빛이었다. 그러나 그는 동헌 아래 머리를 숙이고 있는 만덕에게 스스럼없이 오르라고 일렀다. 만난 적이 몇 차례밖에 되지 않았으나 만덕은 그의 행동거지에서 소문대로 그가 넉넉한 인품을 지녔다는 것을 느낄 수 있었다.

만덕은 망설이지 않았다. 그가 권하는 대로 동헌 대청에 올라 그와 마주 앉았다. 만덕이 심 좌수를 찾아온 목적은 흉년이 들어 구휼미를 나눠주는 것은 향청의 소관이었고, 좌수란 그 우두머리인 까닭이었다.

"화북 객주 주인장이 여긴 어쩐 일이신가?"

심 좌수는 여자이며 양인인 탓에 말을 내려도 무방했으나 그래도 제주의 거상이며 나이 역시 든 터라 함부로 말하지 않았다.

"이른 시각인 줄은 압니다만, 말씀드릴 일이 있어서 무례를 무릅쓰고 찾아왔습니다." 시간을 끌 필요가 없다고 느낀 만덕은 좌수를 똑바로 건너다보며 뒷말을 이었다. "외람됩니다만, 어른께서는 혹시 지난번 구휼미가 백성들에게 골고루 나누어졌다고 생각하시는지요?"

만덕이 단도직입적으로 묻자 심 좌수는 당혹스러운 듯 헛기침을 두어 차례 뱉어냈다. 다과가 나왔으나 만덕은 눈길도 주지 않았다.

"갑자기 그건 왜 묻는가?"

심 좌수는 그러나 고깝다는 표정은 짓지 않았다.

"오늘도 굶어 죽는 사람들을 보았길래 드리는 말씀입니다."

"하긴……."

심 좌수는 혀끝을 찼다. 비로소 만덕이 무슨 말을 하려고 왔는지 알 것 같다는 얼굴이었다.

"나누기는 다 나누었네. 그러나 문제가 전혀 없었다고 생각하지는 않네. 워낙 경황이 없던 때이기도 하였지만, 관아의 간섭이 좀 있었지. 판관을 비롯한 육방 관속들과 그 친척들까지도 끼어들었으니……."

심 좌수는 길게 한숨을 뱉어냈다.

만덕은 머리를 끄덕거렸다. 그쯤은 이미 짐작했던 터였다. 윗물이 맑아야 아랫물이 맑지 않겠는가. 이곳의 벼슬아치들은 부임하면 하루가 지나가기도 전에 벌써 한양을 바라보는 게 예사이고, 또 그 밑에서 작은 감투를 쓴 아전들 역시 걸핏하면 백성들을 깔아뭉개고 위세를 떨기 일쑤인데 무엇을 더 바랄 수 있겠는가. 하지만 만덕은 그렇듯 솔직히 말해주는 심 좌수가 오히려 고맙고, 믿음직스러웠다. 곡물이 도착하면 이번은 실수하지 않고 골고루 나누어 줄 것 같다는 예감이 들었다.

"그래서 드리는 말씀인데……."

만덕은 운을 떼고 잠시 뜸을 들였다. 그러자 심 좌수가 궁금하다는 눈빛으로 만덕을 건너다보았다.

"이번에 제가 동생에게 곡물을 좀 싣고 오라고 일렀습니다."

만덕은 조용한 어조로 말했다.

심 좌수는 입을 크게 벌렸다.

"얼마나?"

"모르겠습니다. 그러나 제 재산 전부를 내어주었으니 적지는 않을 겁니다. 그래서……."

"그래서?"

심 좌수가 반문하며 마른침을 삼켰다.

"이번만큼은 굶주린 백성들에게 골고루 돌아갈 수 있도록 어른께서 특별히 신경을 써주셨으면 하는 마음에서 찾아왔습니다."

"그게 정말인가?"

심 좌수는 도무지 믿기지 않는다는 얼굴로 만덕을 자세히 쳐다보며 되물었다. 그리고는 만덕이가 그렇다는 말을 거듭하자 머리를 크게 끄덕였다.

"장한 일일세. 정말 장한 일이야. 자네 덕분에 이제 제주 백성들이 굶어 죽지 않고 살아가게 생겼구먼. 무사히 보릿고개를 넘기게 생겼어. 정말 장하네. 남자들도 하지 못한 일을 여자인 자네가 해냈구먼."

심 좌수는 감동한 듯 한동안 벌린 입을 다물지 못했다.

"그런 일에 남자와 여자가 어디 따로 있습니까?"

"하긴……."

"모두가 다 같은 사람 아닙니까? 힘을 합쳐야지요."

만덕은 웃었다. 문득 웃던 아버지의 얼굴이 떠올랐다.

"그럼 객주는 그만두려는 건가?"

"아닙니다. 이번 출항에서 동생이 돌아오면 맡기고, 저는 옛날 살던 동네에 조그만 집 하나 장만해서 살려고요."

그것은 사실이었다. 오래전부터 만덕이 마음속으로 꿈꾸어오던 것이었다.

"그래도 그 객주에서 제주의 거상으로까지 성장했는데 아깝지 않은가?"

"아깝기는요. 저도 이제 육십을 바라보는 나이인 걸요, 뭐. 그동안 저를 이만큼 키워준 제주 백성들에게 감사할 따름이지요."

"동생이 잘 할 수 있겠는가?"

"예, 그 점은 안심하셔도 될 겁니다. 그 사람도 이제는 오십 줄에 들어섰고, 또 그동안 제 밑에서 장사가 무엇인지 많이 배우고 깨달았을 테니까요."

"여기까지 오는 동안 참 고생이 많았을 텐데……."

순간, 만덕은 그동안 자신을 폄하하고 훼방하던 동문시장의 거상 부장연의 뱀눈이 문득 떠올랐다. 지금은 죽었지만, 그때는 정말 견디기가 어려웠다. 그런데 왜 그는 나를 그토록 못살게 굴었을까. 하긴, 그동안 그와 같은 훼방과 해코지를 한 사람이 어디 그 사람뿐이었겠는가. 그렇지만 만덕은 그들이 그랬던 탓에 오늘날 자신이 이만큼이나마 성장할 수 있었다고 여겼다. 사실 그들이 그럴 적마다 정신을 더 바짝 차렸으니까…….

"어른께 한 가지 더 부탁드릴 말씀이 있습니다."

만덕은 이제 일어설 때가 되었다고 생각했다. 그래서 그동안 마음에 두고 있던 이야기를 꺼내놓았다.

"말씀해 보시게."

"이 일이 소문 나지 않도록 처리해 주시면 고맙겠습니다."

심 좌수는 다시 깜짝 놀라는 얼굴이었다.

"왜? 나는 상소를 올려 조정의 포상이라도 받게 할 생각이었는데……."

"아닙니다. 천부당만부당한 말씀이십니다. 지금 제 소망은 오직 한 생명이라도 더 살릴 수 있었으면 하는 것 하나뿐이니 그렇게 처리해 주시면 고맙겠습니다."

만덕은 손사래를 쳤다.

머리를 끄덕거리던 심 좌수는 만덕이 보는 앞에서 별감을 불렀다. 잠시 뒤 별감이 올라오자 그는 만덕이 앉아 있는 앞에서 확인시키듯 분배할 방법을 소상히 일렀다. 그것은 어쩌면 이번만큼은 실수 없이 행하겠다는 그의 의지처럼 보였다.

"잘 들어. 나눔에도 원칙과 질서가 있는 법이다. 이번에 구휼미가 들어오거든 반드시 내가 말하는 것을 명심하고 정확히 실행해야 한다. 만약 지난번처럼 이를 어기고 또 누구라는 말에 흔들려서 지키지 아니할 시에는 내가 국법으로 엄히 다스릴 것이다."

별감이 머리를 숙이자 그는 말을 계속했다.

"먼저 백성 가운데 과부나 나이 든 홀아비, 자식 없는 노인과 몸이 정상이 아닌 사람부터 찾아내어 나눠주고, 다음엔 어린아이가 여럿 있는 집의 여자를 찾아 나눠주도록 해라. 그리고 아이와 어른도 가려서 나누도록 해라. 또한 굶주린 사람들이 갑자기 마른 밥을 먹으면 탈이 날 염려가 있으니 먼저 죽을 쑤어 먹게 하도록 주의 주는 것도 잊지 말거라."

별감이 물러가자 심 좌수는 만덕을 쳐다보면서 이만하면 되었느냐고 물었다. 만덕은 만족스러웠다. 심 좌수가 고마웠다.

심 좌수는 인사드리고 일어서는 만덕에게 한 마디를 더 보탰다.

"걱정하지 말게. 이번엔 내가 직접 나서서 나눌 터이니……."

만덕이 심 좌수를 만난 후 사흘이 지난 아침이었다. 칠성이 뛰어 들어오며 외쳤다. 곡물을 실은 배 두 척이 화북포구에 닻을 내렸다는 것이었다. 그러니까 만재가 타고 나간 배는 정확히 제주를 떠난 지 보름 만에 다시 입항한 것이었다. 안거리에서 그 소식을 들은 만덕은 속으로 가만히 중얼거렸다. 아버지, 감사합니다……

5

돌담 너머로 보리타작하는 소리가 들렸다. 바릇잡는 잠녀들의 물질 소리와 숨비소리도 바람결에 고즈넉하게 들려왔다. 화북 객주에 잠시 다녀오라고 한 막손이를 기다리며 만덕은 마당 한 구석에 펼쳐놓은 평상에 앉아 그날도 하늘을 올려다보고 있었다. 구름 한 점 없는 유월의 하늘은 깊은 바다처럼 맑고 파랬다.

이제 섬에서 굶어 죽는 사람은 없었다. 어렵고 힘들었던 몇 달 전의 일들이 마치 먼 옛날 일 같이 느껴졌다. 고을의 어른인 풍헌을 따라와 향청 앞에 길게 줄을 선 백성들이 곡물을 보자 활짝 웃던 모습이 잠시 만덕의 눈앞에 떠올랐다가 지나갔다. 섬은 언제 그랬느냐는 듯이 어느새 모든 게 제자리로 돌아가 있었다.

"얘기 들었수꽈?"

무엇 때문일까. 객주에 다녀온 막손은 다른 때와 달리 얼굴이 붉으락푸르락했다.

"무슨 얘기?"

"여자는 사람도 아닌 모양이우다."

막손은 분이 풀리지 않는 듯 말투가 빨라졌다. 만재에게 해가 떨어지면 한 번 집에 들르라는 말은 제대로 전했는지, 궁금했으나 만덕은 그 말을 뒤로 밀어두었다.

"무슨 말을 들었길래 또 울뚝뱉을 부리냐?"

만덕은 막손이를 보다가 자신도 모르게 웃음을 터트렸다. 비자나무 가지에 앉았던 까마귀가 막손이가 질러대는 말소리에 놀랐는지 한번 크게 울고 날아갔다.

"글쎄, 저번에 구휼미를 아주 쬐꼼 내면서 생색낸 그 알량한 남저들 있잖수꽈? 그들이 이번에 조정에서 포상받는다우다. 그게 어디 말이나 되는 소리우꽈? 그것도 마지못해 낸 것에 지나지 않았는데 말이우다."

막손은 씩씩거리며 가쁜 숨을 몰아쉬었다. 만덕은 그녀가 마치 한라산 오름을 단숨에 지쳐내려 온 망아지 같다고 느꼈다.

"그게 다 여자라서 그런 거 아니우꽈? 그 남저들보다 몇 곱절, 그것도 전 재산을 털어 베푼 사람은 따로 있는데두 말이우다."

만덕은 그러나 그 말엔 대꾸를 미룬 채 다시 하늘을 올려다보았다.

"나는 그런 거 처음부터 생각한 적이 없다. 나는 다만 지금 이 땅의 백성들이 굶어 죽지 않고 살아났다는 것만이 감사할 따름이다."

하늘을 올려다보며 만덕은 무엇이 즐거운지 하냥 웃고 있었다.

6. 은미희 | 차미리사 – 살되 네 생명을 살아라

구름 한 점 없이 투명하게 빛나는 하늘에 새들이 날았다. 새들은 앞서거니 뒤서거니 날다가 돌연 하늘로 치솟아 오르더니 이내 방향을 바꿔 땅을 향해 곤두박질쳤다. 그러다 어느 순간 다시 솟아올라 수평으로 날았다. 먹잇감을 향해 돌진하거나 아니면 장난을 치는 것일 게다. 하늘 탓일까. 바람을 타고 바람을 버리는 새들의 날갯짓이 가벼워 보였다.

다리미질하는 어머니를 도와 풀 먹인 두루마기 한끝을 잡아당기는 섭섭이의 시선이 새들을 쫓아 날아갔다. 그 해찰에 두루마기는 팽팽히 당겨지지 못하고 느슨하게 처져 내렸다.

"잘 잡아."

어머니가 섭섭이에게 주의를 주었다. 푸푸, 어머니는 입 안 가득 물을 머금었다 두루마기 위에 흩뿜었다. 그때 잠깐 새들을 쫓던 섭섭이의 시선이 두루마기 위로 돌아왔지만, 다시 새들에게로 향했다.

"얘가 어디다 정신을 파는 게야?"

자꾸만 딴눈을 파는 섭섭이를 향해 어머니가 입가의 물을 훔쳐내며 말했다.

"어머니 새들은 어디로 가는 걸까요?"

"어디로 가긴? 제집으로 가는 거겠지."

섭섭이의 물음에 어머니는 심상하게 대답했다. 그리고는 이내 숯이 담긴 청동 다리미를 들어 물이 흩뿌려진 두루마기에 가져다 댔다. 지지직, 조금 전 섭섭이의 어머니가 물을 흩뿌린 자리에서 흰 수증기가 피어올랐다. 불이 담긴 청동 다리미의 열기가 후끈 섭섭이의 손에도 전해졌다. 청동 다리미가 지나갈 때마다 미끈한 길이 생겼다. 풀 먹인 모시 두루마기는 부드러우면서도 힘이 있었다.

"이 두루마기를 입고 아버지는 어디든 가시겠죠? 장에도 가고, 좋은 사람을 만나러 가기도 하고."

섭섭이가 말했다.

"어디든 가시겠지. 네 남편 될 사람도 보러 가고…… 네가 있으니 일이 한결 쉽구나. 혼자서는 다리미질을 할 수 없는데 너 없으면 누구랑 할까."

열기로 뜨거운 청동 다리미를 받침판에 내려놓으며 어머니가 말했다. 말끝에 한숨 같은 날숨이 새나 왔다.

"언제 이렇게 컸을까. 내 눈에는 여전히 아이처럼 보이는데. 이제 우리 섭섭이도 시집갈 때가 됐어."

섭섭이를 더듬는 어머니의 시선이 복잡했다. 아쉬움과 서운함과 대견함이 수시로 갈마들었다.

섭섭이는 쑥스러운 표정으로 어머니를 쳐다보았다. 동그란 얼굴에 통통한 볼, 단정한 콧대가 영특해 보였다.

어머니는 낮에 아랫동네의 중신어미가 다녀갔다고 했다. 중신어미라니. 낮에 왔던 까무잡잡한 얼굴색에 살집이 좋던 여자가 중신어미였던 모양이다. 어머니는 이제 곧 어른이 될 거라고 했다. 어른이 될 테니 더 의젓하고 조신하게 굴어야 한다고 일렀다. 여자는 말소리도 자분자분해야 하고, 여자의 목소리가 담을 넘어가서도 안 되고, 경박하게 소리 내 웃지도 말아야 하며, 함부로 남자들과 말을 섞거나 놀아서도 안 되고, 어른들에게는 공손하게 대해야 한다고 했다. 그게 사랑받고 귀염받는 여자의 태도라고 했고, 여자의 도리이자 삶이라고 했다. 그 말을 하는 어머니의 얼굴에 수심이 깊었다.

다섯이나 되는 자식을 내리 잃고 나이 오십 줄이 되어서야 겨우 얻은 막내딸이 섭섭이었다. 섭섭이 어머니에게서 태기가 느껴졌을 때, 그녀의 남편은 크게 기뻐했다. 아직 태어나지도 않은 아이에게 정성을 쏟아부었고, 행여 탈이라도 날까 봐 태중의 아이와 부인을 극진히 아꼈다. 아들일 거야. 아믄. 당연히 아들이고말고. 섭섭이의 아버지는 반달처럼 부풀어 오르는 부인의 배를 보고 주문처럼 외웠다.

아내가 출산하던 날, 세상에 태어날 아이가 가계를 이어줄 아들임을 확신하고 금줄에 고추까지 끼워두었는데 딸이라는 소리에 섭섭이의 아버지는 신음 같은 탄식을 내뱉었다. 본능에 가깝게 이 아이를 끝으로 아내의 태궁이 닫히리라는 것을 알았다. 아들 하나만 두었더라도 자신까지 내려온 가계의 대를 물려주고 후사를 맡길 텐데, 그러지 못해 섭섭하다는 뜻으로 아이의 이름을 섭섭이라 지었다.

다행히 이 아이는, 섭섭이는 잘 자라주었다. 하루하루 여물어지고 단단해지더니 어느새 결혼 이야기가 오가는 나이가 된 것이다.

"가야지. 가서 남편이랑 살아야지. 아이도 낳고 네 가족을 일궈야지."

하지만 어머니의 말끝에는 어쩔 수 없이 물기가 섞여 들었다. 여자의 삶이 녹록지 않다는 것을 조선에서 태어나 조선에서 자란 여인이라면 다 알았다. 알고 있었기에 딸을 시집보내는 어미들은 기쁨보다는 먼저 걱정이 앞섰고, 여자의 삶을 살아야 하는 딸아이의 신산함이 자신의 뼛속에 한기로 찾아들어 안쓰러웠다.

"시집살이가 아무리 매워도 남편의 사랑만 있으면 이겨낼 수 있어. 뜻이 맞고 마음이 맞으면 넘지 못할 산은 없는 거야. 아이들 낳고 그 아이들 크는 거 지켜보면서 늙어 가는 거. 그게 인생이고 삶이지."

어머니는 다리미가 지나간 자리를 보며 말했다. 마치 그 말이 스스로에게 하는 말인 듯싶었다.

중매쟁이가 섭섭이의 집을 드나들더니 이내 정혼자가 정해졌다. 이웃 마을 무교동에 사는 김진홍이라는 사람이었다. 문중에 출세한 이가 많아 자세하는 집안은 아니었으나 그렇다고 또 섭섭이의 집안보다 처지지도 않았다. 그만하면 무난한 짝이었다.

"사람이 좋다는구나. 왕대밭에서 왕대가 나온다는데, 시부모 될 사람들이 좋으면 그 소생들도 좋지 않겠냐. 근본은 못 속이는 법이야."

탯줄을 묻고 이제까지 살던 집에서 떠나 낯선 곳에서 가풍이 다른 집안의 일원이 된다는 건 다시 태어나는 것과 매한가지였다. 섭섭이는 조선의 여자아이들이 그랬던 것처럼 수굿하게 부모의 결정을 받아들였다.

열일곱 살. 이제 자신이 살던 집을 떠날 때가 됐다. 제 어미가 그랬던 것처럼 섭섭이도 그리 살면 되는 것이다. 아이 낳고 아이를 기르고, 그리고 그 아이가 커서 다시 제 가족을 꾸리는 것을 지켜보며 그렇게 늙어 가면 되는 것이다. 그것이 이 땅의 법도였고, 순리였고, 도리였다. 안 간다, 싫다, 평생 어머니 아버지와 살겠다 버티지 않았다. 다만 나이 든 부모님을 두고 떠나는 것이 못내 마음이 걸렸다. 여자는 시집가면 출가외인이라 자주 와 보지도 못할 테고 마음만 안타깝게 종종거릴 것이다. 그럴 것이다.

"가서 귀염받고 잘살아. 너는 영특한 아이니 다 귀여워할 거야. 지금처럼만 하면 돼. 어른들 잘 섬기고, 남편 잘 챙기면 돼."

섭섭이는 알았다. 이제 아버지 어머니의 딸, 섭섭이로 사는 삶은 끝이라는 것을. 다시 태어나야 했다. 딸에서 여자로. 아이에서 한 남자의 부인이자 한 집안의 며느리로. 거기에 섭섭이라는 사람은 모두 지워내야 했다. 남편의 집안 가풍을 새로 배우고 철저히 그 세계의 구성원이 되어야 했다. 죽어서도 그 집 귀신이 되어야 했다.

여자에게 주어진 삶이 참 혹독하고 불평등했다. 여자에게 온전한 삶이란 짱짱한 남자의 그늘이 있을 때라야만 가능했다. 어려서는 아버지를 따르고, 결혼해서는 남편을 따르고, 늙어서는 아들을 따르는 것이 여자의 삶이었고, 예법이었으며, 또 정숙하고 현숙한 삶이었다. 여필종부, 삼종지도, 그 길에 자신의 삶은 없었다. 무조건 인내하고 순종하고, 자신을 지우며 살아야 했다. 아니, 하루하루 자신을 죽이며 살아야 하는 것이 여자의 삶이었다.

연로한 부모님을 두고 떠나야 한다는 현실이 슬프고 답답했지만, 한편으로는 새로운 세상에 대한 기대와 설렘도 없지 않았다.

초례청이 차려지고, 그리고 걷히고, 신방이 차려지고, 그렇게, 섭섭이는 한 남자의 아내가 되었고, 한 집안의 며느리가 되었다. 결혼이라는 제도를 통해 섭섭이라는 한 존재를 지워내고 김씨 집안의 며느리가 되었다.

김씨 집으로 시집온 섭섭이는 어머니의 주문과 당부대로 다시 태어났다. 그 집의 구성원으로, 김씨 집안의 며느리와 한 남자의 부인으로 자신에게 주어진 역할에 충실했다.

다행히 남편은 성정이 착했다.

부부에게 첫딸이 태어났을 때도 남편은 딸이라고 서운해하기보다는 다음을 기약했다. 섭섭이. 딸이라 서운하다 해서 자신은 섭섭이라는 이름을 얻었는데, 남편은 딸이라는 소리에 당장은 서운했을 텐데도 첫 자식이라며 기뻐했다. 그때마다 섭섭이는 남편에게 미안했고, 뭔가 잘못한 일을 한 사람처럼 누워있는 이부자리가 불편했다. 첫아들을 안겨주었어야 했는데. 하지만 남편은 섭섭이의 그런 마음을 안다는 듯 처음 본 자식을 귀여워했다.

갓 만들어놓은 두부처럼 아이는 물렁물렁했고, 연약했고, 조심스러웠다. 태열로 붉은 기가 도는 작은 생명이라니. 아직 눈도 뜨지 못하는 아이는 주먹을 아금받게 쥐고 울었고, 그 주먹에 짱짱히 힘이 들어가 있었다. 아이가 쥐고 싶어 하는 것은, 아이가 붙잡고 싶은 것은 무엇일까. 어느 어름에서는 남편을 닮은 것 같기도 하고 또 어느 어름에서는 외탁을 한 듯도 했다.

시간이 갈수록 여우비에 푸릇푸릇 생기 넘치게 일어서는 푸성귀들처럼 아이는 싱그러웠고, 생명의 기운으로 충만했다. 그 아이를 볼 때마다 섭섭이는 대견하기도 하고, 대물림 할 여자의 삶을 생각하면 또 측은하기도 했다. 하지만 하루하루 속대가 강강해지는 여름 초목처럼 제법 꼿꼿하게 자라는 아이와는 달리 남편은 자리에 눕는 날이 많아졌다. 마치 폭염에 생기를 잃고 가장자리가 물러져 들어가는 푸성귀처럼 결기가 느껴지지 않았다. 시난고난 자꾸만 힘을 잃어가는 남편을 위해 용하다는 약방을 찾아다니며 약을 지어와 달여 먹였지만 별 소용없었다. 어떨 때는 그 약마저 제대로 삼키지 못했고, 삼킨 약도 어떤 날은 그대로 게워내고 말았다.

하루하루 남편이 생기와 활기를 잃어갈 때, 사람들은 등 뒤에서 수군거렸다. 여자가 잘못 들어와 그렇다고. 여자가 잘 들어와야 그 집안이 흥할 텐데, 아무래도 여자가 잘 못 들어와 남자가 아픈 모양이라고. 그 수군거림이 돌고 돌아 섭섭이의 귀에도 전해졌다. 그럴 때마다 섭섭이는 사람들과 세상을 향해 따져 묻고 싶었고, 또 소리치고 싶었다. 왜 내 탓이냐고. 남편이 아픈 게 왜 나 때문이냐고. 하지만 섭섭이는 아랫입술을 감쳐물고 참았다. 세상을 향한 항변에 돌아올 반향이 어떤 것일지 짐작할 수 있었으므로. 그렇지 않아도 몸이 성치 않은 남편 때문에 자신의 몸과 마음도 힘든데, 위로와 걱정은커녕 남편이 아픈 근원을 섭섭이에게서 찾으려는 사람들 때문에 그녀는 속이 상했다.

아이와 섭섭이에 와 닿는 남편의 시선에서 찰기가 느껴졌다. 그 찰기는 살고 싶은 욕망이라는 것을 알았다. 그 살고 싶다는 바람이 남편의 시선에서 찰기로 발현되고 있었다. 섭섭이는 그런 남편을 향해 금방 털고 일어날 수 있을 거라고, 조금만 있으면 나을 거라고, 금방 괜찮아질 거라고, 위로했다.

어느 날 섭섭이는 자신의 약지를 힘껏 깨물었다. 만병통치약처럼 중병을 앓는 병자에게 생피를 먹이면 낫는다는 속설이 있었는데 섭섭이는 그렇게 해서라도 남편의 건강을 되찾아주고 싶었다. 윗어금니와 아래 어금니 사이에서 생지가 깨물리고 짓이겨졌다. 신체 말단이 떨어지고 잘려 나가는 극심한 통증이 온몸을 휘감았다. 그 격한 통증에 섭섭이는 원하는 만큼 피를 얻을 수 있는 치명적인 상처를 내지 못했다. 섭섭이는 다시 자신의 약지를 깨물었다. 이번에는 힘껏. 남편만 살릴 수 있다면 이쯤이야,

간절한 마음으로 손가락이 짓이겨지는 통증을 참아냈다.

줄줄, 피가 흘렀다. 선지 같은 선홍의 피였다. 뚝뚝, 피가 흐르는 손가락을 남편의 입에 가져다 댔고, 남편은 반사적으로 입을 벌려 그 피를 받아마셨다. 남편도 알았다. 생피를 먹고 오래된 병을 이겼다는 전설 같은 이야기들을. 그 생피는 남편에게 어쩌면 생명수와도 같았을 것이다. 남편은 내심 그 피를 기다리고 있었는지도 모를 일이었다.

남편은 덥석 섭섭이의 손을 잡고 피가 흐르는 손가락을 자신의 입속으로 가져갔다. 그리고 아이가 젖을 빨듯 짓이겨진 섭섭이의 손가락을 힘있게 빨았다. 섭섭이의 손을 잡고 있는 남편의 악력이 중병을 앓는 환자의 힘이라고는 느껴지지 않았다.

손가락을 빨면서, 피를 빨면서, 섭섭이를 바라보는 남편의 눈빛에 안도와 감사와 희망의 빛이 섞여 있었다. 딸이 그 풍경을 놀란 눈으로 지켜보고 있었다. 흡혈의 기이한 광경이 아이의 눈에는 어떻게 보일지 섭섭이는 알 수 없었다.

섭섭이가 무명천에 피범벅인 약지를 닦는데 남편이 입맛을 다시며 말했다.

"고맙소."

아직도 손가락 끝에는 짓이겨진 통증과 피를 빠는 남편의 뜨듯한 혀의 느낌이 살아있었다.

하지만 남편은 살아남지 못했다. 생피를 먹은 며칠 후 남편은 그만 숨을 놓아버렸다. 시집온 지 딱 이 년만이었다.

열아홉, 여자가 그 나이에 남편을 잃는다는 일은 생의 지지대가 무너지는 것과 다름없었다. 스물에도 이르지 못한 나이, 열아홉. 열아홉의 청상과부가 살아야 할 세상이 어떤 세상일지 섭섭이는 상상도 할 수 없었다. 그 청상과부라는 단어가, 그 끔찍한 호칭이, 자신에게 따라붙을 줄 섭섭이는 꿈에도 생각지 못했다.

남편을 묻고 돌아온 날, 울고, 울고, 또 울어, 눈이 퉁퉁 부어서는 눈동자도 보이지 않았고, 그 보이지 않는 눈으로 남은 울음을 울고 있는 섭섭이를 향해 집안 어른들은 모진 말들을 쏟아냈다.

　"집안에 여자가 잘못 들어와 이 사달이 난 거야."

　남편 잡아먹은 년. 집안 어른들은 드러내놓고 섭섭이를 향해 독한 말들을 쏟아냈다. 아직 젊디젊은 아들을 잃은 노모의 질긴 울음 섞인 그 말들이 가시 달린 올가미처럼 섭섭이의 목에 걸렸다. 투레질로 끊기긴 했지만 이내 말들은 다시 표창처럼 날아와 섭섭이에게 박혔다. 집안사람들만이 아니었다.

　냇가로 빨래하러 갈 때도 사람들은 섭섭이를 흘깃거리며 수군거렸고, 어떤 이는 대놓고 섭섭이를 향해 안됐다는 표정으로 혀를 찼다. 나이도 어린데 이제 어쩌누. 여자는 뭐니 뭐니 해도 남편 그늘이 제일이고 남편이 벌어다 준 밥이 제일 맛있고 편한데. 그 눈칫밥이 오죽할까. 아들이라도 있으면 나으련만 아들도 없이 이제 누굴 의지하고 살까. 아들이 있는 여자들은 섭섭이를 애잔해 하면서도 사뭇 의기양양해 했고, 같은 처지의 청상과부들은 자신의 일인 양 말을 아끼며 치맛자락 들어 눈가를 훔쳐냈다. 눈가를 훑고 지나간 치맛자락이 검게 얼룩이 졌다. 눈물이 검은색이었던가. 눈물이 닦인 자리마다, 눈물이 스며든 자리마다, 진회색이거나 물먹은 검은 빛으로 얼룩이 졌다.

　섭섭이는 아이를 안고 친정으로 돌아왔다. 친정 역시 상중이었다.

　아버지는 일 년 전, 섭섭이가 열여덟 살 되던 해 세상을 떠났다. 그 헛헛한 자리에, 그 빈자리에 섭섭이가 딸을 데리고 들어온 것이다. 비록 아버지는 세상을 떠났어도 아버지의 자취와 흔적은 집안 곳곳에 남아 있었다. 한 사람의 존재가 완벽하게 사라지는 데는 도대체 얼마만큼의 시간이 필요할까. 자신의 가슴 속에 박힌 남편의 자리는 아마 자신의 생명이 다할 때까지 남아 있을 것이다. 조금씩 조금씩 무뎌지기는 하겠지만 여전히 그가 있던 자리는 데인 자국처럼 그렇게 남아 있을 것이다.

섭섭이를 맞이하는 친정어머니의 눈가가 붉게 짓물렀다. 일 년이라는 시간 간격을 두고 둘 다 남편을 잃은 처지라 말이 없어도 서로의 슬픔을 알았고, 상대의 상실감을 알았다. 어머니는 남편을 잃고 아이와 돌아온 딸의 손등을 쓸어내리며 하염없이 눈물을 흘렸다.

어느 날 집에 손님이 찾아왔다. 고모였는데, 그녀 역시 일찌감치 남편을 잃고 과부가 된 신세였다. 모녀를 바라보는 고모의 시선에 동병상련의 안쓰러움이 묻어 있었다. 그녀는 인간의 생명은 유한하지만 그보다 더 귀한 영생의 생명이 있음을 모녀에게 이야기했다. 사람도 영생을 얻을 수 있다니. 가질 수만 있다면 저도 갖고 싶어요. 그런 생명.

섭섭이는 고모가 말하는 그 영생이 궁금했다.

섭섭이와 그녀의 어머니는 옥색 옥양목 쓰개치마를 쓰고 고모를 따라 밤에 집을 나섰다. 남편을 잃고 친정으로 돌아온 뒤 별다르게 외출할 일이 없었던 터라 쓰개치마에는 장롱의 묵은 나무 냄새가 희미하게 배어있었다. 시나브로 나무가 삭아가는 냄새, 그 냄새는 약간 쿰쿰하면서도 퀴퀴했고, 또 어느 순간에는 수액의 비릿한 향기도 들어있었다. 쿰쿰하고, 퀴퀴한 것. 그것은 어쩌면 나무가 삭아가는 냄새가 아니라 쌓여 있던 시간이 뿜어내는 냄새라고 섭섭이는 생각했다.

쓰개치마를 둘러쓴 세 여인의 발걸음이 재발랐다. 달이 초롱처럼 어둠이 내린 길을 밝히고, 길들이 그 달빛에 희게 드러났다. 세 여인은 그 길을 따라 재게 걸음을 놀렸다.

천막 교회였다. 그 안이 기도 소리로 윙윙거렸다. 사람들이 너무 많아다 수용할 수 없어 임시방편으로 천막을 지어 예배를 드리고 있었다.

이제 우리는 하나님 안에서 다시 새사람이 되어야 합니다. 하나님 안에서는 모두가 다 귀하고 사랑스러운 존재들입니다.

모두가 다 귀하다는 그 말에 섭섭이는 가슴이 뛰었다. 남편을 묻고 돌아온 순간부터 섭섭이 역시 죽은 것과 다름없었다. 남편을 묘혈 속에 안치할 때 제 삶의 기쁨과 희망도 함께 묻었었다. 한데 알 수 없는 일이었다. 다 귀하다니. 인간을 하나님께서 창조하셨다니. 도대체 무슨 소리란 말인가. 하지만 전부를 이해할 수는 없어도 무언가 명치께에 묵직하게 차오르는 것이 느껴졌다. 샘에 물이 괴듯 그렇게 설렘 같은 것이 차오르면서 가슴을 뛰게 했다. 그 설렘으로 마음 한쪽이 뻐근했다.

천막 교회가 남창동에 새로운 교회를 지을 때 미리사와 그녀의 어머니는 건축헌금을 냈다. 하나님의 성전을 짓는데 기쁜 마음으로 동참했다. 상동교회였다.

이제야 섭섭이는 마음 붙일 곳을 찾았다. 이제야 섭섭이는 살길을 보았고, 이제야 섭섭이는 제 길을 인도하는 빛을 발견했다. 주님의 말씀 안에서 다시 태어나는 것. 죄 씻김을 받은 뒤 이전 것은 사라지고 다시 새로운 사람이 되었나니. 생각해 보면 섭섭이는 또다시 태어나는 것과 다름없었다 그 삶, 거듭 태어난 그 삶은 너무 극적이어서 다시 살고 싶은 소망을 안겨주었다.

세례를 받으면서 섭섭이는 새로운 이름을 부여받았다. 미리사. 섭섭이는 미리사라는 이름이 마음에 들었다. 그럴듯했다. 섭섭이보다 천배 만배 마음에 들었다. 아들이 아니어서 서운해 섭섭이라는 이름을 얻었는데. 미리사. 이제 제대로 된 이름을 얻었다. 여자는 남자는 따라야 한다는 관습대로 성은 남편의 성을 따르기로 했다. 선교사의 나라도 그러하니까. 이제부터 섭섭이의 이름은 김미리사였다.

"김미리사 자매님."

사람들이 섭섭이를 불렀다. 김미리사. 처음에는 그 이름이 생경(처음이거나 익숙하지 못하여 부드럽지 못하고 딱딱함)해 쑥스러웠다. 아직 제 몸에 맞지 않은 옷처럼 느껴지기도 했다. 하지만 얼마 가지 않아 누가 김미리사로 자신을 부르면 환하게 웃었다.

하루하루가 새로운 기쁨으로 가득 찼다. 이전에는 느끼지 못한 충만함이었고, 살아있다는 것이 감사했다. 이상한 일이었다. 하늘은 같았으되 이전에 알던 하늘이 아니었고, 나무도 같았으되 이전에 알던 나무가 아니었고, 꽃들도 같았으되 이전에 알던 꽃이 아니었다. 모든 것이 다 새로웠고, 그것들이 보내는 신호와 의미도 새삼스러웠다. 이전까지는 까막눈이었다. 글도 글이려니와 세상을 보는 눈과 마음도 까막눈이었다. 하늘을 보고 사람을 보고 나무를 보고 산을 보았지만 그것들은 그저 의미 없는 사물에 지나지 않았다. 한데 그것들이 창조된 경위와 세상에 존재하는 의미를 알고, 세상 모든 만물에 권능을 지니신 천부를 아버지로 삼고 보니 미리사는 새로운 눈을 가진 것 같았다. 같은 신자들과 함께 풍금을 치며 놀 때에는 세상의 근심을 잊었고, 찬송가를 부를 때면 제안에 기쁨이 고이는 것을 느꼈다.

미리사는 더 많은 것들을 알고 싶었다. 하나님이 지으신 세상과 창조의 질서를 더 깊게 알고 싶었고, 선교사들처럼 가난하고 약한 자들에게 힘이 돼주고 싶었다.

미리사는 글을 배우기 시작했다. 뒤늦게 시작한 공부였지만 재미있었다. 하나를 알면 두 개가 보이고, 두 개를 알면 세 개가 보였다. 글을 깨치니 알지 못했던 세상이 보였고, 보이는 것을 넘어 보이지 않는 세상도 읽혔다. 보였다가 아니라 읽혔다.

미리사는 내친김에 교회에서 어린아이들을 모아놓고 한글을 가르치기 시작했다. 선교사의 부인은 여자들이 자주적인 힘을 갖기 위해서는 공부를 해야 한다고 말했다. 선교사의 부인은 자신이 살던 미국이라는 나라에 관해 이야기해 주었다. 그리고 미국의 여자들에 대해서도. 그곳. 자유와 풍요의 땅, 미국, 아메리카. 미국은 언젠가는 가야 할 곳으로 미리사의 마음속에 똬리를 틀었다.

소망 같은 것이 마음속에서 자랐다. 그저 간지럽다고 여겼는데, 그 간지러움이 자라고 자라서 구체적인 꿈으로 자리했다. 미리사는 아이들에게 한글을 가르치면서 자신의 부족함을 깨달았다. 공부하고 싶었다. 공부해서 그 아이들을 미몽에서 깨우쳐 주고 싶었다.

미리사는 마음속에 불이 일 때마다 예배당을 찾아 기도하고 또 기도했다. 하나님의 뜻을 좇는 삶을 사는 것. 가난하고 불쌍한 사람을 위해 희생하신 예수님처럼 자신도 세상을 위해 무언가를 하고 싶었다. 그럴 때마다 미리사는 지금의 자신을 목도하고는, 깊은 한숨을 내쉬었다. 아무것도 가진 것 없는 가난하디가난한 과부가 무얼 할 수 있을까. 누가 과부의 말을 들어줄까.

"미리사. 공부하는 것이 어때요? 미리사가 공부한다면 잘할 수 있을 거예요. 우리에게는 여성 지도자가 필요해요."

마치 미리사의 속내를 읽은 것처럼 조신성이 미리사에게 공부할 것을 권유했다. 조신성은 일본의 요코하마 여자전문학교를 졸업한 뒤 돌아와 이화학당에서 교사로 지내고 있는 신여성이었다.

"미리사라면 할 수 있어요. 여성이 여성을 이끌어가는 것. 아무래도 동성이다 보니 더 세심한 부분까지 신경 쓸 수 있지 않을까요? 게다가 서양 선교사들보다는 같은 민족인 우리가 더 낫구요. 여자가 깨어나지 않으면 조선은 미래가 없어요."

미리사는 얼굴이 붉어졌다. 가슴이 뜨거워졌다는 방증이었다.

조신성의 말이 자꾸만 귀에서 윙윙거렸다. 그리고 가슴이 뛰었다. 밥을 먹을 때도, 걸을 때도, 잠을 자려고 누울 때도 조신성의 말이 생각났다. 공부해요. 우리 조선 여성의 해방은 우리 조선 여성의 힘으로 해결해 봐요. 기도가 저절로 나왔다. 주님. 저는 어떻게 해야 할까요? 저는 너무나 미약합니다. 과연 그 엄청난 일을 제가 감당할 수 있을까요? 주님 제게 힘을 주세요.

미리사의 기도는 이어지고, 이어지고, 또 이어졌다. 가슴을 뜨겁게 달구던 그 소망이 구체적인 계획으로 굳어질 수 있기를. 더불어 그 사명을 감당할 수 있는 길이 열리기를. 그리고 능히 감당할 수 있는 힘을 주시기를.

미리사는 생각에 사로잡혀 자꾸만 사람들의 말을 놓쳤다. 딸아이의 응석과 투정을 놓쳤고, 어머니가 하는 말을 듣지 못했다. 마치 귀머거리, 장님이 된 것 같았다. 아이는 제 어미에게 놀아주라고 치맛자락을 잡아당기거나 무릎 사이로 파고들었지만 그럴 때마다 미리사는 건성으로 아이에게 말대답해주거나 머리를 쓰다듬어주고는 다시 깊은 생각에 잠겼다. 그런 미리사를 보고 그녀의 어머니가 걱정스러운 표정으로 물었다.

"무슨 걱정거리라도 있니? 무슨 생각을 그렇게 해? 아이가 놀아주라고 칭얼대는 것도 모르고. 도대체 무슨 일이 있는 거니?"

"아니에요. 어머니. 괜찮아요. 아무 일 없어요."

"하지만 요즘의 너는 이상하구나. 예전의 너가 아니야. 자꾸만 사람들의 말도 놓치고. 그러지 말고 얘야, 네 속내를 털어놓아 보렴. 털어놓으면 조금은 가벼워질 수도 있을 거야."

말끝에 어머니는 긴 한숨을 내쉬었다. 아마도 그녀의 어머니는 청상과부인 딸이 자신의 처지를 불쌍히 여기거나 한심하게 생각해 그런 게 아닌가 싶어 적이 걱정되는 눈치였다.

건성으로 미소를 지어 보이고는 다시 골똘한 생각에 빠져들던 미리사가 불현듯 무슨 생각이 났다는 듯 바투(두 사물의 사이가 꽤 가깝게) 어머니의 무릎 앞쪽으로 당겨 앉으며 말했다.

"어머니. 저도 공부하고 싶어요."

그 말을 들은 미리사의 어머니가 놀라 물었다.

"공부하고 싶다고?"

네. 미리사의 대답에 한동안 말없이 미리사의 눈을 바라보던 그녀의 어머니가 한참 만에 말을 이었다.

"아이는 어떻게 하고? 그리고 어디로 가겠다는 거냐?"

"미국으로 가고 싶어요. 선교사 부인이 그러는데 거기는 자유가 넘친대요. 여자들도 당당히 사회생활을 하구요. 거기서 공부하고 싶어요."

"학비는? 우리 집 형편에 너를 지원해줄 수 없다는 거 누구보다 네가 더 잘 알잖니."

미리사의 어머니는 깊은 한숨을 내쉬었다.

"그건 걱정하지 마세요. 젊고 건강하니 학비는 제가 벌어서 다닐 수 있을 거예요. 다만 이 아이가 걱정이에요."

미리사는 무릎 위에 올라앉은 아이의 머리를 쓰다듬었다. 이제 여섯 살, 한창 어머니의 손길이 필요한 나이었고, 아이였다.

"네 눈이 빛나는구나. 내가 말린다고 말려지지 않겠구나. 이미 너한테는 결심이 선 것 같아. 그래. 여기서 하릴없이 죽기만을 기다리는 것보다 네 꿈을 좇는 것도 나쁘지 않지. 가거라. 아이는 내가 잘 보살피마."

미리사의 어머니는 그녀의 결정을 받아들였다. 누구보다 남편을 잃은 여자의 심정과 처지를 잘 알았고, 딸만큼은 그런 삶을 살지 않기를 바랐기 때문이었다.

"고마워요. 어머니. 정말 고마워요. 열심히 할게요. 정말 열심히 할게요."

미리사는 마음이 뜨거워졌다. 눈가도 뜨듯하게 젖어 들었다.

어둠이 더 농밀해지고 있었다. 미리사는 알았다. 이 어둠이 지나면 새벽이 온다는 것을. 그날 밤 미리사는 가슴이 설레 한 숨도 자지 못했다. 대신 딸을 가슴에 꼭 끌어안고 누워 장지문에 새벽 박명이 엉겨드는 것을 지켜보았다.

마침내 미리사는 한국(고종 34년부터 국권 상실 때까지의 우리나라 국호.

차미리사가 조국을 떠난 해가 1901년이었으므로 이후에는 한국으로 표기함)
을 떠날 수 있었다. 늘 쓰고 다니던 쓰개치마를 벗고 햇빛 아래 양장차림
으로 서 있는 미리사의 얼굴이 발갛게 물들어있었다. 설렘이 만들어낸 홍
조였다. 그런 그녀의 얼굴이 막 피어난 분홍빛 봉숭아처럼 생기 가득했다.

뿌우웅. 출발을 알리는 고동소리가 대기를 흔들 때 미리사는 비로소 자
신이 한국을 떠난다는 사실을 실감할 수 있었다. 두고 온 딸과 연로한 어
머니가 걱정되지 않는 것은 아니었지만 나중에 공부를 마치고 돌아왔을
때, 그때, 더 잘해주고 더 잘 모시리라, 다짐했다.

쓰개치마를 벗자 자신을 옭아매던 우울과 어둠도 사라진 기분이었다.
이렇게 벗을 수 있었는데 왜 그동안 고집스럽게 쓰고 다녔을까. 그걸 벗는
데 이십삼 년이라는 세월이 걸렸다. 이십삼 년. 쓰개치마는 억압이었고,
차별이었고, 굴레였다. 그 관습과 억압과 차별을 스스로 벗고 긴 여정의
출발선에 서 있다는 것, 미리사는 꿈인 듯싶었다.

미리사를 태운 한성호가 부두로부터 미끄러지듯 떨어져 나가자 여기저
기서 사람들의 탄식과 훌쩍이는 소리가 들려왔다. 어떤 이는 손을 흔들고,
어떤 이는 흔들던 손으로 옷고름을 들어 눈가를 훔쳐내기도 했다. 이 이별
의 순간들이 어떤 내일을 만들고 어떤 만남으로 이어질지 미리사는 알 수
없었다. 삶은 가변성이 심해 계획한 대로, 꿈꾼 대로 모두 이룰 수 있는
것도, 이루어지는 것도 아니었다. 알 수 없는 장애물이 음험하게 도사리고
있다가 어느 순간, 발을 걸어 넘어뜨리는 것이 삶이었다. 그 함정에 빠져,
그 장애물에 걸려 무너지지 않으려면 정신을 바짝 차려야 했다. 하지만
정신을 차린다고 그 함정과 장애물들을 다 피할 수 있을까. 과연 자신이
가야 할 그 길에 어떤 일들이 기다리고 있을지, 미리사는 두려웠고, 무서
웠다. 하지만 무섭고 두렵다고 해서 멈출 수는 없었다. 이제 진짜 시작인
게야. 다시 새로운 출발선 위에 선 미리사는 가슴이 뛰었다. 스물세 살.
많다면 많고 적다면 적을 나이였다. 하지만 미리사는 전력을 다해, 죽을

각오로 공부하자고, 스스로 다짐했다.

뱃삯 8원이 없어 화물선 맨 아래 칸 석탄을 실은 짐칸에 몸과 짐을 부려야 했지만, 마음만은 그 어느 때보다 설렜다. 그 한성호 안에는 미리사처럼 헐버트의 소개장을 들고 상해로 공부하러 가는 이가 있었다. 하얀 두루마기에 정갈하게 빗은 머리를 가진 이는 바로 양주삼이었다. 흰 두루마기를 입고 햇빛 쏟아지는 5월의 갑판 위에 서 있는 양주삼의 모습이 마치 한 마리 학 같다고 미리사는 생각했다. 그는 한국의 자존심을 지키기 위해 한국을 떠날 때 하얀 모시 두루마기를 입었노라고 했다. 그가 바로 한국이었다. 한국이 바로 미리사의 곁에 있었다. 갑판 위, 거기.

하지만 미리사는 떠나는 그 길 위에서 마냥 설레거나 기뻐할 수만은 없었다. 새로운 환경에 적응해야 하는 데서 오는 두려움도 있었지만. 그보다 더 큰 걱정이 언어 문제였다. 가는 곳이 중국이었지만 정작 자신은 한글밖에 모르는 상태였다. 중국어를 모르니 벙어리나 다름없고 귀머거리나 같았다.

미국으로 가고 싶었지만 여의찮았다. 삶의 물길은 언제고 바뀔 수 있었다. 바로 지금처럼. 미국이 아닌 중국인 것처럼.

우여곡절 끝에 중서 서원에 입학한 미리사는 잠자는 시간을 줄여 공부했다. 아직 한자와 중국어에 약해 다른 사람보다 몇 배의 노력을 기울이지 않으면 따라갈 수 없었는데, 미리사가 줄일 수 있는 시간은 자는 시간뿐이었다.

미리사는 배가 고프면 물 한 사발 들이켜고는 남은 배고픔을 잊기 위해 책을 펴들었다. 책에 집중하다 보면 음식에 대한 유혹과 외로움을 잊을 수 있었다. 하지만 물이 문제였다. 조선의 우물물은 그냥 길어 마셔도 달디달았지만, 중국의 물은 잘 못 마시면 배앓이를 하곤 했다. 그렇지만 당장에 주린 배를 채울 수 있는 것은 물밖에 없었다.

이번에도 배앓이인 줄 알았는데, 갈수록 기력이 떨어졌다. 좀 쉬면 낫겠거니 했는데, 낫기는커녕 신열이 오르고 동통으로 온몸이 아팠다. 저절로 신음이 새 나왔다. 입술을 감쳐물고 단전에 힘을 모아봤지만 강단진 힘이 모이지 않았다. 신열에 머리가 쪼개어지듯 아팠다. 그럴 때는 헛것이 보이기도 했다. 죽은 남편이 보였고, 어머니가 보였고, 하늘에서 하얀빛이 내려와 저를 감싸기도 했다. 주변에는 아무도 없었다. 도움을 청할 곳이 없었다. 조선에서 온 남루한 과부에게 신경을 써주는 이는 없었다. 신열 때문에 입 안이 헐어 물 한 모금 넘기기도 힘들었다. 미리사는 홀로 그 모든 것을 견뎌내야만 했다 절해고도(絕海孤島)에 혼자 뚝 떨어진 조난객인 양 미리사는 외로웠고 무서웠다.

어머니. 보고 싶어요. 주님. 저에게 힘을 주세요. 이 병을 저에게서 걷어가 주세요. 저에게는 지금 주님밖에 없습니다. 죽은 자도 살리신 하나님. 이 병에서 저를 구해주세요.

미리사가 당장에 기댈 곳은 하나님밖에 없었다. 미리사는 기도하고, 기도하고, 또 기도했다.

미리사를 진찰한 의사는 뇌막염이라고 했다. 잘못되면 죽을 수도 있고, 심각한 후유증을 얻을 수도 있다고 의사는 미리사의 상태를 걱정했다.

덧붙여 말했다.

"약 먹고 쉬어야 해요. 과로하면 더 잘못될 거예요. 그리고 무엇보다 잘 먹어야 해요."

의사는 단단히 주의를 주었지만, 미리사는 그 어느 것도 지킬 수 없었다. 지독히도 외로웠고, 끔찍이도 두려웠다. 신열이 끓을 때 미리사는 잠깐, 그리고 아주 조금, 눈물을 흘렸다. 하지만 이내 미리사는 이를 악물었다. 감상에 빠지면, 약해지면 안 된다는 것을 그녀는 알았다. 신병 따위에 마음이 물러져서는 아무것도 이룰 수 없었다. 어떻게 떠나온 조국이던가. 피붙이 딸과 어머니를 두고 떠나올 적에는 그만한 각오가 있지 않았던가.

죽을 각오. 그런 각오.

의사가 준 약을 먹고 담금질하듯 오르내리던 신열과 함께 동통이 어지간히 잦아들자 미리사는 자리에 앉아 자신의 팔과 다리를 살펴보았다. 뼈마디를 잘라내는 듯한 통증이 사라지자 골수처럼 들어있던 강단진 힘도 사라진 기분이었다. 하지만 통증이 사라진 것만으로도 미리사는 한결 기분이 나아졌다. 살았구나, 이제 살았구나.

한데 이상했다. 깊은 물 속에 가라앉은 듯 세상에 적막하고 조용했다. 언제나 시끄럽고 소란스럽던 밖의 소음이 꿈결인 듯 아득하게 들렸다. 못 먹어서, 병에 시달려서, 그래서 몸이 허한 탓일 거라고 생각했다. 몸이 회복되면 나아질 거야. 그럴 거야. 미리사는 자신을 위로하듯 말했다.

한데 아니었다. 후유증이 남을 수도 있다는 의사의 경고가 현실이 되었다. 신열이 물러가면서 청력까지 뺏어간 것이다. 그것은 장애였다. 일상생활에 지장을 받을 만큼의 장애. 미리사는 절망스러웠다. 해야 할 일이 많은데 청력이 약해지다니. 이 약해진 청력으로 학교 수업은 또 어떻게 받을까. 병이 원망스러웠다. 약을 먹고 잘 쉬었더라면 이 지경까지는 되지 않았을 텐데. 누구를 원망할 것인가.

약해진 청력으로 미리사는 수업에 참석했지만, 이전보다 두 배 이상 힘들었다. 하지만 미리사는 힘들다는 티를 내지 않았다.

사 년 만에 소주(蘇州)의 학교를 마친 미리사는 다시 배에 올랐다. 10월의 바람이 부드럽게 미리사의 머리카락을 건들고 지나갔다. 그 바람에 발회목까지 내려온 치맛자락이 펄럭였다. 이제는 정말 아메리카, 미국이었다. 스크랜튼 선교사 부인이 들려주던 자유와 번영의 나라, 아메리카, 미국. 드디어 미리사는 그토록 가고 싶어 하던 미국으로 향했다. 미리사의 나이 스물일곱 되던 해였다. 미리사가 돌아오기만을 학수고대하던 어머니는 학교를 마친 그녀가 한국 대신 미국으로 가겠다는 말에 실망했지만,

딸의 결정을 받아들였다. 그래, 네 꿈이 그렇다면 가야지. 어디서든 몸 건강히 잘 지내거라. 편지 속에 들어있는 어머니의 마음이 읽히고 느껴졌다.

샌프란시스코는 매력적이었다. 다양한 인종과 민족이 섞여 살았고, 샌프란시스코만의 낭만이 있었다. 사람들은 활달했고, 거침없었다. 다양한 인종이 모여 사는 만큼 관습과 생각도 달랐다. 그 다양함이 미리사의 생각의 경계를 넓혀주었다.

미리사는 학비를 마련하기 위해 패서디나의 그린 호텔에서 메이드 일자리를 얻었다. 캘리포니아 남쪽에 있는 패서디나는 따뜻한 기온과 좋은 기후로 인해 세계의 부호들이 즐겨 찾는 휴양지였다. 6층의 그린 호텔은 산타페 기차역 바로 옆에 있었는데 아치형 창문이 아름다웠다. 규모는 컸지만 창문의 크기가 달라 위압적이거나 단조롭지 않고 아기자기했다. 그곳에는 스무 명의 한인들이 정원을 돌보거나, 청소일을 하거나, 또 심부름이나 접시닦이 같은 허드렛일을 하고 있었다. 미리사도 그곳에서 객실을 청소하고 침대보를 갈고 방안을 정리하며 학업 준비를 해나갔다.

하지만 샌프란시스코가 주는 자유와 풍요가 넘쳐나면 넘쳐날수록 마음속의 그늘도 깊어졌다. 그 그늘은 다름 아니라 조국의 운명에 대한 걱정과 염려였다.

어느 날, 패서디나에 살고 있는 한인들이 장경의 집에 모였다. 머나먼 이국에서 서로의 형편을 묻고 풍전등화 같은 조국을 위해 무언가 해 보자고 모인 자리였다. 다들 조선의 예사롭지 않은 상황이 걱정되었던 것이다.

얼마 전, 일본은 한국의 외교권을 박탈하고 통감부를 설치해 한국의 내정을 일본이 책임진다고 발표했다. 을사늑약이었다. 일본의 검은 속내가 구체적으로 드러나면서 한국은 하나의 국가로서 행할 수 있는 모든 주권을 상실했다. 사실상 일본의 식민지나 다름없었다. 러·일전쟁에서 이긴 일본은 한국을 식민지로 삼으려는 야욕을 숨기지 않고 드러냈다. 믿었던 미국과 영국마저 일본의 한국에 대한 권리를 인정해줌으로써 조선은 어디에도 억울함을 호소할 데가 없었다.

미국 내 한국인들의 상황도 좋지 않게 돌아갔다. 샌프란시스코에서는 동양인 배척 운동이 일어나면서 공립초등학교는 동양 아이들을 받지 말라는 협박까지 이어졌고, 나아가 하와이에서 본토까지의 이동 경로를 막는 법안을 상정할 것이라는 소문도 돌았다. 하와이는 한인들의 본토 진출의 중요한 거점이었던 것이다.

"어서 와요. 미리사."

장경의 부인이 미리사를 반갑게 맞았다. 거실에는 벌써 열두어 명의 사람들이 모여 있었다. 오랜만에 듣는 한국어가 밥맛처럼 달았다. 모두들 한국어가 그리웠다는 듯 한국어로 말을 하고 한국어로 웃고 한국어로 인사를 하고 한국어로 감탄사를 내뱉었다. 이들이 바로 형제자매였고, 가족이었다. 대한조선의 피가 흐르는 피붙이들이었다.

"이렇게 와주셔서 고맙고 반가워요. 다들 아시겠지만 조국에서 들려오는 소식들이 심상치가 않아요. 몸이야 비록 멀리 떨어져 있지만, 나라를 위해 우리가 무얼 할 수 있을지 함께 걱정하고 힘을 모아보자고 여러분들을 뵙자고 청했습니다."

집주인인 장경의 목소리가 비장했다. 다들 그 말에 숙연해져서는 표정들이 굳었다. 그 자리에 있는 사람들은 알았다. 조국이 번듯해야 자신들에게도 힘이 생긴다는 사실을. 이민자들에게 있어서 조국의 번영은 큰 뒷배였고, 자신들의 자긍심이었고, 또 힘이었다. 샌프란시스코가 자유의 도시라지만 가난한 나라의 이민자에게는 공공연하게 차별과 냉대가 가해졌고, 같은 이민자의 신분이면서도 일본인의 한국인에 대한 비하와 무시는 노골적이었다.

"우선 나라가 바로 서려면 국민들이 현명하고 지혜로워야 합니다. 한국인들은 신학문에 약하고 세계정세에 어두워요. 아직 관습과 구습(舊習)에 젖어 격변하는 세계정세를 이해하지 못하고 있어요. 그러니 무엇보다 사람들의 의식을 깨우는 교육이 중요하다고 생각합니다. 교육이 없이는 의식의 개조도 없고, 발전도 없어요. 그래서 말인데 우리가 교육사업에 나서서 조선의 개화를 앞당겨봅시다."

교육으로 나라를 구하자는 장경의 발언에 다들 흔쾌히 동조했다. 바로 그 자리에서 대동교육회가 조직되었다.

회장은 장경이 맡았다. 미리사는 손바닥이 뜨거울 정도로 대동교육회의 탄생을 기뻐했다. 이 자리에 함께한 것이 뿌듯하기까지 했다. 자신이 가고자 했던 길, 자신이 소망했던 일이 바로 이것이라는 사실을 미리사는 깨달았다. 조선의 여성들을 구습에서 끌어내는 일. 그들에게 삶의 참가치를 알려주고, 올곧게 자신들의 삶을 스스로가 운용하며, 여성이기에 앞서 한 인간으로서 자존감과 독립심을 갖추게 하는 일, 미리사는 그 일을 하고 싶었다. 기실 미리사는 상동교회에서 어린아이들에게 한글을 가르칠 때 그 소망을 가슴에 꿈으로 품기 시작했었다. 그때부터였다.

조국의 상황이 어려울수록 대동교육회는 할 일이 많아졌다. 이곳에 있는 한인들의 결집을 유도하고, 형편이 어려운 동포들과 위기에 처해있는 조국을 돕는 일도 대동교육회의 중요한 일이었다.

미리사는 연설을 떠나는 방시경에게 연설문을 써주었다. 방시경은 미국에 흩어져있는 한인들을 찾아다니며 미리사가 써준 연설문을 낭독하며 한인들의 대동교육회 가입을 이끌었다. 어떤 때는 미리사도 그 여정에 동행하기도 했다. 사람들은 미리사를 환영했고, 미리사의 사설에 감동해 대동교육회에 가입했다.

미리사가 로스앤젤레스를 방문했을 때 그곳에서 만난 한인전도관은 그녀에게 깊은 인상을 남겼다. 그곳은 미국인 셔먼부인이 운영하는 전도관으로 로스앤젤레스에서 막노동하며 떠돌아다니는 한인들을 위한 숙소였다. 셔먼 부인은 그곳에서 오갈 데가 없는 한인들에게 성경을 가르치고 직업을 알선하기도 했다. 그것은 샌프란시스코에도 필요했다. 그것도 당장에.

샌프란시스코로 돌아온 미리사는 로스앤젤레스의 한인전도관과 같은 쉼터부터 만들었다. 그곳에서 하와이에서 건너오는 한인들에게 잠자리를 제공하고, 신변의 안전을 지켜주고, 일할 수 있는 곳도 알아봐 주었다.

조국의 운명이 위태로울수록 대동교육회의 일도 늘었다. 구국의 교육사업으로 출발했던 대동교육회는 한인들의 실업과 자치를 돌보면서 그 이름도 새롭게 대동보국회로 바꿨다. 대동보국회는 사회단체이지만 풍전등화 같은 조국의 운명을 걱정하는 정치적 활동도 병행했다.

미리사는 몸 아끼지 않고 앞장서서 대동보국회 일과 항일투쟁에 앞장섰다. 정미7조약의 부당함을 주장하며 동포들의 궐기를 촉구하는 격문을 국내로 보냈고, 또 대동공보의 재정이 어려워지자 미리사는 주저 없이 자신의 사비를 털어 신문발간에 힘을 보탰다.

나아가 미리사는 부인회를 조성해 여성의 힘을 모으고 대동고아원을 만들어 당장에 오갈 곳 없는 아이들의 어머니 역할을 자처했다.

"고아원은 중요합니다. 저 아이들은 장차 대한의 운명을 책임질 아이들입니다. 그러니 내 아이라 생각하고 잘 보살펴야 합니다. 아이 한 명이 나라의 운명을 바꿀 수도 있어요. 지금은 저리 연약하고 힘이 없지만 어떻게 키우냐에 따라 큰 동량으로 쓰일 것입니다. 하지만 아이들이 수단이나 목적이 되어서는 안 됩니다."

미리사는 고아원 보모들에게 특별히 부탁했다. 그 고아들이, 이역만리에서 부모를 잃은 아이들이 마치 한국의 처지와 똑같아 보였다. 미리사가 고아원에 들를 때마다 아이들은 그녀의 품속으로 파고들었고, 그녀는 내치지 않고 그 아이들을 품어주었다.

그 아이들을 안을 때마다 두고 온 딸이 보고 싶었다. 하지만 이제 보고 싶다고 해서 볼 수 있는 딸이 아니었다. 그 딸이 보고 싶었다.

미리사는 어느 새 미주지역에서 독립운동의 여성 지도자로 이름이 나 있었다. 대동교육회의 교육운동을 비롯해 이주노동자들의 취업 알선과 숙소 제공, 한국부인회 활동, 대동보국회의 독립운동, 대동공보의 언론 활동처럼 미리사는 자신의 손과 시간을 필요로 하는 곳이라면 마다하지 않고 달려갔고, 또 힘을 보탰다. 중국에서 얻은 뇌막염으로 귀가 잘 들리지 않았지만 그럴수록 남들보다 더 움직이고, 노력했다.

미리사는 자신에게 따라붙는 그 모든 허명들이 거추장스러웠다. 그 허명들에, 이름 뒤에 따라붙는 그 수식어들에 취할까, 스스로 경계했다.

미리사는 어둠 속에서 불도 켜지 않은 채 적묵하게 앉아서 그 허명들을 반성했다. 명망을 얻으려고 한 것은 아니었다. 그런 허명이 무슨 소용이 있을까. 그저 자신은 쓰러져가는 나라의 운명이 걱정스러웠고, 그 나라의 국민이라는 것이 안타까웠고, 남성의 부속물로 살아가는 한국의 여성들이 안쓰러울 뿐이었다. 그것뿐이었다. 그것이 다였다.

돌이켜 생각해 보면 지난 오 년간의 시간이 꿈인 듯싶었다. 과연 그 일들을 자신이 했을까 싶었다. 아니었다. 그 일들은 결코 자신이 한 일이 아니었다. 자신이 하고 싶다고 해서 할 수 있는 일들이 아니었다. 보이지 않는 손이 저를 움직이게 만들었고 또 여기까지 이끌고 왔다. 미리사는 알았다. 그 보이지 않는 손의 정체를. 그분은 바로 하나님이었다.

하지만 미리사는 아쉬웠다. 마음 한쪽이 텅 빈 듯 허전하고 허수했다. 나날이 스러져가는 조국의 운명을 걱정하고, 밤잠을 설쳐가면서 일을 했지만 내면에는 늘 채워지지 않는 공허함이 도사리고 있었다. 시간이 갈수록 그 공허함은 부피를 늘려갔다. 미리사는 미국에 온 목적을 한시도 잊은 적이 없었다. 공부, 공부가 하고 싶었다. 더 배우고 싶다는 열망은 한시도 수그러든 적이 없었다.

마침 미리사의 활동을 지켜보던 미국의 선교사들은 그녀가 여성신학교에 입학할 수 있도록 힘을 써주었다. 미국 미주리주 캔자스에 있는 스캐릿 신학교였다.

"미리사 자매가 가면 우리는 큰 기둥 하나를 잃는 것과 다름없어요. 그래도 어쩌겠어요. 공부하겠다는데. 우리에게는 더 큰 지도자가 필요해요. 그러니 부디 잘 마쳐서 훌륭한 지도자가 돼주세요. 미리사 자매님이 졸업할 때까지 기다릴게요."

"감사합니다. 여러분들이 격려해주셔서 힘이 납니다. 제가 떠나는 것이 어쩌면 다른 사람에게는 좋은 기회가 될 거예요. 역할만 주어지면 저보다 일을 더 잘하는 사람이 분명 있을 겁니다. 그 사람에게도 기회를 줘야지요. 사람을 키우는 일, 그게 우리가 할 일이니까요."

다들 떠나는 미리사를 축하해 주었지만, 또 한편으로는 서운해했다.

서른두 살 되던 여름, 미리사는 샌프란시스코를 떠났다. 미주 한인사회를 대표하는 신한민보에는 김미리사가 장학금을 받고 여성신학교에 가게 되었다는 기사가 크게 실렸다. 더불어 한인 여성계의 영광이라는 수식어도 달렸다.

한 척의 배가 수천수만의 물비늘로 반짝이는 그 수면에 파문을 일으키며 미끄러지듯 나아가고 있었다. 배의 목적지는 한국이었다. 한 국가로서 존엄성과 주체성을 잃어버린 나라. 오천 년 동안 지켜왔던 역사와 문화를 부정당한 채 다른 국가에 잘못 접목된 애달픈 나라, 한국이었다.

그 배 난간에 서서 하늘과 바다의 경계선을 바라보고 있는 이가 있었다. 머리를 올리고, 블라우스에 발회목까지 내려오는 긴치마를 입은 여자의 표정은 어딘지 굳어있었다. 미리사였다. 이 년 만에 공부를 마친 미리사는 감리교 파견 선교사로 한국으로 돌아가는 중이었다. 스물세 살에 조국을 떠났던 미리사는 벌써 서른네 살이 돼 있었고, 귀국선에 몸을 실은 그녀의 신분은 어엿한 파견 선교사였다.

지난 이 년은 오롯이 공부에만 매진한 시간들이었다. 한국인이라고는 저 혼자라 외로웠지만, 그 외로움이 공부에만 전념할 수 있도록 만든 동인이 되었다. 수시로 샌프란시스코에서 함께 했던 동지들이 그리웠지만 그

그리움을 동력 삼아 미리사는 공부에 매달렸다. 배화학당에서 영어와 성경을 가르칠 교사를 찾고 있었는데 미리사가 맞춤했던 것이다.

"여기 있었군요."

양복 차림의 한 남자가 미리사에게 다가와 그녀 옆에 섰다. 미리사는 남자를 향해 미소를 지어 보였다가 이내 수평선에 다시 시선을 가져갔다. 양복 차림의 남자는 미리사의 시선을 따라 그곳에 시선을 던져두었다. 이마가 넓고 콧대가 반듯하니 높은 남자는 그 콧대와 넓은 이마로 기개가 느껴졌다.

"지금쯤 한국은 한여름이겠군요. 8월의 한 낮 무더위는 여전하겠지요? 그 장한 여름의 열기가 벌써 피부로 느껴지는 기분입니다."

남궁억이었다. 남궁억 역시 미리사와 함께 감리교단의 한국파견 선교사로 조국으로 돌아오는 중이었다.

"그 무더위가 가장 먼저 우리를 반겨주겠지요."

"얼마만의 귀향인가요?"

미리사가 대답하고 다시 남궁억이 물었다. 미리사는 잠깐 말없이 떠나온 시간을 헤아려 보았다.

"십일 년, 딱 십일 년 만이네요. 십 년이면 강산이 변하는 시간인데 한국은 얼마나 변해있을까요."

십일 년이라니. 정신없이 살다 보니 그렇게 시간이 흘렀는지 미리사는 미처 몰랐다. 그 사이 한국은 어떻게 변했을까.

"선생님은 미국에 남아 한국을 위해 일하셔도 좋았을 텐데 그랬습니다. 굳이 돌아오실 이유가 없었어요."

남궁억은 슬쩍 미리사의 옆얼굴을 훔쳐보듯 하고는 물었다.

"호랑이를 잡으려면 호랑이굴로 들어가야 하듯 동지들과 함께 미국에서 독립운동을 하는 것도 중요하지만 그보다는 아직 어둠 속에 살고 있는 한국의 여성들을 깨우는 일이 저에게는 더 시급한 일입니다. 여성들도 얼마든지 사회활동이 가능하다는 사실을 알려주고 깨우쳐 주어야 해요. 관습의 굴레에서 벗어나 자유를 알게 해주고 싶어요. 여성들의 의식을 깨우기 위해서는 그들을 위한 교육이 필요해요. 그래서 여성들을 동굴에서 끌어내야지요. 돌아가면 미국에서 만난 여성 사회사업가들의 이야기를 들려줄 계획입니다. 한국의 여성들도 할 수 있다고, 그러니 깨어나라고 주문할 겁니다."

"그래요. 미리사 선생님 같은 분이 필요하지요. 하지만 완고한 남성 중심사회에서 기득권인 남성들이 어떻게 받아들일지 걱정입니다."

"투쟁해야지요. 독립과 자유는 대가 없이 얻어질 수 없습니다. 하나님에 대한 믿음을 갖고 독립을 위해 자신을 희생할 각오를 다진다면 하나님께서도 분명 도와주실 것입니다. 조지 워싱턴이 하나님을 의지해 대영제국의 군대를 물리치고 미국의 독립을 쟁취했듯 우리 역시 마찬가지입니다. 그러기 위해서는 우리가 최선을 다해야겠지요. 우리를 희생한다는 각오로. 그랬을 때 하나님은 선하신 능력으로 우리를 도우실 것입니다. 여성해방과 함께 나라의 독립도 말입니다."

미리사의 그 말은 기실 자신에게 하는 다짐이나 다름없었다. 미리사의 말에 남궁억은 짧은 신음 같은 탄식을 내뱉었다.

미리사의 마음 깊은 곳에는 한 가지 아픔이 있었다. 그것도 애끊는 단장의 아픔이었다. 한국이 가까워질수록 딸아이의 얼굴이 자꾸만 아른거렸다.

십일 년. 이제 그 자리가 무뎌질 만했지만, 이상하게 시간이 갈수록 아이에 대한 기억은 더 선명해지고, 또 아프게 살아났다. 가지 말라고, 저를 두고 가지 말라고 울며 치맛자락을 붙잡던 아이를 야멸차게 떼어놓고 유학길에 올랐던 미리사였다. 엄마가 공부 열심히 해서 돌아올게. 돌아오면 그때 우리 딸이랑 엄마랑 외할머니랑 잘 살자. 나중에 돌아오면 엄마가 잘 놀아주게. 조금만 참아.

미리사는 여섯 살짜리 딸과 새끼손가락을 걸며 약속하고, 약속하고, 또 약속했었다. 하지만 이제 그 약속을 지킬 수 없게 되었다.

어머니는 그 아이를 잃어버렸다고 했다. 데리고 장에 갔는데, 잠깐 딴 눈을 판 사이에 아이가 없어졌다고 했다. 온갖 곳을 헤매고 다니며 찾았지만 끝내 찾을 수 없었다고 했다. 주저주저하며 쓴 듯한 그 글자에 어머니의 죄책감과 미안함이 읽혀 차마 화를 낼 수가 없었다. 손녀를 잃어버린 어머니의 마음은 또 얼마나 타들어 갔을까. 평생 딸 앞에서 죄인으로 살아가야 할 그 마음은 또 어떻게 할까. 그 편지에 미리사는 소리 없이 울었다. 소리 없이 울었지만, 그 울음이 질기고도 깊었다. 간혹 숨이 잘렸고, 투레질로 남은 울음이 새나 왔다. 미리사는 하나님께서 자신에게 혈육의 딸 대신 다른 많은 딸들을 거두라고 그리하신 모양이라, 고 마음을 다잡았다. 한데 그 상심이 병이 되었던지 어머니는 이승을 떠나고 말았다. 어머니와 딸이 든 자리가 자꾸만 시리고 아팠다. 그 빈자리는 남편의 빈자리와는 또 다른 느낌이었고 아픔이었다.

"그래도 미리사 선생님 같은 분이 계셔서 한국의 운명이 암담하지만은 않습니다."

남궁억이 여전히 수평선에 시선을 던져두며 말했다. 그 말에 미리사는 체증이 느껴졌다. 그 체증은 자신의 사명에 대한 무거운 책임감 같은 것이었다.

미리사는 붉은색 벽돌의 단아한 이층 배화학당 교사가 좋았다. 너무 커서 위압적이지도 않고 너무 작아서 소박하지도 않았다. 크지도 작지도 않은 그 교사는 적당히 권위적이었고, 격조를 갖추고 있었다. 붉은 벽돌에 하얀 창들을 가진 그 교사는 주변의 낮은 초가집들과 대조를 이루었다.

배화학당, 꽃을 기른다는 학교 이름도 좋았다. 배화, 배화, 배화…… 미리사는 가만히 그 이름을 혀끝에 두고 몇 번을 발음했다. 배화가 혀끝에서 구슬처럼 굴렀다. 그 혀끝에서 꽃향기가 나는 듯했다.

"외국인인 우리들보다 같은 민족인 두 분 선생님이 학생들에게 훨씬 더 좋은 교육효과를 낼 수 있을 것으로 생각합니다. 하나님의 말씀 안에서 학생들이 이 나라의 지도자로 성장할 수 있도록 두 분 선생님이 수고해주세요."

새롭게 부임하는 두 교사를 맞는 캠벨 교장은 온화한 미소를 지어 보였지만 깊은 눈매와 단단한 이마가 강단져 보였다. 그 강단져 보이는 인상이 사뭇 고집스러워 보이기도 했다. 그녀는 한국에서 강 부인으로 불리고 있었다.

미리사는 배화학당에서 학생들에게 영어와 성경을 가르치고 밤에는 기숙사 사감을 맡아 생활지도를 했다.

쪽 찐 머리 대신 머리를 올리고, 한복 대신 양장을 입은 미리사는 가르마를 타 머리를 땋아 내리고, 치마저고리를 입은 학생들에게 주문했다.

"자신의 주인은 자신이다. 주인의식을 갖지 않으면 구태의연한 관습에 매이게 마련이다. 그러니 낡은 사고를 버리고 당당하게 삶의 모순에 맞서라. 잘못된 생활 습관은 개선해나가도록 노력해라."

미리사는 학생들에게 빨래 방망이질을 하지 말 것과, 다듬이질을 하지 말 것과, 물을 들인 옷을 입을 것과, 미신을 버릴 것과, 진실된 삶을 살 것과, 검박한 생활을 할 것을 요구했다. 실용적인 것을 강조하면서 여성의 의무로 강요되는 가사노동 또한 필요 이상으로 얽매이면서 자신을 소모하지 말 것을 주문했다.

하지만 급격한 변화보다는 하나씩 하나씩, 한국의 현실과 처지에 맞게 적용해나갔다. 기숙사 생활을 하지만 가정에서와 같은 생활 예절을 가르치려 세심하게 살폈다.

기숙사를 새로 지어 옮길 때 미리사는 침대를 들이려는 학교의 결정에 단호하게 반대하고 나섰다. 미리사의 설득에 학교는 예정됐던 침대 대신

솜이불로 바뀌었다. 우리 전통의 문화를 이해하고 지키면서 서양 문화의 편리함과 이로움을 생활에 접목하는 일, 미리사는 언제나 그 두 가지를 고민하고 조정하며 학생들의 생활지도를 펴나갔다.

그러나 전통문화를 지키는 일도 힘들어졌다. 일본은 노골적으로 한국 문화를 말살하려 들었고, 학생들을 감시하고 있었다. 수업 시간에 일본어를 가르치도록 강요했고 한국의 전통문화를 비하하거나 가르치지 못하도록 금했다.

미리사는 주눅 들지 않고 학생들에게 한국의 딸들임을 주지시키고, 여성 지도자로 성장해 조국의 독립에 힘을 보탤 것을 당부했다.

"나라를 잃은 국민에게 무슨 희망이 있고, 주권이 있겠는가. 잘 살기 위해서는 나라의 독립이 우선이다. 죽기를 두려워하지 말고 나가 싸워 조국의 독립을 쟁취해야 하지 않겠나. 내가 죽어 나라가 살면 우리 후손은 잘살게 될 거야."

아이들은 미리사의 당부에 올곧은 표정으로 내일을 기약했다. 그래요. 그렇게 할게요. 우리는 조선, 한국의 딸들이에요. 한국을 우리가 지킬게요. 김미리사 선생님.

어느 날 미리사는 남궁억에게 자신의 고민을 털어놓았다.

"아이들에게 민족의식을 심어주기 위해서 무슨 좋은 방법이 없을까요? 지금 우리 교육은 정체성을 잃어가고 있어요. 지난번 기숙사 침대 일도 그렇고. 무조건 미국을 동경하고 서양 문화를 추종하는 사대주의에서 벗어나고 일본의 억압으로부터 우리의 정체성을 지킬 수 있는 묘안이 필요해요. 일본의 한국문화 말살 정책은 갈수록 드세어지는데, 이럴수록 아이들에게 민족의식과 함께 독립 정신을 심어줘야 해요."

미리사의 말에 남궁억도 동의하며 고개를 끄덕였다.

"저도 그런 교육의 필요성을 느끼고 있던 참이었어요."

둘은 한동안 말없이 긴 생각에 잠겼다.

"무궁화! 무궁화예요."

"무궁화라니요?"

밑도 끝도 없는 미리사의 말에 남궁억이 궁금한 표정으로 물었다.

"한반도를 지금의 행정구역으로 나누고 그 수에 맞게 학생들에게 무궁화 수를 놓게 하는 거예요. 삼천리 반도 금수강산이 아이들의 손끝에서 태어나는 겁니다. 한 땀 한 땀 수놓다 보면 아이들의 마음속에 저절로 나라 사랑하는 마음도 생기게 되지 않겠어요?"

"좋은 생각입니다. 학생들이 자수를 배우는 것은 저들도 뭐라 하지 않을 겁니다. 역시 김 선생님이십니다."

남궁억은 새삼 미리사의 열정과 지혜에 감탄했다.

"해야지요. 여성이 똑똑하고 지혜롭지 않으면 이 나라의 미래는 없어요. 아이를 낳고 미래의 지도자가 될 아이들을 길러야 할 여성들이 먼저 각성하고 일어서야 합니다. 그러기 위해서는 우리 학생들의 역할이 큽니다."

미리사는 당장에 학생들에게 수를 놓게 했다. 삼천리 반도 금수강산, 그 금수강산이 무궁화 강산으로 다시 태어나고 있었다. 아이들의 손이 한 번씩 지나갈 때마다 꽃이 피어났다. 조선 반도가 그 무궁화꽃으로 환했다. 핍박과 총칼로 갈가리 찢어지고 가난한 땅이 아니었다. 아름답고, 순하고, 환한 꽃으로 뒤덮인 땅, 한반도. 수를 놓는 손마다 꽃은 같되 각자 다른 꽃이었고, 그 꽃들은 다 같은 무궁화되 수놓는 아이들의 표정을 닮아 있었다. 무궁화를 수놓는 아이들 역시 표정이 결연했다.

학생들은 조국의 독립을 열망했다. 조국이라는 이름만 나와도 아이들의 표정이 상기되면서 비장한 표정이 되곤 했다. 이심전심으로 전해지는 마음들이 그 무궁화 속에 한 땀 한 땀 녹아들었다.

무궁화가 환하게 모양을 드러내면 드러낼수록 그 무궁화에 꽂히는 눈초리가 매서웠다. 하지만 미리사는 굽히지 않았다. 여성으로서 갖춰야 할 교양을 가르치는데, 그걸 왜 정치적인 시각으로 보느냐며 오히려 날선 음성으로 따져 물었다. 당신들의 불온한 생각에 없던 민족의식도 생겨난다고 협박했다. 미리사의 강단진 대거리에 일본인 선생들과 선교사들은 매섭게 꼬나보거나 떨떠름해 하면서도 어쩌지 못하고 입맛만 다신 채 지켜볼 수밖에 없었다.

거기서 한 걸음 더 나아가 미리사는 부인들을 대상으로 야학을 열고 싶었다. 글자를 모르는 부인들에게 글자를 가르쳐주고, 여필종부(女必從夫), 삼종지도(三從之道)의 그 어둡고 음울한 동굴에서 이끌어내 자신을 찾아주고 싶었다. 그걸 계몽운동이라 불러도 좋았다. 문맹의 여성들이 글자를 깨우칠 수만 있다면. 자신이 참으로 귀한 존재라는 것을 알 수 있다면.

미리사는 어느 날 종로 도림동에 있는 종다리 교회에 찾아가 야학을 열 수 있는 공간을 빌려달라고 간청했다. 종다리는 옆에 종다리라는 다리가 있다고 해서 붙여진 이름이었다.

미리사의 계속되는 간청에 종다리 교회는 마지못해 지하실을 내주었다. 뾰족한 삼각형의 지붕 옆으로 종탑이 시립하듯 양쪽으로 올라간 교회였다. 그 종탑의 지붕에는 본관의 지붕처럼 뾰족한 고깔 모양의 지붕이 씌어 있었다.

"우리나라는 절름발이다. 절름발이 나라는 흥하지 못한다. 여자도 배워야 한다. 장옷을 벗고 긴 치마를 잘라 버리고 첩첩이 닫힌 속에서 뛰쳐나오너라!"

미리사는 아직 가정에 얽매어있는 구식 가정 부인들에게 호소했다.

미리사의 호소에 열 명 남짓한 부인들이 사람들의 눈을 피해 밤에 종다리 교회 지하실을 찾았다. 그중에는 남편에게 소박을 맞은 부인도 있었고, 이혼 이야기가 오가는 부인도 있었고, 쪽진 여자도 있었고, 종종 머리(끝을 모아 땋아서 댕기를 드린 머리) 여자아이들도 있었다. 그들은 숫기 없이 머뭇거리며 지하실을 찾았으나 눈빛만큼은 반짝였다. 자신들에게 가해지는 냉대와 핍박의 강도에 따라 열망의 깊이와 온도도 달랐고 눈빛도 달랐다.

미리사는 기꺼이 그녀들을 받아들였다. 그녀들의 아픔을 어루만지며 자신이 자신의 삶의 주인이 되라고 강조했다.

미리사는 낮에는 배화학당에서 아이들을 가르치고 저녁에는 기숙사 아이들의 생활지도를 한 뒤 서둘러 밤에 종다리 야학으로 향했다. 그 걸음이 활달하고 자신감이 넘쳤다.

"언제까지 여필종부, 삼종지도 속에 갇혀 자신의 삶을 낭비하려 합니까. 그것은 한 개인의 손해이면서도 나라의 이익에도 위배됩니다. 우리는 여성이기 앞서 한 인간입니다. 한 가족을 건사하고 자녀들을 양육하는 것도 중요한 일이지만 그보다 먼저 자신이 건강하지 않으면 안 됩니다. 건강하다는 것. 그것은 육신의 건강만 말하는 것이 아닙니다. 영육 간의 건강이 조화로워야 한 인간으로서 균형 잡힌 인격체가 형성되는 것입니다. 그러기 위해서는 독립성과 자주성이 우선입니다. 공부해야 합니다. 공부하지 않으면 영영 자신을 찾을 수가 없어요."

마흔한 살, 조선의 부인들을 향해 당부하는 미리사의 음성은 짱짱했고 올곧았고, 울림이 좋았다.

계속되는 강행군이었지만 미리사는 피곤한 줄 몰랐다. 하루하루가 감사했다. 종다리 교회 지하실은 소박맞은 부인들과 여자들로 밤마다 뜨거웠다. 어떤 학생들은 돈이 없어 공책과 연필을 살 수 없었는데 미리사는 기꺼이 자신의 지갑을 열어 그들에게 필요한 물품들을 사서 나눠주었다. 미리사에게는 그랬다. 그들이 자신이며, 그들이 자신의 자매며, 그들이 곧 자신의 잃어버린 딸들이었다.

하지만 언제부터인지 배화학당의 미국인 선교사들은 그런 미리사를 불편해하기 시작했다. 어떤 때는 노골적으로 미리사를 향해 이야기했다.

"김미리사 선생님. 학생들 교육은 우리가 할 테니 미리사 선생님은 사감 일을 맡아 잘해주세요. 사감 일도 교육만큼 중요한 일이 아니겠습니까? 학생들의 생활지도가 공부보다 더 중요한 일이지요. 그러니 미리사 선생님은 사감 일에만 전념해주세요."

그 말을 들은 미리사는 마뜩잖았다. 하지만 최대한 속내를 감추며 대답했다.

"내가 병든 몸을 이끌고 굳이 한국으로 돌아온 이유는 여기가 내 조국, 내 고향이기 때문이에요. 그러니 여기서 내가 할 일은 삼천만 한국의 여성들과 함께 울고 웃으며 사는 것이에요. 그 마음이 어떻게 당신들과 같겠어요. 하나님의 사명을 받은 것은 같다 치더라도 당신들과 나는 입장이 달라요. 한국의 여성들은 한 명 한 명이 내 피붙이들이고, 내 가족들이에요. 그러니 소박데기 한 명이라도 더 데려다 가르치는 것이 내 소원이에요."

미리사의 강단진 대답에 선교사들은 굳은 얼굴로 입을 다물었다.

어느 날 새벽, 소란스럽고도 쨍쨍한 쇳소리가 새벽의 청명한 공기를 뒤흔들며 사방으로 울려 퍼졌다. 학교 뒤 필운대 쪽에서 날아오는 소리였다. 만세! 만세! 대한독립 만세!

미리사는 귀가 어두웠지만 그 소리만큼은 정확히 잡아낼 수 있었다. 만세! 만세! 어린 여학생들의 소리라고는 믿을 수 없을 정도로 그들의 외침이 강단지고도 묵직했다. 어떤 소리는 앙칼지게 새벽을 찢었고, 어떤 소리는 힘이 있었고, 어떤 소리는 징 소리처럼 묵직했다. 마흔 명의 학생들이 학교 뒷산 필운대에 올라 손수 그린 태극기를 흔들며 만세삼창을 외치고 있었다. 그 만세삼창 소리가 천지개벽을 울리는 북소리 같았고, 신호탄 같았다.

3.1운동이 일어난 지 꼭 일 년 되는 날이었다.

전날 밤 학생들은 비밀한 모임을 했고, 그 모임에서 아이들은 필운대에 올라 그날의 감격을 되살리고, 앞날을 기약하자는 약속을 했었다.

우리가 죽어 나라가 살고 후손들이 대대손손 잘 산다면 우린 죽어도 괜찮다. 그 죽음은 사람을 살리는 일이므로 의미가 있고, 또 죽음으로만 끝나는 것이 아냐. 우리의 죽음은 정신으로 살아남아 영원히 후손들과 함께 할 수 있다. 그러니 조국의 독립을 위해 싸우다 죽는 것을 두려워하지 말라.

아이들은 미리사가 한 말을 상기하며 죽기를 각오하고 필운대에 올랐다.

그 만세삼창의 잔음이 가시기도 전에 득달같이 종로서 헌병들이 들이닥쳤다. 그들은 독기 어린 눈빛으로 아이들을 붙잡아다 감금하고 심문했고, 반항하는 스물네 명의 학생들을 연행해갔다. 꽃 같은 아이들은 그들의 서슬에도 주눅 들지 않고 당당했다. 그 당당함에 아이들은 풀려나지 못하고 서대문 형무소에 갇혔다.

경찰은 필운대에 올라 만세를 부른 학생들의 배후로 미리사를 주목했다.

기실 미리사가 배후였다. 미리사는 민족의식이 강한 배화학당 교사들과 함께 그날의 만세운동을 모의했었다. 그 비밀한 모의에서 태극기가 그려졌고, 그 태극기는 아이들의 손에 들려 그날 새벽, 힘차게 펄럭였었다.

돌아오지 않는 아이들의 빈자리가 자꾸만 미리사의 눈에 밟혔다. 심장에 가시가 박힌 듯 숨을 쉴 때마다 그 가시가 숨을 방해했다. 잡혀간 아이들은 무사한지.

미리사는 아이들이 고마웠고, 대견했고, 자랑스러웠다. 그 아이들이 있는 한 대한제국은 사라지지 않는다는 것을 알았다.

학당의 분위기가 어느 때보다 더 어수선했다. 아이들은 돌아오지 않았고, 그 빈자리가 유난히 휑했다. 휑해 쓸쓸하기까지 했다. 주인 잃은 자리가 허방처럼 미리사의 눈에 밟혔다. 미리사는 아이들의 빈자리를 하루도 빠지지 않고 쓸고 닦았다. 언젠가는 돌아올 아이들을 위해.

"김 선생님. 교장 선생님이 뵙자고 청하십니다."

교무실 사환이 미리사를 찾았다.

교장이 자신을 찾는다는 사환의 말에 미리사는 직감으로 알아차렸다. 교장이 자신을 보자는 이유를. 사실 이전부터 예감하고 있었고 또 마음의 준비를 하고 있던 참이었다.

"앉아요. 김미리사 선생."

교장이 웃으며 미리사를 맞았지만, 눈빛만큼은 서늘했다. 그는 얼마 전 새로 부임한 교장이었다. 이름은 에뒤스. 그날의 만세 사건으로 스미스 교장이 물러나고 새롭게 부임한 교장이었다.

"그동안 고생해주셔서 고마워요. 미리사 선생처럼 열성적이고 좋은 선생이 우리 학교에 있어서 참 다행입니다. 같은 민족으로서 학생들에게도 좋을 일이지요. 학생들도 그만큼 미리사 선생을 따르고 있는 걸로 압니다."

에뒤스 교장의 말에 미리사는 얼마 전 있었던 동맹휴학 사건을 떠올리게 만들었다. 미국의 선교사들은 일본의 통치를 받게 된 한국의 처지를 한국 민족의 나태함 때문에 일어난 일로 돌렸고, 일본의 황국신민화 정책을 아무런 저항 없이 교육 현장에 받아들이고 있었다. 한국의 학생과 교사들은 이같은 학교의 처사에 저항해 다 같이 동참하는 동맹휴학 투쟁을 벌였다. 배화학당도 다르지 않았다.

미리사는 동맹휴학 사건을 떠올리며 참을성 있게 교장의 말을 기다렸다.

"미리사 선생이 야학을 운영하고 있다고 들었습니다. 귀한 일이지요. 배우지 못한 사람들에게 교육의 기회를 제공한다는 거. 훌륭한 일입니다. 하지만 미리사 선생은 자연인이 아닙니다. 미리사 선생은 배화학당 선생입니다. 그러니 미리사 선생의 시간과 정성은 배화학당 학생들에게 더 돌아가야 한다고 생각합니다. 그래서 말인데, 사감과 야학, 둘 중에 어느 것 하나는 버려야 하지 않겠어요?"

벼르고 벼렸던 말인 듯 교장의 말이 단호했다. 미리사는 교장의 말에 오히려 차분해졌다.

"지금이 어느 때인데 배화학교 사감 노릇만 하겠습니까? 우리 동포들을 가르치는 일이 제게는 더 중요합니다. 그러니 학교를 그만두겠습니다."

미리사의 단호한 말에 교장은 적이 당황했다. 하지만 미리사는 주저하지 않고 사표를 제출했다.

막상 사표를 제출하고 나니 마음이 홀가분했다. 이제 한국 여성들을 가르치는 일에 더 전념할 수 있다고 생각하니 오히려 진즉에 사표를 쓰지 못한 것이 아쉬웠다.

학교만 그만둔 것이 아니었다. 감리교 선교회와도 거리를 두었다.

처음 종다리 교회 지하실을 빌려 야학을 열 때까지만 해도 열세 명에 불과하던 학생들이 일주일 후에는 오십 명이 되더니 한 달 후에는 백여 명으로 불어났다. 다들 배움에 목말랐던 것이다. 열 평 남짓한 종다리 교회의 지하실은 밤마다 가마를 타고 오거나 쓰개치마를 입고 오는 이들로 북적였다.

미리사가 운영하는 야학이 학생들로 넘치자 종다리 교회에서는 더 이상 지하실을 내줄 수 없다고 통보해왔다.

야학을 잠시 중단하겠다고 발표하자 부인들은 크게 실망했다. 어떤 이는 절망적인 표정을 지었고, 또 어떤 이는 깊은 탄식을 내질렀다. 그들의 탄식과 한숨과 실망으로 종다리 교회 지하실이 무겁게 가라앉았다. 그 모양이 마치 침몰하는 화물선 같았다.

공부하고 공부해서 신여성과 딴 살림을 차린 남편에게 보란 듯 거듭

나고 싶었는데 자신의 팔자는 어쩔 수 없나 보다며 울먹이는 부인도 있었다.

"언제라고 이야기할 수는 없지만, 다시 야학은 열릴 겁니다. 지금 이 장소보다 더 넓고 좋은 장소를 빌려 반드시 여러분들을 다시 부를 것입니다. 그때까지만 우리 참읍시다."

미리사는 실망하는 그들을 다독였다. 신여성에게 남편을 뺏기고 눈물과 한숨으로 살아가는 부인들에게 이곳은 위로의 공간이었고 희망의 디딤돌이었다.

핍박받는 여성들에게 교육의 기회를 제공하는 일. 그것이 바로 하나님이 자신에게 주신 소명과 사명이라 생각했다. 그들을 위해서라도 힘을 내자고 미리사는 두 주먹을 불끈 쥐었다.

미리사는 시내를 돌아다니며 야학을 열 공간을 찾아다녔다. 비가 오는데도 피하지 않고 그 비를 맞으며 돌아다녔다. 그 비에 옷이 젖고 한기가 들었지만, 마음만은 뜨거웠다. 한기에 감기까지 들어 신열이 끓었지만, 그 열정이 미리사를 움직이게 하고, 지치지 않게 만들었다. 하지만 가는 곳마다 난색을 보였다. 그러나 미리사는 실망하거나 포기할 수 없었다. 뜻이 있는 곳에 길이 있다고 마침내 미리사는 염정동 새문안교회의 지하실을 얻을 수 있었다.

"전 한국의 일천만 여성은 다 내게로 오너라! 김미리사한테로 오너라! 남편에게 버림받은 여성, 천한 데서 사람 구실을 못 하는 여성, 눈 뜨고도 못 보는 무식한 여성들은 다 내게로 오라. 고통받는 여성은 다 내게로 오너라!"

미리사는 강연 자리가 있을 때마다 여성들에게 야학의 참여를 호소했다.

강연회에 온 여성들은 미리사의 말에 관심을 보였지만 당장에 학비 걱정 때문에 주저했다. 미리사는 그들의 걱정을 알아차렸다.

"수업료는 걱정하지 마세요. 모든 것이 무료입니다. 공책이나 연필이 없어도 염려하지 마세요. 몸만 오면 됩니다."

미리사의 말에 조금 전까지 풀이 죽은 표정으로 돌아서던 사람들의 얼굴에 화색이 돌았다.

"나이는요? 저 같은 사람도 되나요?"

중년의 한 부인이 걱정스러운 표정으로 물었다.

"십오 세에서 오십 세의 부인이면 누구나 가능합니다. 모두 환영합니다."

학생들이 몰려들었다. 신여성에 남편을 뺏긴 부인들과 소박을 맞은 부인들과 일찌감치 남편을 잃은 과부들과 가난한 형편에 결혼하지 못한 처녀들이 모여들었다. 이들은 다 같은 아픔을 지니고 있었고, 그 아픔 때문에 누구보다 공부에 더 열심이었다.

수업과목은 일반상식에서부터 생리, 산술, 습자, 도덕과 음악이었다.

미리사는 수업이 끝나고 나면 조용히 하나님의 말씀을 묵상하며 내일의 힘을 달라고 기도했다. 그 적막한 시간, 홀로 남은 그 시간에 차디찬 바닥에 무릎 꿇고 두 손 모은 미리사의 마음은 그 어느 때보다도 뜨거웠다.

미리사는 내친김에 조선여자교육회를 창립했다. 야학을 보다 조직적으로 운영하기 위해서는 새로운 제도의 틀이 필요했다.

밀려드는 학생들을 감당할 수 없었다. 장소도 너무 협소했고 학생들에게 나누어줄 공책과 연필은 물론이고 부족한 것이 너무 많았다. 배화학당에 선생으로 있을 때는 자신의 월급으로 그것들을 마련할 수 있었지만, 학교를 그만둔 뒤로는 그나마 충당할 사비도 없었다. 형편이 말이 아니었다. 그렇다고 이들에게 학비를 받거나 야학을 포기할 수 없었다. 밤마다 생기가 넘치는 눈빛으로 야학을 찾는 부인들을 운영비가 없다는 이유로 돌려보낼 수는 없었다. 야학을 계속하기 위해서는 자체적으로 운영비를 마련하는 수밖에는 없었다.

미리사는 궁리 끝에 강연회를 열기로 마음먹었다. 강연회의 입장권을 판다면 판매수익을 얻을 수 있을 테고, 또 기부금도 모을 수 있을 것이다. 게다가 강연회를 통해 더 많은 사람에게 인간이 추구해야 하는 가치와, 여성이기 이전에 한 인간으로서 가져야 할 존엄성과, 민족의식 고취와, 독립의 필요성도 알릴 수 있을 것이다. 일석이조였다.

미리사는 당장에 실행에 옮겼다. 주저할 이유가 없었다. 강연회와 토론회의 프로그램을 짜면서 중간중간에 독창이나 음악연주를 끼워 넣었다. 자칫 지루해지거나 너무 뜨거워질 수 있는데 중간에 음악을 넣음으로써 지루함을 달래거나 열기를 식힐 수 있고, 또 청중들에게 음악을 통한 교양도 전파할 수 있었다. 강연회에 참석하는 토론자들도 엄선해서 신학문을 전공한 실력자들로 구성했다. 그 역시 사회교육이었다.

미리사는 자신의 옷차림부터 바꾸었다. 순회강연회를 열기 전에는 구두를 신고 양장을 입었지만 순회 강연을 다닐 때는 한복을 입었다. 팔도의 여성들을 만나는 자리니만큼 그들과 같아지기 위해서였다.

강연회와 토론회는 세상의 화젯거리가 되었다. 많은 사람이 강연 회장에 들어오기 위해 줄을 섰고, 그 강연회와 토론회는 신문에 대서특필되었다. 신문에 대문짝만하게 실리면서 청중은 감당할 수 없을 만큼 폭발적으로 늘어났다.

미리사는 아예 순회 강연단을 조직해 전국을 돌며 강연회를 열었다. 조선 최초로 여성들만으로 조직된 순회 강연단이자 종합문화공연단이었다. 조선팔도 가지 않은 곳이 없었고, 가는 곳마다 발 디딜 틈 없이 사람들이 몰려왔다. 어떤 지역에서는 너무 많은 인파가 몰리는 바람에 토론회가 지

연되거나 사고의 위험 때문에 아예 문이 열리지 못할 때도 있었다. 여성이 주최하는 여성만의 강연회는 사람들에게 새로운 볼거리였고, 이야깃거리였다. 강연의 내용이나 토론은 깊이가 있었고, 중간중간 삽입되는 피아노와 성악의 공연도 훌륭했다. 여성들의 실력이 남성 못지않게 훌륭하다는 사실을 만천하에 증명한 계기가 되기도 했다.

미리사는 순회 강연단의 성공으로 창진동에 회관을 마련하고 독립적인 교사를 마련할 수 있었다.

순회 강연단의 성공으로 힘을 얻은 미리사는 조선교육회를 조선 여자 교육협회라는 이름으로 변경하고 설립인가까지 마쳤다. 조선총독부는 한국인만으로 구성돼있는 이 단체가 민족주의적으로 흐를지도 모른다는 우려에 처음에는 인가를 내주지 않았다. 하지만 미리사는 굴하지 않고 기어이 인가를 받아냈다.

한 번은 미리사가 강연하고 있는데 순사들이 들이닥쳤다. 그리고 미리사의 연설을 중지시켰다. 불온하게 민족의식을 고취시킨다는 이유에서였다. 하지만 미리사는 귀가 어두워 순사의 제지를 듣지 못했다. 순사의 제지에도 불구하고 미리사는 강연을 끝마쳤고, 그 일로 호되게 당했지만 귀가 잘 들리지 않는 것이 사실로 드러나면서 구속은 면하기도 했다.

일이 많으면 많은 만큼 미리사의 몸은 과로로 지쳐갔다. 전국 순회 강연을 다니면서 몸이 너무 쇠약해진 탓이었다. 설상가상으로 나귀를 타고 가다가 떨어져 자리보전해야만 하는 지경에 처하기도 했다. 몸은 낫지를 않았다. 몸 여기저기가 단단히 고장이 나 있었다. 빈혈에다가 신경쇠약에, 거기다 심장병까지, 하지만 미리사는 마음 편안히 누워 조리할 수 없었다.

미리사는 아픈 몸을 일으켜 세워 차근차근 학교의 기틀을 마련해갔다. 내친김에 조선 여자 교육협회 부설로 부인 야학강습소를 열고 근화학원이라 이름 지었다. 근화학원은 무궁화에 가져온 교명이었다. 배화학당 시절에 아이들이 한 땀 한 땀 수놓았던 그 무궁화. 삼천리 반도 금수강산에

피었던 그 무궁화. 일본이 그 꽃을 바라보면 눈에 병난다 하여 눈에피나무라고 비하하던 그 무궁화. 우리의 꽃, 그 무궁화. 무궁화를 교명으로 삼았다. 무궁화는 곧 한국의 꽃이었고, 한국 여성의 상징이었고, 생명력 강한 한국의 정신이었다.

교훈도 생명력을 강조했다. 모두가 알 수 있도록 순우리말로 지었다.

살되 네 생명을 살아라. 생각하되 네 생각으로 하여라. 알되 네가 깨달아 알아라.

하얀 블라우스에 감색 스커트를 입고 흰 양말을 신은 학생들을 볼 때마다 미리사는 뿌듯했다. 교정을 꽃처럼 수놓는 아이들은 겨울이면 수박색 스웨터에 감색 스커트를 입고 검정 양말을 신는 또 다른 꽃으로 변했다. 저 아이들이 무궁화였다. 푸른색 둥근 바탕 속에 보랏빛 무궁화가 그려져 있는 교표도 저 아이들이었다, 무궁화.

미리사는 이 아이들이 저 교문을 나섰을 때도 과연 행복할까, 염려가 되었다. 진정한 독립은 경제적 자유가 있을 때라야만 가능한 일인데, 이 아이들이 주체적이고도 독립적인 삶을 살 수 있을까.

"여자의 해방은 여자가 경제적인 힘을 가지면서 자기의 생활을 스스로 지배할 수 있을 때 비로소 가능한 일입니다. 그러므로 보편적 지식을 가르치는 일과 함께 실생활에 이용될만한 기술을 알려주는 일이 필요합니다. 직업교육 말입니다. 부인 해방이니 가정 개량이니 하는 것도 제 손으로 제 밥을 찾기 전에는 해결이 안 될 것입니다."

미리사는 졸업과 동시에 취업할 수 있도록 실업교육의 중요성을 강조하고 근화학원 밑에 근화여자실업학교를 두었다. 그리고 학생들에게 기술교육을 시키면서 여자들이라고 약한 척하거나 못한다 하지 말고 남자들과 정당하게 경쟁해 나가라고 주문했다. 학교에 남자의 손이 필요할 때도 미리사는 여학생들이 하도록 했다.

첫 졸업생을 배출했을 때 미리사는 명치끝에서 뜨거운 것이 올라오는 것을 느꼈다.

어느 날 미리사는 김미리사라는 이름을 차미리사로 바꾸었다.

"우리나라에 파견된 선교사들의 풍습대로 남편의 성을 따 김미리사로 썼지만 이것은 잘못된 일입니다. 그간 학생들에게 여성의 독립과 주체성을 강조해왔으면서도 나 스스로 남편에게 종속된 삶을 살아온 잘못을 저질렀으니 반성합니다. 그동안 번거롭고 또 사람들을 헷갈리게 할까봐 그냥 써왔던대로 김미리사로 불러왔지만 이제 잘못된 것을 바로잡으려 합니다. 나는 이제부터 제 아버지의 성을 따 차미리사로 개명합니다. 늦게나마 바로잡을 수 있어서 다행입니다."

차미리사로 바꾸고 나니 가계를 이을 아들이 아니어서 자신을 섭섭이로 불렀던 아버지에게 조금이나마 한을 풀어드린 것 같아 뿌듯했다. 진즉에 바꾸지 못한 것을 후회했다. 차미리사. 이제야 제대로 된 느낌이었다.

아버지 이제 저는 차미리사입니다. 당신이 생각하는 그런 섭섭이가 아니에요.

어느 날 경기도 학무국에서 미리사를 찾아왔다. 그들의 태도가 몹시 고압적이었고 위협적이었다. 미리사는 알았다. 그들은 오래전부터 자신을 눈엣가시로 여기고 예의주시해 오고 있었다는 사실을. 그들은 미리사의 교육활동이 민족교육이라 간주했고, 더불어 미리사는 독립운동을 하고 있다고 판단했다. 그들은 미리사를 학교에서 끌어낼 빌미만 찾고 있었다.

그들은 근화라는 학교명이 무궁화에서 비롯되었다는 사실을 알고 있었다. 무궁화를 교명으로 삼아 학생들에게 불온한 사상을 배태시킨다고 트집잡았고, 한반도에 무궁화를 수놓은 것을 문제 삼았다. 일본의 조선우민화정책 가운데 하나는 조선에서 전문교육을 시키지 않는 것이었다. 교육을 받으면 의식의 각성으로 독립심이 길러진다는 이유였다. 그러니 어엿한 학교로 성장한 근화학교를 통제하려는 것은 어쩌면 저들로서는 당연한 일이었다.

미리사는 하는 수 없이 근화학교에서 덕성여자실업학교로 교명을 바꾸어야만 했다. 하지만 미리사는 내심 저들의 두려움을 읽었다. 저들이 이렇게 학교 이름을 가지고 트집 잡는 것은 두렵다는 것이었다. 그러니 두 발 전진을 위해서는 한발 양보도 필요했다. 학교 이름을 바꾼다고 해서 아이들이 일본인이 되는 것은 아니었다. 덕성여자실업학교. 지어놓고 보니 그 이름도 나쁘지 않았다. 덕성. 여성들에게 필요한 덕목이지 않던가.

학교는 제법 틀이 갖춰져 가고 있었다. 졸업생들 가운데 많은 수가 상급학교로 진학하거나 취업했고, 나름대로 여성 지도자로서 해야 할 역할을 담당해나가고 있었다.

어느 날 총독부 관리가 미리사를 찾아왔다.

"일단 찾아오신 손님이니 앉으시지요."

미리사는 그들을 맞았다.

"인사는 생략하고 먼저 본론부터 말하지요. 청력이 좋지 않아 대화하는 것도 어려우실 테니."

그들의 말대로 미리사의 청각은 갈수록 나빠져만 갔다. 중국에서 심하게 뇌막염을 앓은 뒤 얻은 장애는 평생 미리사를 힘들게 만들었다. 최근에는 나이가 들면서 소리가 더 들리지 않았고, 누가 문을 두드려도 알 수 없었다. 하나의 방편으로 손목에 끈을 묶어 문손잡이에 걸어두었다. 누가 문을 열고 들어오면 알기 위해서였다.

"이젠 그만 일선에서 물러나시지요. 귀도 잘 안 들리니 일하시기가 불편하지 않겠어요?"

총독부에서 나온 관리들은 몹시 노골적이었고 강압적이었다. 동석한 선생이 종이나팔을 만들어 미리사의 귀에 대고 큰소리로 전달했다.

학교에서 나가라니. 분노에 찬 미리사의 손이 부들부들 떨렸다. 미리사는 그들에게 자신의 감정을 들키고 싶지 않아 두 주먹을 불끈 쥐었다.

"진정 학교를 위한다면 이쯤에서 물러나시지요. 차 선생이 물러난다면 우리도 학교를 도울 방안을 찾아보겠소. 정 물러나지 않겠다면 우리 일에 협조하시지요."

그들은 여전히 고압적이었다.

그들은 선생들까지 회유했다. 미리사를 물러나게 하면 학교를 돕겠다는 약속에 여러 선생도 동조하고 나섰다. 미리사는 외로웠다. 어린 딸을 두고 중국으로 갈 때도, 중국에서 홀로 사경을 헤맬 때도, 야학강습소를 찾기 위해 밤늦게 비를 맞으며 한성 거리를 헤맬 때도 이렇듯 외롭지 않았다.

미리사는 물러날 수밖에 없었다. 저들의 강압 때문이 아니라, 저들의 회유에 넘어간 선생들 때문이 아니라, 학교에 남아 저들이 강요하는 황국신민화 교육을 아이들에게 펼칠 수 없었기 때문이었다. 우리 딸들을 일본인으로 키울 수는 없었다. 일본에 충성하고, 일본의 식민지정책에 따라 한국의 딸들을 일본의 부속물로 키울 수는 없었다.

미리사는 교장직을 내놓을 수밖에 없었다. 미리사가 물러나자마자 후임으로 들어온 새로운 교장은 취임사에서 황국신민화 교육을 위해 노력하겠다고 약속했다.

미리사는 새로 부임한 송금선 교장의 취임사를 들으면서 지난날들을 떠올렸다.

청상과부가 딸아이를 떼놓고 한국을 떠나던 시절부터 혼자 앓던 중국에서의 그 외로운 시간들, 그리고 분주하고 번다했던 미국에서의 일. 돌아와 오늘의 학교를 일구기까지 지난 시간들이 파노라마처럼 흘러갔다.

고희를 두해 넘긴 어느 날, 미리사는 그 덕성을 두고 이렇게 말했다.

"내게는 오로지 근화학교밖에 없습니다. 나는 자식이나 남편의 사랑을 모르고 살아왔습니다. 그런 나에게 근화는 내 생명입니다. 근화가 바로 나입니다."

미리사는 그 근화가, 근화로서의 자존감과 정체성을 지켜나가기를 바랐다. 근화이므로. 무궁화학교이므로. 순수한 한국인의 손으로, 한국여자의 손으로 일군 학교이므로. 아니 이제 덕성이었다.

나의 온 생명은 근화라는 그녀의 고백처럼 근화는 미리사였다. 그녀가 곧 근화였다. 무궁화꽃. 그녀가 바로 무궁화, 한국의 꽃이었다.

7. 김현주 | 강주룡 - 붉은 혼

1

피를 토하는 듯, 곧 숨이 넘어갈 듯, 소쩍소쩍, 소쩍새 소리가 들렸다. 새벽 찬바람 속 소쩍새 울음을 들으며 더욱 처량해진 주룡은 을밀대를 향해 천천히 올라갔다. 미리 준비해 온 광목천을 찢고 길게 이어 한끝에 돌멩이를 매달아 늙은 나무를 향해 던졌다. 척, 하고 가지 끝에 광목천이 걸리는 순간, 아찔한 생각이 번개처럼 머리를 스쳤다. 이렇게 죽으려고 파업을 주동하고, 아사동맹을 감행했던가. 이건 부끄러운 죽음이다.

주룡은 한참 동안 고개를 쳐들어 새벽하늘을 보았다. 달이 흘러가고 별이 유난히 반짝이고 있었다. 일찍 남편을 잃고 가장이 되어 식구들을 부양하는 것은 혼자만의 사정이 아니다. 파업에 참여한 고무공장 동료들. 열다섯 살에 애를 낳아 젖먹이를 데리고 출근한 용숙이가 있었고, 남편이 일자리를 잃어 제 혼자 몸으로 식구들을 먹여 살려야 하는 삼순이 성님도 있다. 또 제 입에 식은 밥 한 덩이도 제대로 못 넣으면서 돈을 꼬박 시댁에 가져다줘야 하는 윤자도 있다. 고무공장에서 오 년 동안 한 식구처럼 살아온 동료들이 주룡을 중심으로 똘똘 뭉쳐 동맹파업을 시작했다. 그런데 나 혼자 죽어버린다고? 안 될 말이다. 아무리 힘들어도 끝까지 해내야만 해.

주룡은 나무 아래 쪼그리고 앉아 있다가 일어섰다. 돌멩이 매단 광목을 팽팽하게 잡아채면서 몸을 둘둘 말았다. 뚝, 가지 부러지는 소리가 났다. 이제 을밀대 지붕 위로 올라설 것이다. 하늘 아래, 평양 금수산 제일 높은 곳에서 외칠 것이다. 을밀대 성벽, 수백 년 동안 마모된 돌덩이 끝 하나에 오른발 놓고, 왼발로 오르고, 왼발 놓고 오른발로 올랐다. 돌벽에 바짝 붙어 몸을 지탱하면서 머리끝이 팽그르르 돌 때까지, 누각을 향해 올라갔다. 잠시 주춧돌 위에 앉아 숨을 고른 다음 일어섰다. 주룡은 거리를 가늠한 후, 지붕을 향해 광목천을 힘껏 던졌다. 쉽지 않았다. 매번 실패 끝에 척, 하고 지붕 어느 모서리에 걸리는 소리를 들었다. 주룡은 몇 번이나 잡아채 잘 걸렸는지 확인하며 안도의 한숨을 쉬었다. 아무 생각이 들지 않았다. 오직 을밀대 지붕 위에 오를 일념뿐이었다. 흰 저고리에 색 바랜 검정 치마를 입은 주룡은 날이 밝기를 기다리며 허기에 지쳐 자다 깨다, 를 반복했다.

"에구, 저걸 어쩨. 저 사람 누구야."
"어서 내려와여!"
"여자다! 밤새 지붕 위에 있었나 봐!"
사람들의 웅성거리는 목소리가 들렸다. 시끄러운 소리에 정신이 든 주룡은 눈을 뜨려고 했으나 떠지지 않았다. 강렬한 태양 광선 때문인지 바늘 끝으로 찌르는 듯 따가웠다. 주룡은 햇빛을 가리기 위해 잠시 손을 이마에 대었다. 곧이어 추위를 피하려고 몸에 두른 광목천을 풀고, 허리끈에 묶은 조선 고무신을 들어 사람들을 향해 입을 열었다.

여러분! 나는 평원 고무공장 직공 강주룡입니다.

힘껏 소리를 질렀으나 입술이 벌어지지 않았다. 몸이 으슬으슬 떨리고 턱이 딱딱 부딪쳤다. 흠, 흠, 흠, 연신 헛기침하고 허리를 꼿꼿이 펴서 아래를 내려다보았다. 아찔했다. 어떻게 올라왔을까. 일어서려고 해도 다리가 후들거릴 정도로 높은 누각 지붕 위였다.

주룡은 정신을 가다듬었다. 사방은 초록이 지천인 봄이었다. 저 벗나무에 환한 꽃이 피었다가 졌을 터였다. 어젯밤, 주룡의 정신을 후려쳤던 벗나무 고목에는 푸른 잎새들이 햇빛을 받아 눈부시게 반짝거리고 있었다. 현기증이 일었으나 축대 아래로 몰려든 인파를 보고서 주룡은 용기를 냈다. 죽기 전에 꼭 해야 말이 있다. 그것이 살아야 할 이유다. 주룡은 입이 쩍쩍 말라붙어 목구멍이 찢어질 듯한 갈증 속에서 연신 침을 만들어냈다. 물 한 모금 제대로 먹지 못해 혓바닥까지 갈라진 듯 짜르르한 통증을 느꼈다. 그러나 말을 해야 했다. 겨우 만들어낸 침이 꼴깍,

목구멍 속으로 넘어갔다.

산보객들은 점점 늘어나고 있었다. 그들이 주룡에게 소리치고 있었다. 내려오라고, 웅성거리고 있었다. 당신들이 고무공장 직공의 비참한 사정을 어찌 알까. 아침 일찍 꽃놀이 나온 사람들에게 목청껏 외친들 무슨 방법이 있을까. 그들과 주룡이 사는 세상은 전혀 딴판일 것이다. 그러니 기어이 알려야 한다. 우리는 사람이다, 라고 말해야 한다. 삶에 더 이상의 욕심도 미련도 없으나 이렇게 죽어서는 안 된다. 살아야 할 방법이 보이지 않았으나 더는 물러설 수는 없었다.

주룡은 하늘이 빙빙 도는 듯 어지럽고, 앞이 보이지 않았다. 물 한 모금도 입에 넣지 않은, 굶주림을 견뎌내는 방식은 오직 정신을 집중하고 몸의 기운을 최대한 모으기. 시야가 점점 흐려지는 것을 느꼈다.

주룡은 휘청거리는 몸을 겨우 지탱하면서 지붕 위에 섰다.

여기 사람이 있습니다!

목은 터지지 않았다. 소리는 돌처럼 굳어 버렸는지 목소리로 나오지 않았다. 이제 마지막이다. 알려야 한다. 천천히 고개를 들어 아래를 내려다보았다. 사람들이 주룡을 올려다보고 있었다. 이 정도면 충분히 모일 만큼 모였다. 주룡은 현기증을 견디면서 간신히 등을 세우고 자세를 꼿꼿이 했다.

"평양 인민 여러분, 여기 이 사람의 말을 들어주십시오. 나는 평원 고무공장 직공 강주룡입니다. 여러분에게 호소합니다. 내가 여기 올라와 있는 까닭은 노동자들의 임금 감하 때문입니다!"

주룡이 파업의 마지막으로 아사(餓死)를 결심했을 때였다. 굶어 죽는 한이 있어도 임금 감하를 막자는 여공들이 모두 동참했다. 파업 동맹의 마지막 선택은 죽어도 물러나지 않는 것이다.

임금 감하를 취소하라!

분노한 공장주가 기어이 경찰을 불렀다. 일경 백여 명이 들이닥쳐 직공들을 향해 곤봉을 무차별적으로 휘둘렀다. 여공들이 두들겨 맞아 푹푹, 고꾸라지고 있었다.

같은 조선인들끼리 이럴 수 있습니까? 폭력으로 우리를 죽이자는 겁니까? 공장주에게 당당하게 요구해야 합니다. 우리 모두 굶어 죽기를 결심하면 못 해낼 일은 없습니다. 그렇지 않습니까? 동지들!

선두에서 외치는 주룡을 일경들이 우르르 몰려와 발길질을 가하면서 강제로 끌어냈다. 굶주림에 지치고 겁에 질린 여공들이 먼저 쓰러져 길이 열렸다. 주룡은 질질 끌려 나갔다. 어젯밤 열한 시, 파업단 여공들은 공장 밖으로 개처럼 쫓겨났다.

"우리들은 요구했습니다. 여직공 간의 임금 차별 반대가 그것이요, 야간 근무 폐지가 그 둘째요, 소녀 직공들의 위험노동 철폐가 또 셋째요, 악질 감독들 추방 요구가 넷째요, 하루 여덟 시간 노동 보장이 또 그것이고, 여자들의 산전산후 휴가를 실시하라는 것이요, 일본인과 조선인들의 민족 차별을 반대하는 것입니다. 그리고 노동자의 단체협약권을 보장하라는 것이 또 그것이요!"

을밀대 아래 사람들이 주룡의 연설을 듣고 있었다. 딱따구리 소리가 탁, 타르르르, 탁, 타그그르, 들렸다. 소쩍새가 소쩍소쩍, 구슬프게 울고 있었다. 땀에 젖은 주룡의 머리카락을 산들바람이 부드럽게 스쳐 지나갔고, 바람에 실린 송홧가루가 주룡의 검정 치마에 노랗게 내려앉았다.

"임금 감하 취소하라!"

주룡은 온 힘을 다했다. 목이 아프면 광목천에 묶은 고무신을 깃발처럼 흔들어대면서, 힘찬 연설을 이어갔다.

고공 연설을 시작한 지 아홉 시간이 훌쩍 지났다. 평원 고무공장 여공들이 달려와 발을 동동 구르고 있었다. 각지의 신문사 기자들은 셔터를 사방에서 눌러댔다. 구름처럼 몰려든 사람들이 안타까운 표정으로 올려다

보고 있었다. 주룡은 폐부 깊숙한 속에서 마지막 소리를 끌어내듯 뜨겁게 외쳤다.

"평원 고무공장은 여직공의 임금 차별을 취소하라!"

붉은 해가 주룡의 목소리를 받아 허공 속으로 눈부시게 튕겨냈다. 삐익, 삐익 호루라기 소리가 일제히 들렸다. 말을 탄 일경들을 선두로 수십 명 일경이 을밀대 축대 아래로 몰려들고 있었다.

"나를 강제로 끌어내리면 이곳에서 뛰어내리겠다. 나 강주룡은 노동자 인민을 위해 죽는 것을 최고의 명예로 알 것이다!"

흥, 마음대로 하라지. 아무리 협박해도 나는 투쟁을 계속하겠다. 주룡은 코웃음을 쳤다.

"임금 감하를 취소하라! 노동자도 사람이다. 여성 노동자에게 자유를 달라!"

곤봉을 손에 든 일경들이 우르르 달려오자 겁에 질린 사람들이 놀라 흩어졌다.

2

창문을 통과한 아침 햇빛이 구치소 반대편 벽에 창살 무늬를 그리고 있었다. 문이란 문은 막혀 있었어도 햇빛은 어디로든 통과했다. 환하네. 주룡은 그제야 눈을 떴다. 어떻게 나갈 수 있을까, 단식 투쟁이 얼마나 갈 수 있을지, 노동자의 요구를 어떻게 관철해야 하는지, 이밖에 길이 없는지, 생각에 생각을 거듭했다. 이대로 옥에 갇혀 있다가는 아무것도 할 수 없다.

"밥 먹으쇼!"

창살 밖 조선인 간수가 아침에 넣어준 배식 통을 흘끗 보면서 식사를 채근했다. 주룡은 대꾸하지 않았다. 석유 냄새에 배인 안남미 주먹밥이 철창 속으로 들어와 있었다. 배고픔을 견뎌내야 했다. 그러나 위장에서 발작하듯, 잔인한 배고픔이 내장을 뒤틀리게 했다. 코로 달려드는 역한 비린내를 참을 수 없었으나 토해지지는 않았다. 누런 위액이 올라와 모두 게워낸 것이 어젯밤의 일이다. 고집스럽게도, 주룡은 아사동맹 결심 이후, 한 끼의 식사도 입에 넣지 않았다. 동지들은 어떻게 되었을까. 동지들을 다시 모이게 해야 해. 여기서 나가면 다시 시작할 것이다. 그런 생각을 할 때면 주룡의 날카로운 눈빛은 더욱 형형하게 빛났다.

일경이 창살 사이로 안을 내다보았다. 뼈만 남은 깡마른 몸이 옥방 한쪽에 흡사 짐짝처럼 버려져 있는 것처럼 보여 혀를 끌끌, 찼다. 주룡은 철창 앞을 지나가는 인기척이 들리자 바짝 몸을 긴장시켰다. 신경이 비수처럼 날이 서 있었다. 벼룩이며 빈대 같은 벌레들이 우글거리고 다니다 함부로 주룡의 얼굴까지 기어 올라왔다. 몸에 발진이 돋아 부어오르며 가려움증이 시작되고 있었다. 무슨 힘으로 끝까지 버텨낼 수 있을까. 주룡은 혼자 주도해야 할 파업 동맹의 일이 너무나 버거웠다.

주룡은 돌아간 남편을 떠올렸다. 바보 같은 사람, 날 곁에 두었다면 병으로 일찍 죽지는 않았을 것을. 내가 여기 이곳에서 이토록 참담하고 외로운 싸움을 하고 있지 않을 것을.

당신은 이제 집으로 돌아가시오. 잘못하면 독립운동하다가 내가 오쟁이 진 남편이 되겠소. 방해되니 어서 떠나시오.

그 말에 정나미가 떨어졌다. 아무리 해도 이렇게 아내를 내칠 수 있나. 다섯 살 어린 남편 최전빈은 혼인 후, 미안하다고 말했다. 나는 서간도로 떠나겠소. 새색시 주룡은 전빈과 함께 알콩달콩 살고 싶었다. 그러나 전빈은 곧바로 떠난다는 것이다. 주룡은 밤중에 짐을 꾸려 도망치듯 시댁을 떠나 전빈과 함께 서간도 독립군에 들어갔다. 대장 백광운이 함께 활동하자는 말에 주룡은 가슴이 뛰었다. 남자들 못지않은 항일운동을 했다. 그런데 결국 돌아온 것이라고는, 귀찮으니 집으로 돌아가라는 말이었다. 대장이 강주룡을 특별한 여자로 여기며 자주 불러들인다는 것이다. 다른 동지들이 모두 쑥덕거리고 의심의 눈길로 본다는 것. 그게 남편 전빈의 질투였음을 알았지만 달리 어쩔 수 없었다. 게다가 남자 동지들은 여자 동지 주룡을 부엌데기처럼 부려 먹었다. 처음엔 자발적으로 일했던 주룡은 밥 짓고 설거지하는 일을 떠안았다. 주룡의 일이 점점 늘어나기 시작했다. 백광운이 주룡의 역성을 들면서 남자들을 타박하자, 전빈의 의심이 도를 넘어섰다.

강 동지는 훌륭한 독립전사요. 남자들이 못하는 일을 해냈소. 일경의 검문을 피한 것은 강 동지의 기지 아니면 아무도 못 하오. 덕분에 우리 남자 동지들 모두 목숨을 구한 것이오. 함께 독립전사로 일했으면 좋겠으나… 어쩌겠소. 그동안 정말 고마웠소, 강 동지!

그 말을 듣고도 독립군 처소에 남아 있는 것은 무리였다. 항일 동지들이 소문을 흘리면서 숙덕거렸다. 전빈은 이를 못 견뎠다. 집으로 돌아가라고 재촉하지만 않았어도 지금껏 함께 독립운동하고 있을까.

내 아들을 잡아먹은 년!

시어머니의 말이 귀에 쟁쟁했다. 전빈이 위독하다는 소식을 듣고 서간도로 돌아가 간병했으나 끝내 세상을 떠났다. 시집 식구들이 주룡을 살인죄로 중국 경찰에 고발했다. 억울하고 분통이 터지고 서러웠다. 철창에 갇힌 채 일주일 동안 단식을 하며 무죄를 주장했다. 무고한 일임이 밝혀지고 풀려나서 갈 데 없는 주룡은 친정으로 향했다. 남 부끄럽다고, 아버지와 함께 고향을 떠나 사리원으로 이사했다.

사리원 셋방을 얻어 살 때, 주인집 영감이 주룡을 겁탈하려다 실패했다. 그것을 기회로 친정아버지가 주룡을 팔아넘기려 했다. 그 밤, 도망쳐 나오지 않았다면 주룡은 하마터면 늙은 놈 첩이 될 뻔했다.

그때의 캄캄한 절망이 주룡의 기억을 다시 후려쳤다. 오만가지 생각이

줄줄이 떠올라 주룡은 쓴웃음이 나왔다. 이대로 죽을 수 없지. 나는 갈 곳 없는 사람, 절박하기 짝이 없는 생이다. 파업 동맹을 주도하면서 셋방을 내놓고, 저축한 자금까지 몽땅 털어서 활동 자금으로 썼다. 모든 것이 혼자 살자고 하는 일이 아니었다. 이렇게 허망하게 끝이 나면 뒤에 남은 파업단 동료들은 어찌 버틸 것인가. 죽을 때 죽더라도 평원 고무공장의 실상을 기어이 세상에 고발해야 한다. 우리는 정당한 임금을 받으며 인간의 삶을 살아야 한다. 함께 단식을 시작했던 용순이 성님도, 순남이, 선교리 평원 고무공장 마흔아홉 명. 기어이 다시 시작할 것이다. 주룡은 눈을 질끈 감고 입술을 꾹 깨물었다.

"독사 같은 년! 강주룡."

일경의 말이 환청처럼 들리기 시작했다.

"정달헌이 어디 갔나! 니 년 배후가 누구야!"

"모르오."

주룡은 어지럽고 구토증이 솟아오르고 곧 쓰러질 듯했다.

"배후라니, 말이 안 된다. 나는 임금 감하를 취소하라는 말을 할 뿐이다."

한 치도 물러서지 않는 주룡이 더욱 단호한 목소리로 말했다. 주룡의 날카로운 눈에 서늘한 독기가 서려 일경은 놀라 입을 다물었다. 배후가 없다는데, 일개 여직공을 더는 가둬둘 명분이 없었다.

'체공녀 강주룡' '을밀대 지붕에 올라가 파업 선동' '아사동맹 지속, 을밀대에서 철야 격려' '평양 을밀대 체공녀 출현, 사십여 척 고공에서 연설까지' 등등 5월 30일과 5월 31일, 양 이틀에 걸쳐 대서특필이 쏟아져 나왔다.

경찰서 앞에서 노동단체 조합원들이 산발적으로 농성을 시작했다.

"체공녀 강주룡을 석방하라! 고무공장 임금 감하 취소하라!"

경찰서 전화기에 불이 나듯, 강주룡을 묻는 전화가 빗발쳤다. 평양을 비롯하여 온 조선인들이 체공녀, 하늘에 떠 있는 여자 강주룡의 소문으로 떠들썩했다. 경찰서 앞에는 구경꾼이 한층 더 늘어났고 기자들이 몰려와 있었다. 그들 앞을 바리케이드로 선 일경들이 곤봉을 추켜들었다.

"강주룡이 무얼 잘못했는가? 폭력을 썼는가? 다만, 을밀대 지붕에 올라가 하고 싶은 말을 했을 뿐인데!"

"암탉이 지붕에 올라갔으니 그래 나라가 망하지 않았겠나. 여자가 떠들어대 봐야 망쪼야."

"뭐요. 이 양반. 뭔 헛소리야. 고무공장 직공들이 불쌍하지도 않어. 신문도 안 봤소? 난 저 여자 편이네. 제 목숨 안 아까운 사람 어디 있을까. 저리 훌륭한 여자가 어딨는가. 당장 풀어줘야 해!"

"을밀대 지붕에 사다리를 대면 뛰어내리겠다고 했다는 거네! 죽음을 각오하고! 사내들이 못하는 일을 했어."

"친일하는 공장주들이 여직공들을 사람으로도 취급 안 했다는 것이오."

"독립운동이 따로 없어. 일본에게 빌붙어서 사는 공장주들과 맞서 싸우는 건 아무나 못 해."

"누가 들으면 큰일 나네. 말조심하게. 어서 가세"

경찰서 앞 웅성거리는 사람들 틈에서 온갖 말들이 쏟아져 나왔다. 강주룡은 노동자들의 영웅, 이라는 말이 항간에 떠돌고 있었다. 여론에 밀린 경찰은 검속 만료 기간 새벽 두 시에 강주룡을 석방했다.

선교리 평원 고무공장 근처에 파업단을 다시 꾸린 주룡의 곁으로 해고된 동지들이 하나둘씩 모여들었다.

"성님 몸이 점점 나빠지는 것 같아요. 얼굴이 말이 아니요. 누렇게 떴어요."

윤자의 눈동자가 붉었다. 윤자를 마주하고 앉은 주룡은 퍼뜩, 생각이 스쳐 착잡했다. 윤자는 곱상한 얼굴에 순한 성격이었다. 성형 마무리 반 감독의 눈에 꽂혀 숙직실에 끌려가 강간당했다. 그건 네 잘못이 아니다. 절대 그만두지 마. 우리가 함께 붙어 다니자. 윤자는 주룡의 설득으로 겨우 마음을 굳혔다.

꼭 한 명씩 감독님이 부르기만 하면 오질 않는데, 무슨 일인지 우리도 좀 알아야죠….

주룡이 지나가는 말로, 감독에게 슬쩍 돌려서 항의했다. 말이 끝나자마자, 감독의 발길에 허리를 걷어차이고 사정없이 밟혀 쓰러져 일어나지도 못했다. 감독은 공장에서 하느님 자리였다. 눈에 보이지 않은 공장주보다 더 무서운 권력이었다. 여공들을 감독하고 불량품을 판정하는 남자 감독관의 횡포 때문에 여공들은 치를 떨었지만 별다른 수는 없었고, 그 와중에도 감독에게 잘 보이려는 여공과 감독에게 분노하는 여공과의 마찰은 내부 갈등을 일으켰다.

"감독, 그 새끼는 요새 그 뒤로는 덜하나?"

"아니요. 이제 새로 들어온 신입한테 꽂혀서 몇 차례 들켰는데 결국, 신입이 해고당했죠. 그 애기 처녀가 제 입으로 매주 감독에게 상금을 받는다고, 자랑하다가. 뒤를 밟혀서 소문이 났어요. 생처녀 인생이 끝장났어요."

"말 안 들으면, 갖은 욕설에다 듣도 보도 못한 추잡한 짓거리하다가, 지가 불리하면 여공들을 해고하는 것이, 그것이 사람 할 짓이겠나. 개돼지만도 못한 새끼들. 삼순이는 어찌 됐어?"

"삼순이는 서방이 막일하러 다니다가 허리를 다쳐서 또 죽을 둥 살 둥, 사정이 말이 아니고요. 일해야 굶지 않을 거라고 하면서도 성님 걱정이 많아요."

"애기 젖 빨리면서 롤러에 손을 못 놓고서 고무신을 만드는 것이 사람인가… 찐 고무 냄새 지독한 데서 젖통을 내놓으면, 그것을 구경하면서 희롱하는 남자들 좀 봐. 그리고 불량이 왜 나오겠나. 제품 불량은 이미 재단부에서나 롤러부에서도 나와. 근데 어쩌겠어. 성형부에서 나왔다고 감독이 말하면 그것이 법인데. 공장 감독이 주인보다 더 지독하지. 이보다 더한 참담한 현실은 없어. 이것이 나라 뺏긴 설움이고, 식민지 노동자로 살아야 하는 더러운 현실이다. 그래서 우리는 힘을 모아 투쟁해야 해."

"이른 새벽 통근차 고동 소리에~ 고무공장 큰아기 벤또 밥 싼다~ 하루 종일 쭈그리고 신발 붙일 제~ 얼굴 예쁜 색시라야 예쁘게 붙인다나~"

누군가 노래를 흥얼대는 것이 주룡의 귀에도 들렸다. 윤자의 얼굴이 확, 하니 붉어졌다. 감독이 대놓고 윤자를 '예쁜이'로 불렀던 것을 말하는 것이다. 주룡은 참담했다.

"그만하시오. 우리끼리, 침 뱉는 일 아니오. 그 노래가 어찌 나왔겠소. 다 말 내기 좋아하는 사람들 때문에, 우리가 스스로를 천하게 여기면 안 되는 일. 우리 직공 한 사람 한 사람 모두 귀한 존재들 아니겠소?"

윤자의 눈동자가 벌겋게 변하면서 곧 눈물이 떨어질 것만 같았다. 그럼에도 말 한마디 내지 않고 참는 것이다. 누군가 끝까지 못 부른 노래 〈고무공장 큰 애기〉는 당시 유행하던 신민요였다.

감독 앞에 해죽해죽 아양이 밑천~ 고무공장 큰아기 세루치마는~ 감독나리 사다 준 선물이라나~

기혼여성이 대부분인 여직공 중에서 어린 직공들은 감독들의 성폭행으로 정조를 빼앗겼다. 그것을 빗대어 노래한 것이다. 겨우 취직한 고무공장에서 해고당하지 않으려고, 전권을 쥐고 있는 감독의 횡포를 받아들이면서 순응했다. 눈에 찍은 여공에게, 새 일을 맡긴다는 명분으로 기숙사로 불러 강간했다. 임신하면 창피를 무릅쓰고 공장에 나왔다가 결국 그만두었다. 그런 일이 수시로 일어났으나 언젠가부터 감독이 입막음했다. 공장주에게 알려지지 않게 수를 쓴 것이다. 세루치마 한 벌, 이라는 그런 말이다. 잘못한 것은 감독들인데, 왜 고무공장 큰 아기를 비웃는가? 주룡은 그 노래만 들으면 피가 솟구치는 것 같았다.

주룡은 다시 투쟁의 선두에 섰다.

"동지들! 여기서 굴복하면 영영 다시 일할 수 없습니다. 힘을 내십니다. 더 이상 버틸 수가 없다 해도, 우리는 가족들을 위해, 우리 자신을 위해 일을 해야 합니다. 그렇지 않으면 우는 애기 젖을 못 물리고, 눈물을 참으며 롤러 앞에서 일해야 합니다. 감독놈의 횡포에 속수무책 당할 수밖에 없습니다. 여자도 사람입니다. 무엇 때문에 사는 겁니까? 무엇 때문에 일하는 겁니까? 이제 다시 힘을 모아야 합니다. 여러분!"

파업단 여직공들은 농성을 계속하며 외로운 싸움을 다시 시작했고, 공장을 습격했다. 미리 대기하고 있는 일경들의 곤봉을 맞고 무자비하게 밟히면서 그들의 처절한 투쟁은 실패로 돌아갔다.

주룡은 겉으로는 당당한 표정이었으나 심신이 완전히 무너져있었다. 불면과 신경쇠약에 시달렸다. 냄새를 제대로 못 맡게 된 것은 물론, 위장 장애로 인해 버티기 힘들었다. 그러나 정신만은 잃지 않았다. 그 와중에서도 '평원 고무공장 임금 감하 취소' '노동자 해방' '여성해방'을 구호로 만들어 투쟁했다.

언론사 기자들로부터 인터뷰 요청이 있으면 기꺼이 그들을 만났다.

"무고를 밝히려고 일주일을 꼬박 굶은 적이 있소. 단식은 내겐 마지막 남은 무기요. 죽음을 불사하고, 기어이 내 할 바를 다 할 것이오."

잡지 〈동광〉의 사회부 기자 무호정인(無號亭人)이 강주룡을 상세히 보도했다. 구독자의 응원이 계속되어 공장주도, 일경도 함부로 나서지 못했다. 주룡의 배후를 찾으려고 기를 쓰던 일경이 체포할 근거는 없었다. 주룡이 선택한 것은 오직 비폭력의 저항, 단식인 까닭이었다.

공장주 대표가 주룡을 만나기를 청했다.

"공장의 명예가 있지 않소? 파업 직공을 어찌 다시 채용한단 말이오? 우리는 대세를 따랐을 뿐이오. 당신은 모르겠지만 지금 세계 대공황 상태란 말이오, 아시오? 일본 기업이 우리 조선인들의 공장을 모두 장악하고 있단 말이오. 우리는 다만, 일본의 정책을 따를 뿐이지 않소. 자꾸 이렇게 문제를 일으키면 곤란하오."

"흥! 무슨 말이오? 그러면 고무공장의 명예를 위해 우리 직공들을 해고한다는 결론인데, 어찌 사람으로 그럴 수 있소! 우리가 임금 감하 취소를 놓고 싸우고, 요구 사항을 모두 서면으로 제출했는데, 파업단이 애써 노력한 결과를 무시하고 그 자리를 새 직공으로 채운다는 것은 있을 수 없는 처사요. 공장의 체면과 명예를 위해서라고요? 그동안 파업하면서 아사를 각오했던 직공들은 일자리를 잃으란 거요? 한 사람에게 딸린, 일가족들의 생사가 걸린 중대한 문제란 말이오. 절대로 있을 수 없어요! 이건 우리들이 죽고 사는 문제요."

주룡의 요구대로 공장주가 종전의 임금을 지급하겠다고 최종 타결했다. 파업 노동자 전원을 채용하지 않겠다는 조건이었다. 파업공 29명에 신입 모집공 20명이 협상의 결론이었다.

주룡은 해고당했다. 무엇을 위해 싸웠던가. 겨우 절반의 수를 복직시키려고? 나머지는 어디로 가라고? 이제 어떻게 살아야 할까. 주룡은 자괴감 속에 빠져 지냈다. 생이 궁지의 끝에 내몰리고 있었고 더는 희망이 보이지 않았다.

위원장 달헌의 체포 소식이 들렸고 이후, 일경의 대대적인 검속이 시작되었다. 주룡은 '적색노동조합'의 주동자였다는 이력이 발각되어 곧 투옥되었다.

주룡은 걸핏하면 토했다. 밥 냄새는 배식 시간이 될 때마다 위장을 자극했다. 구치소 배식판에 든 건, 사람이 먹을 수 없는 밥과 같았다. 안남미 섞인 조밥에서 역하게 풍겨 나오는 고무공장의 석유 냄새였다. 독한 합성약품과 공장의 기계 냄새였다. 위장이 음식을 거부하는 것은 단식의 후유증 때문이 아니다. 기가 막혀, 주룡은 꺼이꺼이 울고 싶었다.

3

병보석으로 풀려난 주룡은 병원에 갈 돈이 없었고, 조선 땅 어디에도 갈 곳이 없어 빈민굴로 갔다. 동냥하러 다녀도 끝없이 배고픈 사람들 속에 있었다. 내내 잠을 잤다. 식은땀이 온몸을 적시면 서간도 북풍 속에 있는 것보다 더 추웠다. 굶고 있는 어린아이들의 퀭한 눈동자를 마주하면서 정신을 자주 잃었다. 두부 한 모 먹었으면, 옥양목처럼 하얀 두부. 어머니가 고향 강계에서 명절 때 만들어준 음식들이 떠올랐다. 아무리 힘들어도, 어머니는 자식을 굶기지 않으려고 애를 썼지. 까마득하게 먼 기억 속으로 몸이 저절로 흘러가는 것을 느꼈다. 사람이 굶주림으로 지쳐 죽는구나.

주룡은 그제야 아버지를 생각했다. 식구들을 데리고 고향을 떠나 서간도까지 이주했던 까닭이 있었던 것을 처음엔 이해하지 못했다. 목구멍이 포도청이다, 라고 했던 아버지는 먹고살기 위해 조선을 떠났다. 간도는 기름진 땅이어서, 농사를 짓고 살 수 있다는 것을 믿었다.

간도에는 황무지가 많단다.

아버지는 중국인의 땅을 빌려 농사지었다. 가난은 끝이 보이지 않았다. 밤낮으로 일해도 사정이 나아지지 않아 중국인 지주에게 먹을 것을 빌려 이듬해 갚곤 했다. 아버지는 혼기 놓친 주룡을 통화현으로 팔 듯이 시집보냈다. 그 상대가 귀여운 학생 최전빈이어서 얼마나 다행이었나. 새신랑 전빈의 용모를 처음 봤던 날을 떠올리며 주룡은 잠시 입가에 미소를 지었다.

비가 내렸다. 궂은 장마의 시작이었다. 축축한 땅 위에서 물이 올라오기 시작했다. 주룡이 누운 자리로 더러운 흙물이 고여 흥건했다. 빈민굴 사람들이 먹을 것을 서로 빼앗듯 다투다, 동냥 깡통 속 더러운 음식조차 없어, 울부짖고 욕하는 것을 듣고 있었다. 주룡은 그들의 굶주림이 고통스러웠다. 그들은 어디서 구했는지 모를 허연 뜨물 같은 죽을 내밀었다. 기아에 시달린, 뼈만 남은 사람들이 먹을 것을 베풀었다. 주룡은 정신이 까무룩 꺼져가는 중에서도 따뜻한 정을 느꼈다. 나라가 무엇인가. 백성들을 굶기지 않는 것이 나라의 최고선이다. 국권을 빼앗긴 나라, 나라 없는 백성들은 어떻게 살아야 하는가. 나는 식민지의 여공이었기 때문에 이렇게 살 수밖에 없었나. 주룡은 물속으로 가라앉는 느낌이 들었다.

강 동지는 일제의 폭압에서 조선 노동자를 구제할 최고의 여성이 될 것이오. 강 동지만 믿겠소. 내가 없더라도 노동자들을 위해 앞장서 주시오. 약속할 수 있겠소?

주룡의 귓전으로 달헌의 목소리가 스며든다.

동지! 힘내시오. 우리 조선 노동자의 앞날이 강 동지에게 달렸소. 부탁하오.

적색노동조합 위원장 정달헌은 연희전문학교 출신에 모스크바 대학을 졸업한 인텔리였다. 겸손한 데다 친절한 사람이었다. 그런 달헌을 만나면서 주룡은 고무공장 노동자로서 삶의 긍지가 생겼다. 달헌에게서, 평양 고무공장 직원 천 명이 결사대를 조직해서 죽기로 투쟁했으나 결국 실패했다는 소식을 들었다. 조합원 내에서 남자 직공이 돈을 받고 회유되어 내분이 일어났다는 것. 어찌 돈을 받고 동지들을 배신할 수 있단 말이오! 달헌이 그때의 실패를 한탄했을 때, 주룡은 격분했다.

항일운동이 별거 있나. 내 민족을 위해, 식민지 조선의 여직공을 위해, 이 한목숨 아깝지 않습니다.

주룡의 공부는 그때부터 시작이었다.

강 동지, 노동운동만이 노동자가 사람답게 사는 길이요. 함께 학습합시다. 책을 읽고 토론합시다. 이것만이 인민해방을 위한 길이고, 노동자를 위한 공부가 곧 해방 조선을 위한 일이요! 주룡 동지가 요새 읽은 책은 무엇이오?

달헌의 물음에 주룡은 재빨리 답하지 못했다.

구해서 읽은 책이 있는데… 이광수의『무정』입니다.

내 그럴 줄 알았수다. 다 읽었는데 어떻습디까? 그런 책, 읽지 마시오. 헛바람 든 그런 연애소설은 이제 버리시오.

달헌이 가방 속에서 책 한 권을 꺼내 주룡에게 내밀었다.

러시아의 혁명가 '콜론타이', 『위대한 사랑』, 이거 구하기 힘든 소설책이오. 강 동지가 생각나서 가져왔소. 재미있고 쉬워요. 지난 토론 때, 언급했던 '엥겔스'의 사상을 공부하려고 지금 애쓸 필요 없어요. 천천히 하시오. 그리고 꼭 기억해야 할 사람이 있소. 연해주에서 활동했던 조선인 여성 혁명가 '김 알렉산드라'요. 대단한 사람이었소. 강 동지도 그에 못지않은 노동운동가, 혁명가가 될 수 있는 사람이오. 나는 첫눈에 그걸 알아봤소.

주룡은 콜론타이의 소설을 밤을 새워 읽고 또 읽었다. 주인공 여성 노동자가 성과 결혼제도에 의미를 두지 않고 노동자의 투쟁과 혁명을 최우선시하는 내용이었다. 인민의 경제적·정치적 평등을 주장한 사회주의 사상과 여성해방에 대한 글에 고무되어 있을 즈음, 달헌은 재촉하듯 평양 적색노동조합에 가입할 것을 권유했다.

조선 인민을 위한, 노동운동가가 될 여장부! 혹시, 내가 없더라도 조직을 와해시키지 말고 끝까지 투쟁하길 바라오. 강 동지를 믿겠소. 나는 꼭 다시 돌아옵니다.

주룡은 훅, 정신이 들면서 가슴이 뜨거워진다.

조선의 딸 '김 알렉산드라'를 늘 생각하시오. 다만, 그처럼 일찍 죽지는 말아야 하오. 잊지 마시오. 너무 강하면 부러지니, 불리하면 곧 몸을 피해야 하오. 그래야 끝까지 투쟁할 수 있소. 내 말이 무슨 뜻인지 아시겠소?

어딘가에서 자신을 지켜보고 있을 달현을 생각한다.

여기 사람이 있습니다! 우리는 사람입니다!

주룡이 외친다.

평원 고무공장 주인이 여직공들의 임금을 절반으로 감하하겠다고 갑자기 선언했습니다. 우리는 새벽같이 일어나 밤늦게까지 일하고 먹을 거 제대로 먹지도 못하면서, 잠을 줄여가면서까지 일했습니다. 일본인 직공 임금의 절반이 남자 직공의 임금이고, 그 남자 직공의 절반도 안 되는 임금이, 우리 여공들의 임금입니다. 그것도 정해진 임금이 아니라 만들어진 고무신 개수에 따라 정해집니다. 불량품이 나오면 여공의 임금에서만 깎습니다. 고무신 성형의 맨 마지막 단계라는 이유 때문입니다. 아무리 숙련된 기술공이어도 앞의 단계에서 불량이 나오면 결국엔 마무리하는 여직공의 임금이 깎입니다. 말하자면, 여직공은 일본인 직공의 사분지 일의 임금을 받고 있습니다. 그런데 여기서 더 임금을 깎겠다는 통보를 당했습니다. 노예처럼 모질게 혹사당하면서 부당한 임금이라도 악착같이 돈을 모아 가족을 먹여 살리고 있는데, 이 악랄한 처사가 어디 있습니까. 우리는 그래서 파업을 선언하고, 아사동맹까지 선언했습니다. 죽기를 각오했습니다. 친일 공장주가 일경을 동원해서 우리들을 공장에서 쫓아냈습니다. 여러분이 지금 신고 있는 고무신, 자 보십시오. 그 고무신이 우리 직공들 손을 거쳐서 나간 것입니다. 고무신 하나하나 우리의 눈물과 피땀이 배어있습니다. 고무신값이 얼마입니까? 하루 열다섯 시간을 일하지만, 고무신 한 짝 값도 안 됩니다. 우리는 죽어라 일해서 가족을 먹여 살리는 것이 아니라 악덕 공장주 배만 불리고 있습니다. 직공들이 종일 독한 찐 고무 냄새 속에서 코를 막고 구토를 참으며 일을 하고도 굶어 죽게 될 상황입니다. 나는 이 사실을 고발하려고 합니다. 이처럼 가엾은 노동자들 등골을 빼먹는 착취가 어디 있습니까?

주룡은 간절하게 호소한다. 빼앗긴 나라의 백성은 이런 것이다. 여직공으로 목숨 걸고 파업 동맹을 했던 것도 가난했기 때문이다. 가난은 내 잘못이 아니다. 아버지 잘못도 아니다. 일본놈들이 내 나라를 통째로 먹어버렸기 때문이다.

나, 강주룡은 죽기를 결심하고 이곳에 있습니다. 우리 파업단은 평원공장의 임금 감하를 문제로만 두고 있지 않습니다. 인민 여러분은 평양에 있는 열두 군데 공장 이천삼백 명의 파업이 결국 실패로 돌아간 것을 아십니까? 공장주들이 직공들을 해고하고 새 직공을 뽑아 동료들을 이간질했기 때문입니다. 같은 조선인들끼리 서로 죽이는 것이지요. 나를 비롯해, 굶어 죽기를 결심한 마흔아홉 명, 파업단은 우리만을 생각한 건 아니었습니다. 우리의 파업이 무너지면, 평양은 물론 경성과 부산 등지 조선의 모든 고무공장 임금 감하의 원인이 될 것이므로, 이것을 반대하는 것입니다. 고무공장뿐만 아니라 수많은 제사공장, 방적공장도 있습니다. 조선인의 값싼 노동력을 이용해 세계 대공황에도 끄떡없는 일본 기업을 보십시오. 그런데 이런 일본을 등에 업고, 조선인 공장주들이 우리를 노예 취급을 하고 있습니다. 나라 잃은 설움도 큰데, 같은 민족 여직공들을 죽자고 부려 먹는 이 공장주들을, 더욱이 여자인 내가 여기 서서 고발하는 것이 다만 나만 살자고 이러는 것이겠습니까? 인민 여러분은 어떻게 생각하십니까? 이날 이때까지 살면서, 내가 배워서 아는 것 중 제일 큰 것은! 힘없는 대중을 위하여 자신을 희생하는 일이 가장 명예스러운 일이라는 것입니다. 그것이 이 세상에 태어나 내가 배운 가장 훌륭한 지식입니다. 나는 이제 죽더라도 우리 조선인 노동자, 근로 대중을 대표하여 죽음을 명예로 알 뿐입니다!

을밀대 오월의 햇살이 눈부시다. 주룡은 목청껏 외친다. 목이 찢어져

나갈 듯했으나 어디서 힘이 솟는지 알 수 없다. 쩌르르, 뜨거운 기운이 올라오면서 심장이 빠르게 뛰기 시작한다, 숨결이 가느다랗게 이어지다, 막히는 듯, 훅, 호흡이 멈춘다.

주룡은 하늘에 떠 있었다. 을밀대 지붕인가, 아니, 여기는 대동강 물속인가. 주룡은 돛도 없는 검은 배가 되어 혼자 떠나가고 있었다.

흰옷의 노동자 행렬이 만장(挽章)을 들고 걸어갔다. 서성리 묘지 팔월 땡볕 속을 애통하게 걸으며 하염없이 울었다. 여기 사람이 있습니다! 힘찬 목소리가 여름 하늘 배롱나무꽃처럼 붉었다. 석 달 열흘 피고 지고 또 피는 쌀밥나무 붉은 꽃처럼, 서른한 살 주룡의 목소리가 노동자들의 행렬을 환하고 눈부시게 밝혔다.

8. 김찬기 | 유관순 – 어디든 감옥이어라

1

관순이 갑자기 왼쪽 골반을 움켜잡는 듯하더니 날카로운 신음을 내며 모잽이로 감방 마룻바닥에 나동그라졌다. 관순의 낯빛은 얼음장처럼 창백해져 갔고, 붉은빛 누비수의 아랫도리 쪽에서 어느덧 선혈이 흘러 감방 마룻바닥 위에 엉성하게 깔린 다다미를 적셨다. 윤희 아주머니가 새파랗게 질려 관순을 품어 안았다.

"이러다 죽어. 우선 살아야 잔 다르크가 되든 나이팅게일이 되든 할 거 아냐!"

사흘 전 관순은 8호실 여감방 사람들을 이끌어 3.1운동 1주년 옥내 만세 시위를 주동한 죄목으로 먹방(형무소 지하에 있던 어두컴컴한 취조실)에 끌려가 형무관 야마사키로부터 모진 고문을 당했다. 야마사키의 고문은 더없이 잔인했다. 먹방에 가둬 놓은 사흘 내내 구둣발로 관순의 목과 허리를 비벼대는 것은 예사였고, 수시로 대나무 못을 관순의 열 손톱과 열 발톱 사이에 찔러 넣는 일도 서슴지 않았다. 열 손가락과 발가락에서 선혈이 흘러나왔고, 그렇게 갖가지 방법으로 관순의 육체를 허물어뜨리는 야마사키의 잔혹한 고문은 사흘 내내 이어졌다. 그러나 관순은 먹방에서 사흘 내내 이어진 야마사키의 고문을 기품이 서린 거대한 암사자처럼 의연하게 버텨냈다.

"네깟 것이 독립운동을 한다고? 차라리 무지몽매하고 위생이 불량한 네 나라 백성의 위생 계몽운동이나 지금처럼 목숨줄 내놓고 하는 게 어때?"

야마사키가 독을 잔뜩 품은 표정을 지으며 내뱉은 말이었다.

"난 비록 너보단 더 어린 조선의 여자이지만, 너처럼 무도한 왜년한테까지 훈육을 듣고 싶지는 않다."

관순 역시 조금도 물러서지 않고 야마사키의 말을 그대로 받아쳤다. 관순의 헌걸찬 의기가 을씨년스럽기 그지없는 먹방 안을 감싸고도는 듯했다.

"이런 천하에 몹쓸 년! 황국의 심문 검사님을 걸상으로 내려친 것이 괜한 것이 아니었구나."

야마사키는 이미 냉정을 잃고 있었다. 야마사키가 갑자기 자신의 왼 다리를 높이 들어 올리는가 싶더니 관순의 둔부께를 그대로 찍어 내렸다. 그동안 야마사키의 고문을 꼿꼿하게 버텨오던 관순이 흡사 스러지는 촛불처럼 흔들리는 듯하더니 그대로 아랫배를 움켜잡고 무릎을 굽혔다. 관순이 다시 몸을 일으키려 안간힘을 썼다. 도홧빛처럼 발그레하던 관순의 뺨은 사흘 내내 이어진 고문으로 군데군데 시푸르뎅뎅한 멍 자국이 선명했다.

야마사키가 입가에 조소를 머금는다 싶더니 갑자기 관순의 허리춤을 두르고 있는 띠를 우악스럽게 잡아당겼다.

"내가 여자 몸은 좀 알잖아! 이제 너도 신성한 황국의 신민이 되었으니 뭐라도 하나는 똑 부러지게 해놔야지."

사실 야마사키는 원래 조선에 오기 전에는 일본 내지에서 여감방의 의무를 담당하고 있었던 여자 감옥의(監獄醫)였다. 그러던 야마사키가 조선에 온 이후 얼마 지나지 않아 여감방의 형무관으로 전직을 한 연유를 아는 사람은 아무도 없었다. 아무튼 야마사키는 누구보다도 여자의 몸을 잘 아는 터였다. 그러기에 8호실 여감방의 수인들에게 자행하는 야마사키의 고문은 교활하고도 악랄했다. 야마사키는 관순의 방광을 찢을 요량으로 둔부를 정확하게 골라 가격한 것이었다. 게다가 관순은 아우내 만세시위 때 입은 허리 쪽 상처가 도무지 아물지를 않아 작년 여름부터 지금까지 내내 썩은 고름이 흘러내리는 형국이었다.

"그래그래! 네 몸을 보니 불경한 짓을 하기에는 너무 아까워. 우선 신학문이나 옹골차게 배워 놨다가 나중에 좋은 낭군님 만나 늠름한 황국의 남아나 대여섯 낳아 잘 키워라. 그게 바로 신성한 천황 폐하의 은덕을 갚는 유일한 길이야."

야마사키의 경멸에 찬 조롱이 연거푸 이어졌다. 관순은 자꾸 자신의 눈알이 희뜩하게 한쪽으로만 돌아간다는 느낌을 지울 수 없었다. 게다가 야마사키의 발길질을 당한 그 순간부터 아랫배 깊숙한 곳에서 뭔가가 쭉 빠져나가는 것 같았다. 그리고는 다리에 힘이 풀리기 시작했다. 관순은 비치적거리다가 먹방 한가운데 놓인 십자형 형틀을 안고 그대로 나뒹굴었다. 그 바람에 야마사키가 잡아당겨 풀어 놓은 붉은 수의가 풀어지며 속곳이 그대로 드러났다. 관순이 수의 웃옷을 감싸 쥐며 드러난 속곳을 가리려 안간힘을 썼다.

"그냥 놔두거라. 네깟 것 몸뚱아리에 어디 금테라도 둘렀더냐."

"너에게 절대 분노하지 않겠다. 차라리 무도한 네 나라를 경멸하겠다."

그러나 관순은 더 말을 이을 수가 없었다. 야마사키가 달려들어 형틀을 안고 나뒹굴어져 있는 관순의 아랫배를 그대로 걷어참과 동시에 느슨하게 풀어져 있던 관순의 수의를 갈기갈기 찢기 시작했다. 삽시간에 관순의 몸이 알몸인 채로 먹방 형틀을 안고 있게 된 형국이었다.

"어디 그 상태에서 네 주둥아리로 다시 한번 대한독립 만세를 힘차게 외쳐 보거라!"

야마사키가 형틀을 걷어내며 비웃음에 찬 시선으로 형틀을 안고 있는 관순을 내려다봤다. 그리고는 곧장 관순의 양 겨드랑이를 끼더니 관순을 벌떡 일으켜 세웠다.

"허리를 굽혀 양손으로 바닥을 짚거라."

"차라리 더 이상 욕보이지 말고 내 사지를 잘라 죽이거라. 그렇다면 기쁜 마음으로 달게 받겠다."

관순은 야마사키가 자신을 어떻게 욕보이려는지 이미 알고 있었다. 공주 형무소에서 서대문 형무소로 이감되기 무섭게 야마사키는 8호실의 최고령인 윤희 아주머니에게 그 치욕스러운 고문을 가해 윤희 아주머니의 얼을 빼앗아 놓았었다. 야마사키는 윤희 아주머니를 발가벗긴 채로 동물처럼 먹방 시멘트 바닥을 기어 다니며 독립 만세를 외치게 했다. 윤희 아주머니는 먹방에서 돌아온 그날로부터 모멸감에 떨며 일주일 내내 음식조차 입에 대지 못했었다. 관순은 온몸의 힘줄이 용대기 뒤 버팀줄이 된 것처럼 팽팽하게 당겨지는 듯한 느낌을 받았다. 관순은 자신을 짓누르고 있는 형틀이라도 들어 야마사키를 내리치고 싶었다. 그러나 당체 몸을 움직일 수가 없었다. 야마사키로부터 발길질을 당한 둔부와 아랫배 부근의 통증은 견디기 어려웠고, 무엇보다 피인지 소변인지 도통 분간할 수 없는 액체가 허벅지 안쪽에서부터 흘러내리며 힘이 빠져가고 있었다.

"네년이 아직도 헛된 꿈을 꾸고 있구나! 조끼를 한번 입어봐야 천황 폐하의 은총을 비로소 알아차리겠구나."

야마사키는 먹방 벽에 걸린 가죽조끼를 내려 알몸인 채로 널브러져 있는 관순을 다시 일으켜 세웠다. 야마사키는 가죽조끼를 관순에게 입히고는 먹방 구석에 있던 양동이를 들고 왔다.

"자, 이 양동이 안의 물은 지엄하신 천황 폐하의 성수이니 경건하게 예를 갖춰 마시거라."

야마사키는 까치발을 딛고 서서 관순의 머리 위로 양동이를 들어 올리는가 싶더니 곧장 양동이 안에 담긴 물을 쏟아붓기 시작했다. 관순의 상체가 온통 물에 젖으며 가죽조끼가 물을 함빡 머금었다. 관순은 다시 형틀을 붙잡고 먹방 시멘트 바닥으로 나뒹굴어졌다.

"네년이야말로 이가 갈리도록 밉지만, 오늘은 네년이 뜻하지 않게도 천황 폐하의 성수를 마실 기회를 얻었으니 자리는 비켜주는 것이 예의일 듯싶구나."

관순은 갑작스럽게 동이 닿지 않는 말을 내뱉고 있는 야마사키를 하릴없이 올려다나 볼 수밖에 없었다.

"오호라! 네년이 내 말귀를 잘 못 알아듣고 있구나. 자애로우신 우리 천황 폐하께서 이리도 앳된 소녀가 분연히 의기를 떨쳐 독립 만세를 외치는 그 기백을 높이 사셔서 네년에게 가죽조끼에다 성수까지 더하는 성은을 베풀었단 말이다. 그러니 할 수 없구나. 성수를 머금은 네년의 그 가죽 조끼가 다 마를 때까지 자리를 떠나 기다려줄 수밖에……."

야마사키는 안색 하나 변하지 않은 채 태연자약하게 말을 이었다. 그리고는 잠깐 한눈을 팔 듯 먹방 벽에 걸린 쇠좆매(수소의 생식기를 말려 만든 고문 도구) 쪽으로 시선을 돌렸다. 전기조차 들어오지 않아서 으스레하기 이를 데 없는 지하의 먹방 안인데도 군데군데 피딱지가 엉겨 붙어있는 쇠좆매의 섬뜩한 형상이 그대로 관순의 시야에 얼비치어 들어왔다. 저 흉측한 몽둥이로 수많은 독립투사의 몸을 찢고, 언니들에게는 견디기 어려운 능욕을 맛보게 했었으리라. 실제로 악질적인 형무관들은 언니들에게 저 흉물스러운 쇠좆매를 물에 불려 아랫도리에 쑤셔 넣는 만행을 수시로 저질렀으리라. 관순은 이를 악물며 희부윰한 안개가 스며드는 듯한 머릿속 깊숙한 곳으로부터 똬리를 틀듯 차오르는 분노의 기억을 놓지 않으려고 거의 사력을 다하고 있었다.

"절대로 잊지 않을 거야. 저따위 고문 도구에 굴복해 내 부모 내 나라의 원수 앞에 무릎을 꿇을 수는 없는 거야!"

관순은 다시 이를 뿌드득 갈았다. 어느새 야마사키는 먹방을 떠나 있었고, 야마사키가 관순의 정수리부터 부어내린 물로 인해 온통 젖은 가죽조끼가 서서히 말라가는 듯했다. 그런데 희한한 것은 시간이 지나며 가죽조끼의 물기가 마를수록 가죽조끼가 관순의 몸을 옴짝달싹 못 하게 옥여 바싹 죄어들었다. 숨이 턱턱 막혀왔다. 물맞이는 액땜이라는 말도 다 허튼 말인 듯했다. 야마사키로부터 받은 물세례는 액땜의 물맞이 물 과는 영 딴판의 결과를 가져왔다. 야마사키가 입힌 가죽조끼는 관순에게 형언하기 어려운 육체적 고통을 가져왔다. 물기를 머금은 가죽조끼는 시간이 흘러 물기가 마를수록 마치 관순의 온몸을 짓이겨 체액을 깡그리 다 짜내려는 듯 관순의 몸통을 옥죄어왔다. 관순은 자신의 몸통을 압착 하는 가죽조끼의 밑부분만 하릴없이 쥐어뜯을 뿐이었다. 의식이 흐릿해져 가고 있다는 지각만 들 뿐, 몸통을 옥죄는 고통은 어떤 식으로든 표현할 길이 없었다.

2

야마사키가 송장이나 진배없는 관순을 자신의 등에 업고 끙끙대며 8호실 감방에 들어왔을 때는 점심 고두례(식사 전에 간수의 호령에 따라 머리를 숙이는 의식)가 끝나고 이소가야 형무관의 훈화가 첫 일성을 발할 때였다. 이소가야는 수차례에 걸쳐 애국지사를 잡아다가 제대로 족쳐 항일 운동의 중요한 거점 몇 군데를 일망타진하는 데 혁혁한 공을 올려 총독부 경무국으로 곧 영전하게 될 야마사키의 후임으로 내정되어 한 달 전에 서대문 형무소로 새로 전입해 온 신참 형무관이었다.

"너희들은 이미 천황 폐하의 신하가 된 몸들이다. 너희들의 나라는 이미 지상에서 사라진 지 십 년이 넘었도다. 한데 요즘 들어 그 방자함이 도를 넘으니 이 어찌 된 일인지 도무지 알 수 없구나. 다시 너희들에게 거듭 이르노니, 이제 너희들의 나라는 이 지상에 없도다. 부디 며칠 전과 같은 참람한 일이 또 일어난다면 용서할 수 없을……"

이소가야는 관순이 정신을 잃고 축 늘어져 야마사키의 등에 업혀 들어오는 광경을 보고 흠칫 놀라며 훈화를 멈췄다. 8호실 감방에 수감된 수인들도 모두 놀라 앞다퉈 모여들었다.

"호들갑 떨 필요 없다. 잠시 기력을 잃었을 뿐이다. 모두 제 자리로 가서 이소가야 상의 빛나는 훈화나 명심해서 들거라."

야마사키는 당황한 기색이 역력한 이소가야를 흘깃 쳐다보고는 이내 자신의 등에 업힌 관순을 다다미가 깔린 감방 마룻바닥에 패대기를 치듯 내려놓고는 뒤도 돌아보지 않고 허겁지겁 도망치듯 떠나려는 참이었다.

"이건 어리석은 짓이에요!"

이소가야가 자신의 머리를 절레절레 흔들며 별안간 내지른 단말마의 외마디 비명 같은 소리였다. 야마사키가 눈이 휘둥그레져 야마사키를 빤히 쳐다보았다. 사실 야마사키는 전근을 앞두고 자신이 터득한 고문 기술을 후임으로 온 이소가야에게 모조리 전수하고 싶었다. 이소가야 역시 지하 먹방에서 조선의 정치범을 취조하는 날이면 으레 뒤편에 서서 야마사키가 선뵈는 잔혹한 고문 기술을 낱낱이 지켜보고 있었다.

"이런 방식은 동의할 수 없어요. 천황 폐하의 존엄은 이런 방식으로 유지되는 것은 아니죠."

이소가야가 절망스런 표정을 지으며 고개를 떨구었다.

"이소가야 상, 결국 이렇게 되는군요. 내 곧 총독부 경무국으로 발령이 날 터인데 당신이 이렇게 악질적인 정치범들을 어떻게 다룰지……."

야마사키가 땡감을 씹은 사람처럼 떨떠름한 표정을 지으며 여전히 의식을 되찾지 못하고 널브러져 있는 관순에게로 시선을 돌리며 한 말이었다.

"그런 걱정은 하지 마십시오. 형무 법규에 따라 감옥 사무를 할 테니까요."

이소가야는 단호한 어조로 야마사키의 말을 받았다.

" 하! 내가 또 법규를 어긴 게로군. 진즉에 나의 이 흐리멍덩한 정신머리를 꽉 붙들고 있었어야 했는데 …… 아무튼 이소가야 상과 괜스레 볼멘소리로 대거리하고 싶진 않소이다."

야마사키의 얼굴은 이미 일그러질 대로 일그러져 있었었다.

"내 호랑이를 길러 화를 받은 건 아니라고 믿겠소!"

야마사키가 거의 악무는 듯한 표정을 지으며 한 마디 더 잇고는 감방 천장에 매달린 전구에 시선을 고정시킨 채로 뒷짐을 지고 있는 이소가야를 잠시 노려보다 감방을 떠났다.

야마사키가 감방을 떠난 것과 동시에 윤희 아주머니가 달려들어 관순의 어깨를 흔들어 깨웠다. 관순은 가늘게 숨소리만 낼 뿐 여전히 의식을 되찾지 못하고 있었다. 윤희 아주머니가 여러 가닥으로 찢긴 관순의 수의 안쪽을 톺았다.

"짐승 같은 년! 어린애를 이리도 잔혹하게 고문을 하다니……."

윤희 아주머니가 혀를 차며 관순의 찢긴 수의 안쪽에 손을 넣어 관순의 가슴팍을 어루만졌다. 윤희 아주머니는 가죽조끼를 도구로 하여 자행된 고문의 그 몸서리쳐지는 고통을 누구보다도 잘 알고 있었다. 윤희 아주머니는 습기가 빠진 마른 가죽조끼가 몸통을 옥죄어 올 때 느끼게 되는 공포와 그 고통을 달포 전에 야마사키를 통해 절절하게 체득한 터였다. 윤희 아주머니가 애달픈 마음을 이기지 못하고 넋을 놓고 있을 때였다.

"거듭 말씀드리지만, 전 야마사키 상의 수감자 처리 방식에 동의하지 않아요. 고문을 통해 당신들의 불순한 행위를 스스로 자백하게 하는 방식은 가장 저열한 방식의 통치술이죠. 난 그렇게 하기 싫어요. 당신들도 인간 아니오. 난 고문 따위로 얻어 낸 자백에 취할 만큼 어리석은 인간은 아니란 말이에요."

이소가야가 윤희 아주머니 쪽으로 시선을 돌리며 한 말이었다.

"그럼, 우선 이 어린애를 소생시킬 방법부터 찾아내 보세요."

윤희 아주머니는 이소가야가 늘어놓는 장광설을 들어 주고 싶은 마음은 조금도 없었다. 이소가야 형무관도 어차피 잔혹하기 그지없는 왜놈 형리인 것만은 매한가지였기 때문이었다.

사실 8호실 감방 수인들은 곧 총독부 경무국으로 전출 갈 야마사키의 형무를 떠맡기 위해 새로 전입해 온 이소가야의 이력까지 들추며 한 달 전부터 쑥덕공론으로 분분했다. 수인들 몇몇은 감옥의로 복무하다가 형무관으로 전향한 야마사키와 내지에서 철학을 전공한 후 형무관에 나선 이소가야를 견주어 보며 은근한 기대를 내비치기도 했었다. 말하자면 악랄하기 이를 데 없는 야마사키보다는 차라리 남자이기는 하지만 왠지 인상부터 수더분해 뵈는 데다가 내지 대학에서 철학인가를 전공하여 인간적 면모까지 물씬 풍기는 이소가야 밑에서 수형 생활을 하는 것이 훨씬 나을 것이란 것이 중론이었다.

"한 치 벌레도 닷 푼 결기는 있다고 했어요. 하물며 저 짐승만도 못한 왜놈들에게 나라가 이토록 참혹하게 짓밟혔는데도 우리들의 안위나 걱정하면 … 저 어린 관순이도 저리 ……."

윤희 아주머니가 마치 추상과 같은 목소리로 단호하게 사람들의 말을 잘라냈다. 윤희 아주머니는 몇몇 수인들의 말에 결코 동의할 수 없었다. 윤희 아주머니는 끝내 말을 더 잇지 못하고 시선을 떨구었다.

"저도 윤희 아주머니의 말씀에 동의합니다. 전 그 어떤 형무관들도 무섭지 않습니다. 내 나라 내 가족의 원수인걸요."

관순도 나서서 윤희 아주머니의 말에 맞장구를 쳤다. 그래서일까. 8호실 여감방 몇몇 수감자들의 태도도 사뭇 달라지기 시작했다. 사실 형무소에 수감된 애국지사들이 서로 통방을 하여 수감된 사람들에게 연일 3.1운동 1주년을 기리는 옥내 만세 시위에 동참할 것을 촉구할 때도 8호실 몇몇 수감자들은 무덤덤한 태도를 보이곤 했다. 그러던 와중에 어린 관순이 먼저 분연히 떨쳐 일어나 선창으로 목청을 따는 듯한 만세 소리를 낸 것을 계기로 하여 그동안 옥내 만세 시위에 쭈뼛거리던 일부 수감자들도 관순을 따라 독립 만세를 외치기 시작한 것이었다. 8호실 여감방의 옥내 만세 시위의 여파는 생각보다 훨씬 큰 파장을 불러일으켰다. 총독부 영전을 앞두고 살얼음 딛듯 조심스럽게 전출 날만을 기다리고 있었던 야마사키의 화를 머리끝까지 한껏 돋아 놓았다. 야마사키는 마치 실성이라도 한 것처럼 매일같이 8호실 여감방을 향해 거의 발광에 가까운 몸짓을 해대며 악다구니를 퍼부었다.

"내 주동자를 색출해 주리를 틀고, 나머지 부화뇌동한 년들도 천황 폐하의 은덕을 저버린 불경죄로 엄히 다스리리라."

결국 윤희 아주머니와 관순은 8호실 옥내 소요를 일으킨 주동자로 몰려 취조와 고문을 받았다. 윤희 아주머니가 먼저 지하 먹방에 끌려가 잔혹한 고문을 당했다. 다리를 천장에 끌어 올려 매고 배행기를 태우는가 하면, 두 손의 엄지를 결박한 후 한 팔은 가슴께로 돌려 어깨 너머로 올리고 다른 팔은 갈기는 학춤 고문을 자행하기도 했다. 윤희 아주머니는 결연했다. 마치 꿋꿋하게 최후를 맞이하는 의병장의 자태를 연상케 했다. 그리고는 사흘 전, 윤희 아주머니와 함께 주동자로 몰린 관순도 역시 먹방에 끌려가 가죽조끼를 입는 등의 모진 고문을 받고 정신을 잃은 채로 야마사키의 등에 업혀 온 것이었다.

"알다시피 사람은 누구나 한 번 죽음은 본디 각오해야 할 바, 이 역시 이 사람의 선택인데 내가 왜 이자를 소생시킬 방법까지 찾아야 한단 말이오. 난 단지 이렇게 무모하게 자신의 몸을 학대하는 연유를 알고 싶을 뿐이오."

이소가야는 신음 소리 같은 가는 숨소리만 낼 뿐, 여전히 의식 불명인 채 미동조차 하지 않는 관순을 내려다보며 나직이 시라도 읊조리듯 윤희 아주머니의 말을 받았다.

"이 어린 애를 소생시킬 방법이 없다면, 이 애를 더 이상 욕보이지 마세요. 그러니 이제 이 감방에서라도 편히 있게 나가 달라는 말이에요."

윤희 아주머니는 마치 죽을 마음을 작정한 사람처럼 결연한 표정을 지으며 이소가야를 건너다봤다.

"자신이 겪어야 할 육체적 고통보다 더 거룩한 것이 있다는 겁니다. 전 그게 뭔지 궁금하단 말이죠."

"저 어린 것이 이 지경이 되었는데, 거룩한 것 타령이네요."

윤희 아주머니가 칼끝처럼 날카로운 눈초리로 이소가야를 노려봤다. 그제서야 이소가야는 분노로 치를 떨며 자신을 향해 눈을 치뜨는 윤희 아주머니의 시선이 불편한 듯 슬금슬금 뒷걸음질을 쳤다.

"이 애는 저세상에 가서라도 당신들을 향해 겨눈 칼은 버리지 않을 거예요."

설움이 북받친 듯 윤희 아주머니는 점점 더 걷잡을 수 없이 번쳐오르는 감정을 끝내 이기지 못하고 서러운 울음을 터뜨렸다. 그렇게 얼마나 시간이 흘렀을까. 어느새 의식을 되찾은 관순이 우두커니 앉아 오래도록 울음을 멈추지 못하고 있는 윤희 아주머니를 그저 우두망찰 지켜보고 있을 뿐이었다.

3

결국 서대문 형무소 열일곱 개 여감방 안에서 일어난 3.1운동 1주년 기념 옥중 만세 시위의 주동자로 지목된 윤희 아주머니와 관순은 지하 먹방으로 끌려가 모진 취조와 고문 끝에 독방으로 격리 수감되었다. 야마사키는 특히 관순을 수시로 먹방으로 불러내어 온갖 고문을 일삼았다. 전출을 하루 앞둔 그날도 마찬가지였다.

"짧게 묻겠다. 아직도 조선의 독립을 마땅한 것으로 여기느냐?"

야마사키의 질문에 군더더기는 없었다.

"그렇도다."

관순의 대답도 간결했다.

"마지막으로 한 번만 더 묻겠다. 그 이유가 무엇인가?"

야마사키의 마지막 질문 역시 더 덧붙은 것 하나 없는 지극히 절제된 질문이었다.

"조국을 잃은 이후로 하루를 더 사는 것이 욕이라 생각했다. 그러니 이제 나에게 남은 길은 단 하나, 이 욕됨에서 벗어나는 것이다. 죽거나, 죽음을 작정하고 독립 투쟁을 하는 것이 그 길일 것이니, 더 마땅한 대답이 있을지 모르겠다."

관순의 대답은 치렁치렁 긴 듯했지만, 실은 여러 말을 늘어놓지 아니하고 바로 요점만을 발설한 셈이었다.

"네 말속을 잘 알아듣겠도다. 다만 넌 이제 돌아올 수 없는 길을 떠났구나. 그 대가는 달게 받아야 하지 않겠는가."

야마사키의 말은 여전히 간결하고 절제되어 있었다. 작년 6월, 서대문 형무소로 이감된 후 처음 만난 야마사키의 모습과는 영 딴판이었다.

"이소가야 상, 그대와도 마지막이니 오늘만은 날 좀 도와줘야겠소. 관순상이 저 십자가를 잘 좀 짊어지게 정중히 모시세요."

야마사키가 자신의 뒤켠에 서서 그저 무연히 자신과 관순을 바라나 보고 있던 이소가야 쪽으로 시선을 돌리며 한 말이었다.

"관순상과 마지막 인사요. 저 십자가에 못 박혀 조선을 구하시겠다니, 더 무슨 말이 필요하겠소."

그러나 이소가야는 야마사키의 말에 선뜻 나서질 않았다. 이소가야는 이미 야마사키가 자행할 잔혹한 고문이 무엇인지를 훤히 꿰뚫고 있었다.

"그건 도저히 용납할 수 없는 반인륜적 범죄요. 오히려 천황 폐하의 존엄을 허물어뜨리는 짓이란 말이오."

이소가야의 말에는 서슬이 시퍼렇게 날 서 있었다. 이소가야는 흡사 주먹다짐이라도 할 태세로 야마사키에게 맞서 있었다.

"그렇게 넘겨짚어 함부로 말할 것이 아니죠. 이건 선량한 신민을 만드는 황국의 대업이거늘 어찌 이리도 방자하게 군단 말이오. 내일로 나는 떠나지만, 이소가야 상이야말로 크게 깨달아 저 불량한 조선인을 황국의 충량한 백성으로 만드는 일에 매진하길 바라오."

야마사키는 십자형의 형틀 발치께로 놓여 있는 양동이 쪽으로 눈길을 돌렸다. 양동이 안에는 물이 반쯤 차 있었고, 쇠좆매가 양동이 바닥에 처박힌 채로 담겨 있었다. 양동이 물에 담겨 부풀어 오른 쇠좆 몽둥이는 자못 원래의 소 생식기를 떠올리게 하는 듯했다.

"좋소이다. 그럼 저 쇠좆매는 결국 이소가야 상이 잡아보겠군요. 아무래도 관순상에게는 같은 여자인 내가 훨씬 더 나았을 텐데……아무튼 안타깝게 됐소이다. 이소가야 상이나 관순상 모두."

"누가 그따위 짓을 하라고 했겠소. 우리 천황 폐하께서! 어림도 없는 소리 집어치우시오. 기어이 우리 황국의 신민을 조선의 저잣거리에서 날뛰는 무뢰배만도 못한 인간들로 만들 참이오."

이소가야는 끝내 울화가 터진 듯 몸까지 바들거리며 야마사키를 노려봤다.

"이소가야 상! 결국 당신도 저 몽둥이를 황국 신민화의 대업을 이루는 요긴한 도구로 사용하게 될 것이오. 저 쇠좆매 이외에 조선의 불온한 년들을 교화시킬 수 있는 방도가 달리 없다는 것도 곧 깨닫게 될 것이고요."

야마사키가 애써 태연한 척을 하며 이소가야의 말을 받았다. 이소가야가 입술을 깨물며 두 주먹을 틀어쥔 채 부르르 떨었다.

바로 그 순간이었다.

"난 당신들로부터 내 몸이 부서지는 것이 하나도 두렵지 않아요. 내 몸이 부서져 조국이 살아난다면 기쁘게 받아들일 테요. 자, 야마사키 당신이 하고 싶은 대로 하시오. 내 몸소 저 형틀에 눕겠소이다."

그동안 야마사키와 이소가야 간의 다툼을 말없이 지켜보던 관순이 둘 사이에 불쑥 끼어들며 한 말이었다. 이어 관순은 휘적휘적 먹방 안을 가로질러 그대로 자기 몸을 십자가 형틀에 나부죽이 눕혔다. 갑작스럽게 일어난 일이어서인지, 이소가야나 야마사키 모두 흠칫 놀란 표정을 지으며 얼결에 관순에게로 눈길을 돌렸다. 관순은 미동도 없이 고개만 왼편으로 돌려 누운 채로 흉측스럽게 생긴 고문 도구들이 걸린 벽면만을 응시하고 있을 뿐이었다.

"결국 스스로 몸을 더럽힐지언정 끝내 8호실에 통방을 넣은 불순분자가 누군지는 발설을 못 하겠다, 이런 것이지요!"

야마사키의 입가에 잔물결이 일 듯 잠시 잔잔한 미소가 번졌다.

"이소가야 상! 이쯤 되면 그대는 나에 대한 적개심을 거두고, 조선의 독립을 위해 자신의 몸을 기꺼이 학대할 작정을 하고 누워 있는 저 거룩한 관순상에게 뭐라도 한 말씀은 던져야 하지 않겠소?"

야마사키는 조롱 섞인 눈으로 눈웃음까지 살살 치며 이소가야를 빈정대고 있었다. 이소가야 역시 경멸에 찬 눈초리로 야마사카를 노려보고 있었다. 두 사람이 그렇게 한참이나 실랑이를 벌이고 있을 때였다.

"자, 내가 이렇게 누워 있잖소. 당신네 둘이서 옥신각신하는 공론, 이제 더 이상 듣기 싫소이다. 어서 채찍을 치든, 석탄 가루라도 내 입에 쑤셔 넣든, 아님 저 양동이 처박혀 있는 몽둥이로 내 몸뚱어리라도 휘감아 갈기든……."

관순이 고문 도구들이 걸린 벽면으로부터 시선을 거두어 두 사람에게로 향하며 애써 던진 말이었다. 관순은 이제 야마사키의 조롱도, 그녀의 가늠할 수 없는 웃음은 말할 것도 없거니와 이소가와의 경멸에 찬 대거리 역시 견디기 힘들었다. 그 둘의 언어 안에는 또 어떤 음험한 언어들이 담겨 있는 듯했고, 그 언어들은 산포되지 않은 채로 엉기거나 뭉쳐져 돌연 관순 자신의 마음을 더 아리게 했기 때문이었다. 차라리 이 순간만큼은 육신에 가해진 고문으로 몸이 일그러지는 게 더 편할 듯했다.

"관순상! 도대체 그 무슨 당치 않은 말이오? 스스로 몸을 학대하다니요! 그런 세계, 특히 육체가 모욕당하는 상황에서 인간은 존재할 수 없는 법이요."

이소가야는 관순의 돌연한 행동을 도무지 납득할 수 없었다. 이소가야는 내지의 형무소에서 근무할 때부터 여성을 상대로 하여 자행된 고문들, 특히나 성적 모멸감을 불러일으키는 잔혹한 고문들이 여성을 어떻게 파괴

하는지 절절하게 경험한 터였다. 그런 극악한 고문을 받은 여성들은 단지 몸이 아픈 것에서 끝나는 것이 아니라 지독한 자기 소외나 증오에 빠져들었고, 종당에는 가족은 물론 국가도, 자기가 열렬하게 좇던 사상까지 모두 버린 채 자신의 자아에 담긴 모든 것들과 결별하고야 말았다. 말 그대로 빈껍데기만 남은, 마치 여성의 천명을 마치고 물화된 존재마냥 쓸쓸하게 스러져갔었다.

"당신은 진정 몸이 아프다는 것을 경험한 것 같지 않소. 내 장담하리다. 야마사키가 벌일 광란의 칼춤을 겪고 나면, 당신은 기필코 당신 자신과 결별할 것이오. 고문받은 당신의 몸이 외려 당신이 꿈꾸던 국가도 사상도 깡그리 다 먹어치울 것이란 말이오."

이소가야는 성적 수치심을 자아내는 고문을 당하는 한 사람의 세계와 자아를 어떻게 분쇄하는지를 잘 알고 있었고, 또 그것을 지켜볼 수밖에 없는 방관자로서 갖게 될 사적 연민이 얼마나 누추한 감정인지도 뼛속 깊이깊이까지 사무치게 경험한 터였다. 말하자면 방관자의 연민은 결코 수치스러운 몸의 고통을 경험하고 있는 사람과 기실은 겁에 질려 어떤 식으로든 제자리에 한사코 붙들려 있고 싶어하는 방관자 간에는 절대적인 양립 불가능성이 존재함을 깨닫는 것이기도 했다. 그러기에 고문을 당하는 사람에 대해 연민하는 것이란 둘 중 한쪽을 깨뜨리는 잔혹함과 다를 바가 없었다. 이소가야는 수치스러운 고문을 당하는 사람의 고통을 어쭙잖은 언어로 대상화하려는 방관자의 그 어떤 행위도 결국은 고문을 당하는 그네들에게는 자신들의 몸이 어느새 고통의 장소로 돌변해 있음을 환기하는 것에 불과한 것임을 잘 알고 있었다. 성적 수치스러움을 야기하는 고문의 구조 안에는 늘 세계와 분리됨을 경험케 된 자들이 내지르는 단말마의 비명이 항존하는 것이었다. 그네들은 그 누구에게도, 심지어 자기에게도 가닿지 못하는 소리만 갖게 된 고통을 안고 평생을 살아야 하는 것이다.

"당신의 말이 옳을 수도 있겠지요. 당신 말처럼 세상과, 심지어 나와도 분리되는 고통을 겪게 되어 단말마의 비명만을 평생 안고 사는 사람이 될 수도 있겠지요. 그런데 이소가야 상, 사실 난 당신의 말을 따를 만큼 어리지는 않아요. 열일곱 살이고, 성경을 읽은 지도 십 년이 넘었어요. 내가 세계와 분리되는, 심지어 나와도 분리되는 고통을 피하려고 자기를 배신할 만큼 어리석지는 않아요.”

그때까지도 여전히 꼿꼿한 자세로 십자형 형틀에 엎드려 있던 관순이 마지못해 자신의 왼손이 걸쳐 있던 형틀의 끝 쪽을 짚고 일어서며 이소가야의 말을 받았다.

“관순상! 지금 자기 배신이라 하였소! 바로 그것이로소이다. 만일 당신이 그렇게 믿는 성경, 아니면 조국의 독립 때문에 당신 스스로 갇혀버린다면 그거야말로 스스로가 파괴를 선택하는 불경을 저지르는 것이지요. 모욕감을 이기지 못하고 생을 버리는 사람과 이념으로 인해 삶이 말살된 사람 간의 차이는 성경을 모르는 저 같은 사람이 보기에는 적어도 없어 보여요. 성경에 그렇게 나와 있나요, 국가가 그렇게 시킨 것인가요. 아닐 것입니다. 자기 배신을 하지 않겠다는 당신의 신념은 조국과 성경은 지킬지 모르겠으나, 어쨌든 삶은 지켜내지 못한 것이지요. 조국이 준 당신의 삶이 그렇게 가볍던가요?”

이소가야는 이제 감정을 절제하지 못한 채로 관순의 말을 되받아치기 시작했다.

“당신은 내가 이념에 사로잡혀 생을 가벼이 여기는 사람으로만 보는군요. 그렇지 않아요. 나에게 부모와 조국은 지금 나의 근거이지요. 그런데 당신들은 총칼로 내 부모와 조국을 도륙했어요. 더 무슨 말이 필요하겠어요. 작년 아우내 만세시위 이후로 부모와 나라가 없는 이 시간이 제겐 무의미해진 거지요. 당신들이 자행하는 그 몹쓸 고문이 아픈 것이 아니라, 부모와 조국이 없는 지금 이 시각이 내 몸을 아프게 하는 것이지요. 그러니 조국의 독립을 위해 스스로 자기 몸을 학대하는 것 자체가 거꾸로 아픈 내 몸을 살리는 길이 되는 것 아니겠어요."

이소가야의 감정적 언설과는 달리 관순은 자못 준절한 말투로 자신의 생각을 차근차근 드러내고 있었다. 관순은 작년 아우내 장터의 참혹한 정경이 떠오를 때마다 가슴이 옥죄이고 어깻집이 부르르 떨리곤 했다. 관순은 아우내 장터에서 옆구리에 맞은 단검이, 손톱 밑을 무참하게 파고들던 바늘이 찔러오는 고통보다도 부모와 민족을 잃은 결핍의 시간들이 쇳물이 굳은 듯 자기 안에 단단하게 들어앉는 상황이 훨씬 더 견디기 어려웠다.

"당신은 지금 스스로 당신의 조국이 당신의 몸을 아프게 한다고 자백하고 있는 것이에요. 당신이 그토록 부인하고 싶은 자기 자백의 늪에 빠져들고, 아니 이미 깊숙하게 빠져들어 있어요. 이제부터라도 제발 자기 자신의 몸을 조롱하지………."

"닥치세요! 당신이야말로 지금 날 조롱하고 있어요. 내 입에서 오로지 고통스럽다는 말 한마디만 되뇌게 하려고 날 조종하고 있단 말이에요. 당신은 지금 날 죄수로 만들려는 수작을 부리고 있는 걸 다 알아요."

관순도 화를 이기지 못하고 버럭 언성을 높였다.

"내가 당신을 죄수로 만들려 하다니요?"

이소가야가 관순의 말을 곧바로 맞받아쳤다.

"불법으로 내 나라를 강탈하고 부모까지 참살한 당신네 나라의 죄가 이리도 엄중한데 …… 내 몸이 아프다고 …… 수치스럽다고 호소나 하라고요! 그것은 죄인의 언어입니다. 결코 받아들일 수 없어요. 내가 왜 죄인이 되어야 하는 건가요? 난 하늘이 내린 우리의 자유와 강토를 총칼로 유린한 당신네 나라의 죄를 묻고 있소이다."

관순은 감정이 격해서인지 말을 쭉 잇지 못하고 중간중간 뚝뚝 끊어냈다.

"아아! 지금 난 당신의 죄를 묻고 있는 것이 아니잖소! 당신도 인간이니, 아니 여성이니 …… 당신은 당신의 몸 안으로 침투해서 견딜 수 없는 모욕감을 안기는 도구에 결코 굴복해서는 안 되는 존엄한 인간이란 말이요. 난 지금 당신의 그 존엄에 대해 말하고 있는 것이라구요!"

이소가야는 사뭇 애원 조로 자신의 말을 가납해 줄 것을 빌고 있었다.

"거듭 말하겠어요. 내 몸이 아프다고 당신네 사람 그 누구에라도 호소할 때, 비로소 그 통증은 통증이 되는 것이지요. 그게 바로 자기 배반의 길을 선택하는 일이고, 억울하게 참살된 부모에게도 죄를 짓게 되는 것이란 말이에요! 당신은 내가 왜 당신 나라의 법정에 상고조차 하지 않은 것을 아직도 모르겠단 말이오. 난 나의 존엄을 버리고, 오욕의 상고를 얻고 싶진 않았단 말이요."

관순은 끝내 이소가야의 간청을 받아들이지 않았다. 갑자기 먹방의 사위가 괴괴한 정적에 빠져드는 듯했다. 그러나 먹방 안의 정적은 그리 오래가지 않았다. 그동안 말없이 두 사람의 논전을 지켜보던 야마사키가 울화를 삭이지 못해 숨을 거칠게 내쉬는 사람처럼 말을 사납게 뱉어냈다.

"이소가야 상! 정신 똑바로 차리시오. 당신은 지금 천황 폐하께 씻을 수 없는 죄를 짓고 있소이다. 저자의 죄를 묻고 있지 않다니! 저자는 대일본 제국의 신성한 법정을 모독한 대단히 불온한 피고란 말이오."

야마사키는 이소가야와 관순 간의 말다툼질을 몹시 마뜩잖은 듯이 두 사람을 매섭게 노려보았다.

"야마사키 상, 이제 당신은 이 일에 껴들지 말고 내일 떠날 채비나 잘 챙기시오."

이소가야 역시 심히 불쾌한 듯 노골적으로 면박을 주었다.

"허허, 이소가야 상! 당신 지금 뭔가를 단단히 착각하시는데, 오늘 자정까지는 이 먹방의 취조 책임은 나에게 부여되어 있단 말이오. 허튼수작 말고 저리로 비켜나서 내가 이 불량선인을 어떻게 다루는지 똑똑히 지켜나 보고 계시오. 관순상, 당신 소원대로 당신의 자유를 존중해 주겠소! 아까처럼 그대로 십자가에 누워 계시오."

야마사키가 곧바로 형틀 발치 쪽으로 가 양동이 안에 담겨 있던 쇠좆매를 꺼내 들었다. 물에 불린 쇠좆매는 한껏 부풀어 올라 마치 발정이 난 암소를 찾듯 음험한 수소 울음을 내는 듯했다.

바로 그때였다.

이소가야의 갑작스러운 발길질에 가랑이를 치받힌 야마사키가 발랑 먹방 바닥으로 나자빠졌다.

"이런 천하에 몹쓸 인간을 봤나!"

이어서 말이 채 끝나기도 전에 이소가야가 비호처럼 달려들어 야마사키의 손에 쥐고 있던 쇠좆매를 움켜잡았다.

"자, 내 네년부터 먼저 능욕을 주리니, 작정하고 네 하초를 맘껏 벌리거라! 이 쇠좆매가 네년의 하초를 흥건하게 적셔 주리다."

야마사키의 얼굴이 삽시간에 새하얗게 질려가고 있다. 야마사키는 고문자에서 고문당하는 이로 자리가 바뀌면서 비로소 고문이 타자를 분쇄하는 가장 잔혹한 행위임을 그 찰나에 깨닫게 된 것이었다. 특히 고문 도구를 사용한 고문이야말로 고문자와 고문을 당하는 이 사이의 마지막 상호작용의 끈조차 놓아 버리는 가장 저열하고 어리석은 행위란 것도 몸소 알게 되었다. 야마사키는 밀물에 꺽저기 뛰듯 오만하게 고문을 일삼던 지난날이 주마등처럼 머릿속에 떠올라 몸을 부르르 떨었다.

이소가야가 얼추 숨이 멎은 사람처럼 넋이 빠져 드러누워 있는 야마사키 쪽으로 몸을 틀었다. 그리고는 거침없이 움켜잡고 있던 쇠좆매를 야마사키의 하초를 겨냥해서 치켜들었다.

"이소가야 상…… 그만 내려놓으시오."

그야말로 비할 데 없이 음전하게 내려앉은 목소리였다. 그토록 카랑카랑하던 관순의 성음이라곤 차마 믿을 수 없으리만큼 그 모든 기가 궁진한 듯한 소리였다. 그 순간, 이소가야의 손에서 쇠좆매가 먹방 바닥으로 맥없이 떨어졌고, 마치 혼백이 나간 사람처럼 우두커니 서 있다가 무너지듯 먹방 바닥에 주저앉았다.

"차라리 그 쇠좆매로 내 하초를 유린하시오. 이 감옥에 들어온 이후로 내 몸의 고통은 이미 시멸하였으니, 내 안에 고문을 두려워하는 어리석은 마음은 없소이다."

관순은 모든 살이 헤끔하게 다 빠진 사람처럼 가벼운 몸짓으로 자신의 몸을 다시 형틀에 눕히며 말을 더 이어갔다. 관순의 잔잔한 목소리가 연신 먹방 안을 휘감아 돌았고, 때마침 형무소의 저녁 고두례 호령 소리가 지하 먹방 안을 파고들었다. 이질적인 두 소리가 먹방 안에서 묘하게 얽섞였다.

어느새 허물어져 있던 몸을 가다듬은 야마사키가 넋을 놓고 망연자실 천장만 바라보고 있던 이소가야를 일으켜 세워 쇠좆매를 함께 짓밟고 서 있었다. 그리고는 관순의 마지막 말만을 끊임없이 되뇌며 하염없이 눈물을 흘리고 있었다.

어디든 감옥 같은 날들이 이어지던 기미년 다음 해의 이른 봄이었고, 세 사람의 등 밖으로는 쇠좆매 같은 겨울 추위를 이겨낸 벚꽃들이 이제 막 꽃망울을 터뜨릴 준비를 하고 있었다.

8. 안학수 | 최용신 - 엘리 엘리 라마사박다니

오빠들의 피로 수혈이 가능하다니 다행이다. 꼬이고 상한 장을 끊어내고 다시 잇는 큰 수술이니 피가 얼마나 필요할지, 사촌오빠까지 수혈을 위해 수술실에 대기하고 있다. 용신은 자신이 도립병원에서 살아나가지 못한다 해도 목숨에 대한 미련은 없다. 다만 농촌계몽 운동으로 마련한 샘골강습소가 걸린다. 각기병도 장중첩도 천연두도 모두 하나님의 뜻이라 믿으니, 강습소도 목숨도 이젠 모두 하나님께 맡긴다. 목숨을 건 큰 수술 앞이라 그런지 지난 일들이 되짚어진다.

만약 얼굴에 마마 자국이 없었다면 자신은 어떤 사람이 되어갈까? 용신은 꽃이라면 다 좋아하는데 어릴 땐 해바라기가 싫었다. 씨가 여물수록 마마 자국이 심한 얼굴 같았기 때문이다. 마마는 그만큼 어린 용신에게 정신적인 차꼬였다.

경사가 완만한 언덕 위에 용신이 다니는 두남 학교가 있다. 학교 마당에서 아이들 소리가 들려온다. 마마를 앓는 동안 얼마나 보고 싶던 동무들인가?

"얘들아!"

아이들에게 손을 크게 흔들었다. 활짝 웃으며 다가가던 용신은 얼굴이 굳어지며 흔들던 팔도 내려뜨린 채 발을 멈추었다. 아이들이 용신을 보자 슬금슬금 물러나 멀어졌기 때문이다. 전염병이라고 마마 옮을까 봐 도망치는 거로 생각되었다.

"마마 옮지 않음매! 다 나앗서래! "

큰 소리로 말했는데 아이들은 더 멀찍이 도망쳤다.

"용천배기하곤 아니놀갔슴!"

한 아이가 돌아서서 소리쳤다. 기모노를 입은 것을 보니 부면장 유씨 딸 아마노카와다. 아마노카와는 일본어로 은하수를 뜻한다. 하지만 조선

이름은 분숙이다. 모두 분숙이 말만 듣는 아이들로 변한 것 같았다

용천배기라면 아이들이 자신을 문둥병자(한센병 환자)로 여긴다는 뜻이다. 용신은 얼굴에 생긴 마맛자국 때문임을 깨달았다. 팥알이 박혔던 자국처럼 볼이 패인 흉터 때문이다.

"용천배기 아니고 마마짜국이야!"

답답한 용신은 소리쳤다. 아이들의 조롱이 더 심해졌다.

"헹! 마마짜국은 머 존 기네?"

"마마로 모실 줄 알았나비~히히히"

어찌해야 할지, 용신은 그냥 웃음 지며 바라보고만 있었다. 멀어진 아이들은 '멜룽' 혀를 빼며 약 올리다가 용신의 반응 없자 큰 소리로 노래를 불러댔다.

"짜국~짜국~ 볼짜국~ 연지짜국 찍었나~ 아니래 아니래~ 곰보짜국 찍었다아~~~네, 애고, 애고 차라리~ 발자국을 찍겠네~ / 딱지~딱지~ 이마딱지~ 코딱지를 붙였나~ 아니지 아니지~ 마마딱지 붙였다아~~~네~, 이런 이런 어쩌나 뽈딱지도 나겠네."

미리 입을 맞춰본 것처럼 노래까지 지어 합창으로 용신을 놀려대었다. 마마를 앓기 전엔 용신을 몸종처럼 따라다녔던 아이들이다. 두남교회의 주일학교에서 절친했던 동무도 끼어있다. 글을 잘 짓는 그 아이가 노래도 지었을 것이다. 용신은 자신을 배신하고 따돌리는 아이들이 야속하고도 분했다.

무엇을 그리도 많이 검사하는지 간호사는 용신에게서 피를 세 번째 뽑고 있다. 피가 부족해서 사촌오빠까지 수혈시키면서 용신의 피는 그렇게 빼내도 되는지?

수술 전후 이틀씩 고모 직순이 간병을 맡았다. 용신보다 두 살 많은 고모는 언니 같다. 오히려 언니보다 더 친한 고모다.

"무스거래 그리 죽상입네? 또 아사끼덜이 조롱하디? …내래 가만 안 두갔어,"

따돌림당하고 풀이 죽은 용신에게 고모가 있어서 다행이었다. 놀린 아이들에게 나섰다가 오히려 고모까지 따돌림을 당했지만, 고모는 늘 용신의 편이었다.

용신은 점점 말이 없는 아이가 되었다. 마맛자국 때문에 사람들 앞에 나서기 싫었다. 마마를 앓고부터 자신을 진심으로 반겨주는 이는 가족들 말고 없다. 고모의 친구들도 고모와 같이 있는 용신을 싫어했다. 끝내는 고모도 친구들을 만나지 않았다.

주일 아침이다. 할머니 할아버지부터 최씨 집안은 모두 독실한 기독교 신자다. 사촌들까지, 최 씨면 일요일엔 꼭 교회에 가야 한다. 최씨가문만의 법이었다.

용신은 예배 시간이 다 되었는데도 거울 앞에서 해찰 부리고 있었다.

"예배당 가는 것 잊었네? 우티도 안 입고 무스기래?"

직순이 교회에 가기 싫은 용신의 마음을 알아차리고 채근했다. 직순은 동정을 새로 단 흰 저고리와 곱게 다린 검정 치마로 단아하다.

"예배당엔 아재나 가소"

용신은 표정 없이 무덤덤하게 중얼거렸다. 아기 때부터 함께 한 고모다. 속에 들어갔다 나온 듯이 용신의 마음을 잘 아는 직순이다.

"무스기 말임네? 자라이들 꾸중은 억할가니?……마마짜국 때문임네?"

고모에게 마음을 고스란히 들킨 것이 못마땅했다. 하지만 아니라고 거짓말을 하는 건 더 싫었다. 그냥 입을 다물었다.

"니 마만 잘 표나지 않습매. 멀찍서도 마만걸 알코롬 심한 아도 있더만"

대꾸하기 싫은 용신은 머리를 수그린 채 입을 다물었다. 그래도 직순은 용신을 포기하지 않았다.

"마마 땜에 하나님도 니 싫어하신댄? 외모보다 맘을 보시는 걸 니도 잘 알잖네?"

"하나님보다 사람이 더 많잖소? 사람 많은 덴 가기 싫습매."

"닌 교횔 사람 볼라 다닙네? 하나님께 기도할라는 거 아닙네?"

한번 시작하면 끝까지 파내는 고모다. 용신이 교회 갈 때까지 그치지 않을 작정이다. 어쩔 수 없이 성경을 챙기고 옷을 찾아 입었다. 옷을 입는 동안 고모는 사촌 올케의 화장품인 분첩을 가져왔다. 마마로 패인 용신의 볼을 분으로 메워주기 위해서였다. 이미 용신 혼자 분으로 마맛자국을 메워본 적이 있다. 반 시간도 못 되어 씻어내고 말았다.

"안 바르갔습매, 근지러서래 덧나갔습매."

난로 열기 때문인지 근질거려서 참을 수 없었다. 마마를 앓을 때의 지독히도 가려웠던 기억을 생생하게 떠올려주었다.

마마를 앓기 전엔 교회를 재미난 곳으로만 생각했었다. 마마는 상처를 주기도 했지만, 진지한 믿음의 철든 아이로 자라게 했다. 교회에 가기는 싫어했지만, 예수에 대해선 그 삶을 본받고 싶을 정도로 달리 생각되었다. 예수는 차별하지 않았다. 문둥병자들을 가장 먼저 고쳐주었고, 엘리트도 아닌 어부들과 혐오 대상인 세리를 제자로 삼았다. 그중에 키 작고 왕따인 세리 삭게오를 받아준 이야기는 감동이었다.

동무들에게 맺혔던 마음이 언제 어떻게 풀어졌는지 모르겠다. 원수도 사랑하라는 신앙 때문인지, 직순 고모의 따뜻한 배려가 약이 되었는지, 미운 아이가 하나도 떠오르지 않고 오히려 보고 싶다. 수술 끝나고 회복되면 꼭 동무들을 찾아볼 생각이다.

병상에서 생각하니 부모님, 특히 아버지의 사랑과 뒷바라지가 큰 힘이 되었다. 그동안 왜 그 생각을 못 했는지, 할아버지 때부터지만, 자신이 아버지로부터 교육자인 피를 이어받았기에, 일본 유학까지 공부하고도 농촌 계몽운동을 하는 교육자가 될 수 있었다. 용신은 부모께 감사하다는 말을 한 번도 하지 못했음을 깨달았다. 수술하고 회복하는 대로 제일 먼저 부모님을 찾아뵐 결심이다.

용신의 아버지 최창희는 큰아버지 최중희와 함께 덕원공립소학교 부교원을 역임하며 신교육 발전을 위해 힘써왔다. 도쿄 유학생들의 단체 단지동맹에 의연금을 모금해서 보내는 등, 신교육 활성화를 위한 적극적인 활동을 해왔다.

아버지는 상해의 대한제국 임시정부와 직접적인 관계는 없었다. 다만 지역 활동가들의 단체에 임시정부가 보내준 정보와 계획들을 함께했었다.

상해의 임시정부로부터 미국의 국회의원들이 원산을 방문한다는 정보가 왔다. 원산지역 단체인 덕원청년동맹은 미 의원들에게 우리의 독립 의지를 알릴 좋은 기회로 여겼다. 기미년 3.1 만세운동처럼 두 번째 만세운동을 계획했다. 아버지는 덕원청년동맹 회원은 아니었지만, 나라와 민족을 위한 일이기에 적극적으로 나서서 함께 도모했다.

누가 고발했는지 거사 일에 일제의 단속에 걸려 만세 운동은 무산되었다. 아버지를 비롯한 덕원청년동맹 회원들 몇 사람이 연행되었다가 한 달이 다 되어서야 석방되었다. 아버지에 대한 판결은 '등사기를 제공하고 유인물 운반과 유포'였다. 유죄지만, '가벼운 가담이라서 아량을 베풀어 방면하는 것'이라는 내용이었다. 방면이지만 자백을 강요하며 혹독한 고문을 가한 문초 과정은 이미 과한 처벌이 되고도 남았다. 초췌한 얼굴에 넋이 나간 듯 초점 없는 눈동자로 돌아온 아버지는, 고문 자국으로 손가락 발가락 사이사이가 시커멓고, 온몸이 검붉게 얼룩진 상태였다. 석방 후에도 해를 넘기도록 후유증에 시달려야 했다. 그나마 생체실험까지 당한다는 서대문 형무소에 넘겨지지 않은 것이 다행이었다.

아침부터 할아버지를 찾아와 떠들썩하니 온 집안을 깨우는 아녀자가 있었다. 새벽잠이 없는 할아버지는 기다린 듯이 맞아주었다.

"이 노릇을 어떻게 해야 할지 모르겠어요. 그 유간가 부면장이란 자가 미쳤네요. 만대산을 우리 것이 아니라고 제가 도장을 찍어주었다니 말이 되나요? 그 산이 종산인데 명의가 누구였든 종산을 마음대로 할 사람이 어디 있겠어요?"

용신에겐 최씨 집안의 팔촌 올케인 김포댁이었다. 김포댁은 일본인이 광주인 철광에서 일하던 남편이 삼 년 전에 급성 폐병으로 사망한 미망인이다. 나이 서른 살도 안 된 청상과부로 수절한다고 할아버지도 그를 딱하게 여기고 있다.

"저는 그자가 관에서 조사 나온 거라고 아비 도장 찍으라기에 설마 속이겠냐고 믿고 찍어주었어요. 글씨를 모르니 무슨 도장을 받는지 몰랐지요. 여러 군데다 찍어대서 웬 문서기에 저러나 싶기는 했어요. 한 동네서 사는 부면장이니 믿고 맡겼지요. 그렇게 사기를 칠 거라고 생각이나 했겠어요?"

김포댁의 하소연은 거의 우는 목소리였다. 김포댁이 말하는 자가 분숙이, 즉 아마노카와이 아버지임을 알았다. 유 씨는 덕원면의 재정과장인데 마을 주민들이 유씨를 추켜세워서 부면장이라 부르고 있다. 아이에게 일본 이름을 붙여주고 기모노를 지어 입힐 정도로 일본인 행세를 한다. 공공연하게 황국 식민이 되어 천황께 충성하자고 앞장서는 자다. 한마을 사람들은 개천서 용 나왔다고 그를 부면장으로 추켜세우지만, 할아버지와 용신네 가족들은 민족 배신자 친일파라고 싫어한다.

"그 산은 자네 시조부께서 종질 멩의로 떼준 산 아님매? 종질이 만대까지 내려줄 종산 삼을란다고 이름도 만대산이라던"

"맞습니다. 그이가 아무리 아파도 그 산을 팔정도로 정신 나갔겠어요? 저 또한 종산으로 삼을 산을 팔아치울 만큼 못돼먹었나요?"

"쯧쯧쯧…참!…이거이 바로 일제가 벌인 토지 정책인매! 명의자 유고한 땅을 다 빼앗아낼 획책이지비, 허나 물증 없으이 낸들 어찌겠습매?"

할아버지도 김포댁과 함께 깊은 한숨뿐이었다. 아침내 눈물 바람으로 하소연을 마친 김포댁은 해결의 실마리도 못 얻고 돌아갔다. 일제가 펼친 토지사업정책이란 덫에 걸린 김포댁이었다. 부면장 자리에서 일제 권력에 과잉 충성하느라고 같은 조선 사람을 괴롭히는 유가가 괘씸했다.

명의이전 같은 철저한 절차 없이 신뢰를 바탕으로, 말로만 명의를 이전하기 예사였던 조선 사람들이다. 철저한 명의자를 문서화하는 일제의 토지정책을 채 수용하지 못하는 이들이 많았다. 특히 김포댁처럼 문맹들이 더 많았다.

이런 조선 농민의 처지를 약점으로 일제는 조선 땅을 일본인들에게 주고 지주로서 수탈해가도록 자리를 깔아준 토지정책이었다. 일제는 그 술책으로 조선 농민에게 농토를 빼앗고 곡물 수탈도 아무렇지도 않게 감행해갔다. 하루아침에 농사를 그만둘 수도 없는 농민은 일본인 지주에게 전전긍긍하며 삶을 유지해가는 처지였다. 보릿고개 땐 소작민은 물론이고 자작과 소작을 같이 하는 반반민까지 초근목피로 연명하는 상황이 흔했다.

할아버지와 큰아버지는 김포댁의 일로 유 씨를 만났으나 헛일이었다. 합법적이고 정당하게 처리된 것이라고 일축했다. 할아버지는 마을에 소문을 내며 여론전을 폈다. 산을 빼앗기게 된 정황과 시기와 김포댁이 문맹임을 들어 진실을 밝히다 보면, 결국 부면장은 사기꾼이 되어 있으리란 생각이었다. 그 결과 부면장은 퇴직하고, 가산을 정리하여 마을을 떠나버렸다. 만대산은 이미 일본인의 산이 되어 있었다.

반일 감정을 모르던 어린 용신에게 그 일로 인해 일제와 친일자들의 악행이 보이기 시작했다. 특히 일제의 토지사업정책과 김포댁의 사연은 용신이 조선 농민의 처지를 고민하게 하는 계기가 되었다.

용신이 열한 살이 되자 아버지는 두남학교에서 루씨여자보통학교로 전학시켰다. 미국의 감리교회 선교사가 세운 미션스쿨로 총독부의 정식 인가가 난 학교였다.

루씨여학교에서 전희균 교목을 만났다. 논산이 고향인 그는 협성신학교 졸업반이자 미래의 목자였다. 그는 사춘기 소녀였던 용신의 정신 성장에 아주 중요한 역할을 했다. 신앙적 지도 말고도 일상의 고뇌와 의문들도 그로부터 답을 얻었다.

"하느님이 아니고 왜 하나님이라 하지요?"

용신이 그를 만나고 처음 질문한 말이었다.

"하느님은 하늘이라는, 즉 수신, 목신, 산신과 같이 존재하는 영역의 고유명을 칭한 것이지만. 하나님은 온 세상에 단 한 분만을 의미하는 하나님이지, 즉 스카이, 하늘의 하느님이 아니라, 모든 공간과 시간에 존재하는, 단 하나뿐인 신, 절대자란 뜻이지."

기독교는 섬기는 자의 화복만을 결재하는 신으로서만이 아닌, 영혼과 정신과 인품을 주관하는 신으로 섬기는 신앙임을 그를 통해 알았다.

감리교단은 협성여자신학교를 창설하여 루씨여학교 졸업자들에게 여성 목회자의 길을 열어주었다.

"최용신은 협성신학교에서 신학 공부를 이어가지? 깊은 신앙심과 그동안 배운 지식으로 하나님의 여종 되면 좋겠는데"

전희균 교목의 권유는 뛰어들고 싶은 일에 등을 밀어 넣어준 것이었다. 루씨를 졸업하고 이내 이어지도록 마련된 협성신학교도 용신을 위해 준비된 것 같았다.

샘골 교회의 전재풍 목사와 김복희 사모가 병원에 왔다. 사모가 용신과 함께 샘골 강습소 교사로도 봉사 헌신하고 있다. 샘골 강습소 교사 황종우 등 야간 수업반인 아녀자들까지 여럿이 함께 왔다. 수술 전의 용신을 잡고 눈물로 기도해주었다. 김복희 사모는 용신이 제일 궁금해하는 강습소의 공부반원들 이야기를 전해주었다. 모두 고맙고도 미안했다.

수원군 반월면 천곡이 샘골이다. 선교사 밀러가 강습소로 마련한 곳이

천곡교회였다. YMCA는 협성신학교에 재학 중인 용신을 농촌지도원으로 천곡에 파견했다. 농촌계몽 운동원으로서의 용신에겐 세 번째 파견지다. 샘골 전에 이미 두 곳을 나갔었다. 황에스더 교수의 지도로 김노득 언니와 함께한 황해도 수안군이 첫 번째였다. 다음 해에 용신 혼자 나간 경북 포항이 두 번째. 그 두 번의 경험으로 샘골 교회에서는 자신 있게 시작할 수 있었다.

샘골에서도 예외 없이 문맹인이 많았다. 모두 김포댁 같은 피해자가 될 수 있었다. 이미 알려지지 않은 피해자도 많을 것이었다. 한자는 물론이고 언문이라고 격하하는 훈민정음까지 단 한 글자도 모르는 이가 열 명 중 여덟, 아홉은 되었다. 어린아이부터 아녀자들은 물론이고 남성들까지 그랬다. 백성의 문맹을 해결해주려고 훈민정음을 창시한 세종대왕께서 탄식할 노릇이었다.

마침 언론과 종교단체, 교육기관 등이 의식하고 농촌계몽 운동의 주체가 되고 있다. 문자보급운동, 브나로드운동, 학생들의 귀향, YMCA와 YWCA가 중심되어 전개해나가는 농촌 계몽운동 등이 한국농촌에 희망의 빛이 되었다. 간혹 그 빛마저 꺼트리려는 아집 강한 자들이 문제였다.

강습소에 글을 배우러 나오라는 용신을, 귀찮게 구는 걸인 대하듯이 하는 것은 흔한 일이었다. 사람을 앞에 두고 노골적으로 비아냥거리는 자도 많았다. 특히 남성도 아닌 여성이 반대하며 나올 땐 더 답답하고 서글펐다.

"애 키우고 살림하기도 바쁜 아녀자가 글 배울 정신이 어디 있어요? 할 일 없는 사람들의 배부른 짓이지."

"여자가 글은 배워서 뭣에다 쓰려고? 얌전히 살림이나 배웠다가 시집이나 가면 그만이지."

가는 곳마다 그런 말들이 흔히 쏟아졌다. 그렇지만 용신은 그런 말 따위는 개의치 않았다. 오히려 그럴 때마다 참고 진행하는 것을 계몽운동의 한 방법으로 삼았다.

"세상이 변하고 있습네다. 여성도 공부해야 변화하는 세상을 살아갈 수 있는 겁네다. 이미 선진국은 여성들이 안 하는 것 없이 다 합네다. 저도 그래서 신학교를 다니잖습네까? 그리고 여성이 글을 몰라서 낭패한 사례가 많습네다."

용신은 김포댁 사연을 들려주며, 여성에게도 배워야 한다는 것을 일깨워주었다.

간혹 그런 용신을 대놓고 무시하며 고약한 말을 해대는 남성이 있다.

"암탉이 울면 집안 망한다고 여자 똑똑해봤자 될 일도 안 돼! 딴 데서나 하셔!"

용신의 참을성도 한계에 추돌한다.

"거 암탉 이야긴 하지 마시라요! 명성황후님을 시해한 왜놈들이 정당화로 퍼트린 건데 모르십네까? 조선 역사 어디에 우리 선조들이 여성을 그리 함부로 했습네까? 신분 차별이나 남녀 구분은 했어도 성차별과 비하는 없었습네다. 암탉이라뇨? 여성이 남성을 수캐라 하면 인정하실 겁네까? 앞으로 그따위 여성비하는 하지 마시라요!"

상대가 얼굴이 벌겋게 되도록 쏘아붙였었다. 또, 샘골 교회에서 예배 중일 때였다. 술에 만취한 남성이 예배하는 자기 부인의 머리채를 잡아 끌어내며 욕설과 폭력을 해댔다. 이를 목격한 용신이 남성의 멱살을 잡아서 내던졌던 적도 있다.

전재풍 목사의 일행 속에 강 집사도 보였다. 강 집사는 샘골강습소 신축을 위해 모금을 가장 많이 약정해놓고도 용신의 미움을 샀던이다.

어려운 과정을 잘 극복하고 샘골 교회 강습소는 성황을 이루었다. 사람들이 용신의 노력에 감동하고 협조하기 시작하더니, 얼마 지나지 않아 강습소에 글을 깨우치러 나오는 사람이 차고도 넘쳤다. 더는 비좁은 교회를 강습소로 사용하기 어렵게 되었다. 용신은 새로 넓은 강습소를 마련할 기금을 모금했다. 강습소 마련을 기도 제목 삼아 날마다 새벽기도도 했다. 최용신의 헌신적인 농촌계몽 운동에 감동한 교우들도 보고만 있지 않았다. 자발적으로 성의껏 기금을 내거나 약정했다. 생활이 넉넉지 못한 교인들까지 기금 액수와 모금 기간을 약정했다. 또, 건축할 때 필요한 인력을 체력봉사로 맡아 나섰다. 약정금으로 마련한 기금이니 얼마 들어오고 얼마를 확보했는지 인쇄물로 투명하게 공개했다.

공개한 1차 명단에 강 집사는 없었다. 지역유지에다 집사인 자신이 명단에서 빠진 일은 교인들 앞에 체면이 아니었던가? 예배를 끝내고 서로 인사를 나눌 때였다.

"최 전도사님! 제가 강습소 기금을 약정하지 않는데, 하나님께 기도해 보고 약정할 생각이었습니다. 우선 쌀 열 섬을 약속하겠습니다."

용신은 귀를 의심했다. 80kg짜리 두 가마가 한 섬인데 벼도 아니고 쌀로 열 섬이면 쌀 스무 가마를 내겠다는 말이다. 벼 한 섬이면 쌀 한 가마로서 환산하기 쉽도록 벼는 섬으로 쌀은 가마니로 말하는 것이 통례다. 용신은 강 집사가 벼 열섬을 잘못 말한 것으로 여겼다. 벼 열섬도 기금으로 내기엔 많은 양이다. 그러나 강 집사는 약정서에 쌀 열 섬이라고 확실하게 써넣었다. 강 집사 같은 이가 열 명 있다면 강습소 건립비를 위한 모금은 안 해도 될 것이었다. 그러나 용신은 강 집사가 마음에 들지 않았다. 돈도 많고 땅도 많은 이가 소작농에게 꼭꼭 인색하게 따져서 도조를 받는 이기 때문이다. 후한 지주는 그해 농사 결과에 맞추어 소출 30%를 받으면서도 파종과 추수 때 드는 비용을 대주었다. 반면에 야박한 지주는 농사 잘된 해를 기준으로 40%를 파종 전에 선제로 받아 간다. 또한 모든 비용을 일체 소작인이 내게 한다. 흉년이라도 들면 소작인은 굶어 죽지 않기 위해선 장려 쌀을 얻어야 한다.

강 집사는 자신은 후하지도 박하지도 않게 중간쯤 받는다고 했다. 용신이 생각하기엔 그래도 많이 과한 것이었다. 그러고도 보릿고개 때 소작인에게 장려 쌀을 놓아 가을에 두 배로 받아먹고 있다니, 용신이 그를 싫어할 만한 이유가 충분했다.

강 집사는 용신이 자신을 싫어하는 것을 알았는지, 약정한 기금도 한 해가 다 가도록 내놓지 않았다. 용신은 약정금을 종용키 위해 미납자 개개인을 직접 만났다. 만나면 먼저 형편이 어떤지, 생활을 파악해보고 어려운 이에겐 기도만 해주었다. 비교적 여유 있는 이에게만 기금 이야기를 꺼냈다.

"전도사님! 빚 받으러 오셨소? 약정한 기금을 빚처럼 받으러 다니세요? 사람들이 내가 빚을 꽤 지고 사는 거로 보잖겠어요?"

강 집사는 용신이 앉아서 기도도 하기 전에 야단이었다. 교인으로부터 그처럼 푸대접받기는 처음이었다.

"죄송합네다. 집사님께서 어련히 하시겠습네까만 저는 짓다가 중단되설라무네 날짜만 가고 빚만 남갔으니 걱정됩네다만. 저야 떠나면 그만 아닙네까? 샘골 주민들은 어카갔습네까? 기왕 내시는 것 요긴할 때 주시면 더 고맙갔쇼."

"지금은 누구나 다 어려운 보릿고개 시작인 이월 아니오? 기다리셔요. 저는 올해 가을 추수 끝내고 쌀로 낼게요."

용신은 강 집사에게 강습소 지을 곳으로 천 평이 넘는 땅을 기증한 박용덕 이야기를 해주고 싶고, 늘 후원해주고 있는 염석주 이야기를 해주고 싶었지만 참았다. 강 집사의 자존심을 자극하기 위해 그분들을 이용하는 것은 선하지 못한 방법이라서였다.

그 대신 그달부터 다달이 쌀 한 섬 값을 현찰로 들어오는 무명의 기부금이 생겼다. 가을 추수가 끝날 무렵까지 꼬박 열 달 동안 기부금이 들어왔다. 그 주인공이 강 집사임을 알 수 있었다. 일본 유학을 떠나기 전에 고맙다는 인사라도 할 작정이었다.

뜻밖에 강 집사가 먼저 용신을 찾아왔다.

"전도사님! 누가 뭐 먹을 것 주거든 절대 받아 드시면 안 됩니다. 예서도 그러셔야 하고 유학 가시면 더 조심하셔야겠습니다. 잘 아는 사람이 주는 별미라도 악마가 보낸 것일 수 있으니 직접 하신 것 아니면 절대로 드시지 마세요."

"알갔습네다. 집사님 덕분에 강습소가 잘 마련되었습네다. 고맙습네다."

용신은 강 집사가 하는 말은 무슨 뚱딴지같은 이야기인가 하고 별생각 없이 넘기려 했었다. 그가 들려주는 내용이 섬뜩했다. 읍내 다방에 갔다가 정체를 알 수 없는 두 사내의 이야기를 우연히 엿들었다고 했다. 아주 조용히 수군거리는 소리인데도, 마침 다방의 음악이 꺼져서 칸막이 사이로 잘 들리더라며, 그 내용을 용신에게 전해주었다.

"아주 지독한 계집이야. 더 크기 전에 아주 싹을 잘라버려야지."

"그래봤자 계집인데 그토록 신경 쓸 일인가?"

"무슨 소리? 조선 계집들은 사근사근한 일본 계집하고 달라. 아 명성황후 그 구미호부터 류관순에다 최근의 방애인까지 모두 계집이 아니고 사내였던가?"

"특출한 것들이니 그랬지 다 그런가? 겨우 예배당서 애들하고나 노는 계집을…."

"오~ 모르는 소리 마, 이 계집도 보통이 아니야. 한글인가 그 언문을 강습한다기에 그러지 말고 대일본제국 가나를 가르치랬더니 발끈 화를 내며 한참을 내게 퍼붓던데? '가나로 된 성경 찬송을 교인 수대로 마련해줄 거냐? 글씨 모르는 신자들 성경 찬송 읽게 하려는데 잘못된 것이냐' 하더군, 얼마나 지독한지 잠도 안 자고 밤새 글을 가르치러 다닌다네. 그래서 강습소의 정원을 60명으로 제한을 두고 허가를 내주게 했지, 그 계집 없었으면 반월 땅 절반은 우리 것으로 만들 수 있었을 텐데…. 글만 가르치면 또 몰라. 사사건건 간섭 안 하는 일 없으니 영영 입을 막아버릴 수 밖에…"

"입을 막다니? 유관순처럼 온 세상이 다 떠들썩하게 하려고?"

"미련한 소리! 머리를 써야지! 잘 먹는 음식을 특식으로 조리해서 계속 먹이면 자연사처럼 제거되겠지."

"누가 뭐로 조리해서 어떻게 먹여? 쥐들의 고양이 목에 방울 달기가 더 낫겠다."

"만든 별미를 계집과 절친한 손으로 먹이게 하면 되지."

"절친한데 우리 말을 고분고분 듣겠나?"

"다 방법이 있다네, 지켜보시게"

그자들은 일본인도 형사도 아니고. 일본인 된 줄 착각하는 매국노로 보였다며 조심을 강조하는 강 집사였다. 그러나 증거도 없으니 어쩌랴 섣불리 나섰다간 못된 것들에게 되잡힐 것이다.

"강 집사님, 그 일 잊읍시다래. 누구게도 말씀 맙소. 증좌도 없이래 집사님만 미친 사람으로 몰리갔습네. 함부로 말씀하시단 위험에 처하실 겁니다. 하나님과 저와 집사님만 알고 묻어 둡세다. 꼭"

그 당시 그렇게 우겨서 덮었지만, 수술까지 하게 된 병상에서 생각해보니, 강 집사의 이야기가 사실로서 정황이 맞아떨어진다. 옥녀가 갖다준 찹쌀떡이나 토당골 할미가 갖다준 잡채가 의심스러웠다. 일본으로 유학 가기 전부터 소화가 안 되었고, 일본에서는 눈으로 보일 만큼 몸이 비틀어졌다. 각기병이라 했지만 어쩌면 그 각기병보다 먼저 장이 손상되었을 수도 있다. 그 장이 회복될 만하면 독이 든 음식을 먹게 되고 중독된 장은 영양분을 흡수하지 못하니 영양부족으로 각기병이 심해질 것이다.

잠시 정신이 들었던 용신은 모르핀의 효과가 떨어져 고통이 왔다. 신음하며 몸을 뒤틀어대자 간호사가 다시 모르핀을 주사했다. 통증이 가라앉으며 살펴보니 샘골 교회 목사님과 신도들이 기도하고 있다. 신도들 속에 주일학교 학생들 몇과 함께 서 있는 신옥녀도 보였다. 고모 직순처럼 검은 무명 치마에 흰 저고리를 입고 있다. 그 열한 살 꼬마가 이젠 어엿한 아가씨가 되어 있다.

용신이 샘골에 와서 처음으로 가가호호 축호전도를 하며 샘골 학당에 나와 글을 배우라 알릴 때였다. 그날 옥녀는 배고프다고 우는 남동생을 달래다가 함께 울고 있었다. 집에 어른은 없고 남매만 있었다. 자초지종을 들어보았다. 전날부터 아무것도 못 먹었는데 양식을 마련해와야 할 아버지가 사흘이 지나도록 돌아오지 않고 있다. 엄마는 옥녀 여덟 살 때 젖유종을 심히 앓다가 작고했다.

남매가 딱했지만, 용신도 당장 도울 방법이 없었다. 곧 아버지가 돌아오실 거란 말로 달래주고 나왔더니 남매가 계속 떠올랐다.

가라앉은 기분으로 몇몇 집을 드나들다가 바깥마당에서 삼베를 날고 있는 아낙들을 만났다. 베 짤 준비로 바디 살 사이마다 삼베 실을 한 올씩 끼워서 날줄을 준비하는 일이다. 그 날줄이 끊어지지 않게 풀을 먹여서 화톳불에 말려가며 도투마리에 감아가는 작업이다. 혼자 할 수 없는 작업이라서 서넛이 협동하고 있다. 활대를 걸고 말코를 끼울 부분에 맷돌을 달아서 팽팽하게 당기며 넓게 편 삼베 올이 곱다. 바삐 일하는 아낙들에게 말을 해보았자 좋은 반응을 얻기 어렵고 용신이 덜어줄 일도 없었다. 자신이 누군지 간단히 인사하고 돌아설 참이었다.

"새로 오신 전도사님이셨군요. 오셨는데 대접할 것도 없고… 이거라도 좀 드세요"

쑥개떡을 용신 앞에 내놓으며 권했다. 일하다 새참으로 먹으려고 준비한 떡이었다. 용신도 쑥개떡을 무척 좋아한다. 고마운 마음으로 받아 기도하는데 배고프다고 울던 남매가 떠올랐다.

"이거 가지고 가서 먹어도 되겠습네까? 나누어 먹을 사람 있어 그럽네다…"

"아, 그러세요. 근데 고거로 누구랑 나누어 먹겠어요? 좀 더 싸드릴게요."

마음 씀씀이 후덕한 아낙들이었다.

"오다 보니 굶주려서 울고 있는 아이들이 있어서요."

아낙은 용신을 힐끗 보더니 못마땅해진 표정을 지었다.

"요즘 그런 집이 한둘이 아닌데…. 너무 오지랖 넓으시면 전도사님이 고달프셔요. 일일이 다 챙기려 마시고 대략 넘기셔요."

아낙은 말을 하면서도 쑥개떡을 용신에게 내놓았던 것보다 더 싸주었다. 용신은 온 길을 되돌아가 남매에게 개떡을 내밀었다. 마술사의 손길에 동전 사라지듯이 개떡 여섯 쪽이 없어졌다. 너무 빨리 먹다가 얹힐까 걱정되었다.

남매에게 교회에 나오라고 전도했다. 그 주간부터 신옥녀와 신동필 남매는 지금까지 주일학교를 빠지지 않고 다니고 있다. 그와 비슷한 일들이 종종 생겼다, 생길 때마다 외면하지 않고 지금껏 계속해왔다. 남매처럼 용신과 맺어져 강습소에 나오는 수강생이 많았다.

비가 주룩주룩 종일 내리던 날 월요일이었다. 옥녀가 혼자 비를 맞고 교회에 나와 눈물로 기도하고 있다. 무슨 일이 있는지 기도가 끝나길 기다려서 용신이 물었다. 옥녀는 울먹이며 하소연했다.

최근에 그의 아버지 신씨가 산에서 숯을 구워 파는 일을 했다. 아침에 불법 벌목에 무허가 숯가마를 했다고 순사들에게 연행되었다. 집마다 나무를 해다 때는 것처럼, 임자 없는 숲에서 숯을 굽는데 상관할 사람은 아무도 없을 거로 알았던 거였다.

또 무지해서 일어난 사건이었다. 용신이 옥녀에게 해줄 거라곤 함께 기도하는 것과 고작 지서에 알아보는 것뿐이었다. 생계를 위한 일이고, 초범이고, 몰라서 한 짓이고, 큰 사고를 낸 것도 아니니 선처할 만도 한데, 일제는 결코 조선인들에게 관대하지 않았다.

병실을 들여다보는 옥녜와 눈이 마주쳤다. 용신에게 할 말이 있는 것 같은 표정이다. 용신은 직순을 시켜서 옥례를 불러들였다. 옥녜가 들어오자 직순은 자리를 피해주었다. 모르핀 효과인지 통증이 가신 대신에 눈이 자꾸 감기려 한다.

"선생님 저를 용서해주세요. 저는 그자가 시키는 대로 하면 아버지를 석방케 해주고 비단 집에 취직시켜준다기에, 생각 없이 그대로 했어요. 선생님을 존경해서 드리는 성의라길래 선생님을 해칠 거란 의심은커녕 상상도 못 했어요."

옥녜는 머리를 용신 얼굴에 바짝 대고 울먹이며 작은 소리로 고했다. 용신은 무슨 뜻인지 잠시 어벙하다 생각나서 옥녜의 손을 꼭 쥐었다.

옥녜의 아버지가 연행된 지 일주일쯤 되는 날이었다. 싱글벙글 기분 좋은 얼굴로 옥녜가 왔었다.

"오늘 기분 좋네? 아버지 나오신단 기별이라도 있댄?"

"맞아요. 오늘 중으로 나오신댔어요, 전도사님 이거 별 건 아니지만, 꼭 혼자만 드세요. 꼭! 요."

옥녜는 품에서 불룩한 종이봉투를 꺼내 용신에게 내밀었던 기억이 난다.

"저 내일부터 비단 파는 집 식모 일해요. 일본 사람네인데 월급 많이 준댔어요."

돈 벌어 공부하고 싶다던 옥녜였다. 아버지 신씨도 곧 석방되니 이제 옥녜 걱정은 안 해도 될 일이라서 용신도 기뻐했었다.

"저 빨리 가봐야 해요. 첫 월급 타면 올게요."

옥녜가 준 것은 일본식 찹쌀떡 다섯 개였다. 기억해낸 용신은 간신히 고개를 주억거렸다.

"기래 …그… 찰떡. 맛있게…… 먹었지…."

"죄송해요 그게…."

옥녜는 울먹이며 용신 앞에 엎어졌다.

팥소를 넣은 찹쌀떡이었다. 일본식 떡이니 모찌라고 해야 맞다. 먹어보니 매우 부드럽고 달콤했다. 마침 배고프던 참에 그 자리에서 다섯 개나 먹었었다. 먹고 나니 대문니 쪽 입천장이 덴 것 같고 식도도 쓰린 듯 불편했었다. 생각해보니 팥소에 무엇이 섞였나 싶었다. 옥녜를 믿지만 만약을 위해 상비한 환을 먹었었다.

용신은 마치 이미 다 알고 있던 사람처럼 담담하게 옥녜의 어깨를 쓰다듬었다. 용신은 옥녜의 마음을 잘 알 수 있었다. 그러잖아도 강 집사에게 들은 바도 있고, 옥례 말고도 토당골 할미가 갖다준 잔칫집 잡채도 수상했다. 평소에 용신에게 잘 대해주던 토당골 할미였기에 고맙게 받아먹었다가 혈변까지 누며 고생했던 일도 무관하지 않을 것이다. 생체실험이란 소문이 흉흉한데, 일제의 만행과 자신의 건강 문제와 관련이 있음이 정황상 맞아떨어진다. 서대문형무소에서 생체실험까지 한다는 일제라면 그럴 수 있다는 생각이다.

그러나 강 집사의 이야기와 마찬가지다. 무엇으로 어떻게 사실임을 증명해낼 것인가? 섣불리 말을 꺼내 보았자 못된 자들에게 불쌍한 옥녜만 다칠 수 있다.

"저는 설마 비단집 삼촌을 믿었지요,,,전"

용신은 간신히 검지를 입에 대며 옥녜의 말을 끊고 손을 잡아 당겼다.

"그만,…너만 알라…이거로 덮고… 알갔지비?……

세상에…알리단…너만…다치니까니……예수님을…생각하자이……얼마이….억울하신…분입네?….예수께비하만….낸….아무것도 아이잖네?…. 대신….샘골강습소래…부탁한다이,…공부도   하고….이어…가다우…알갔지?… 표나니까니…그만… 울…라우…."

용신의 말뜻을 다 알아들은 옥녜는, 눈물을 씻으며 머리를 주억거려 약속했다.

"제 평생을 전도사님, 아니 선생님의 뒤를 따를 것입니다. 하나님 앞에 평생을 부복참회하는 마음으로 살겠습니다."

옥녜는 용신의 손을 감싸 쥐고 머리를 조아리며 다짐을 반복했다.

모르핀에 취한 건지 맑았던 정신이 다시 멍몽하니 탁해지고 있다. 십자가 위에서 신포도주까지 마시고 가시관과 창을 받으신 예수께서 하나님을 향해 '엘리엘리라마사박다니'를 했을 때 얼마나 고통스러웠으면 그러셨는지 지금의 용신도 조금은 알 것 같다. 자신도 얼마나 더 고통을 견뎌야 끝날지? 옥녜는 용신이 수술실로 들기 전에 몹시 괴로워하자, 터지는 오열을 참으려고 입을 가린 채 병실을 뛰쳐나갔다.

도립병원 중환자실은 조명이 밝았다. 꼬아지고 미어지고 끊어 낸 창자만 해도 몇 미터는 될 것이다. 수술 끝나고 신음만 삼키며 투여하는 수액의 힘으로 겨우 연명만 하고 있다. 용신은 자신의 영혼이 곧 육신을 벗을 때가 된 것을 느낀다. 이젠 다 내려놓고 자신의 영혼을 하나님께 맡겨야 할 때가 된 것이다.

"용신아 정신 좀 드냐?"

큰오빠 소리에 간신히 감았던 눈을 다시 떴다. 중환자실은 함부로 들어오지 못해 면회 시간을 기다려서 들어온 오빠다. 애써서 눈동자를 굴려 용신의 침상 곁에 서 있는 오빠들을 찾아냈다.

"나 알아보갔니?"

다시 큰오빠가 잔잔한 소리가 들렸다. 큰오빠인 걸 모를 리 없지. 눈웃음을 보이며 오빠의 손을 잡고 간신히 입을 열었다.

"오라버니께 …. 은혜만 …입았소……성서에 부모께 효도하면… 장수한다… 하셨지 않습네?…. 저는…. 사랑만 받고서리…… 효도 한 번 못했시래… 그래 이래…. 일찍 가는 기 같습네다…. 오라바니께선…. 내…못까지…. 고부래이 효도하시고…. 건강합소."

"무스기 말입네? 내래 널 꼭 고쳐줄 가니 걱정 말라이"

울음을 삼키는 오빠의 목소리에 용신은 다시 눈과 입을 닫았다. 고통을 참는 만큼 아무 소리도 내고 싶지 않은데, 자꾸 신음이 새어 나왔다. 아무도 용신에게 더 이상은 말을 붙이지 않았다.

얼마나 시간이 지났는지, 날짜가 넘어갔는지, 눈을 감은 채 고통에 시달리는데 익숙한 손이 손을 부여잡는다. 직순이다. 보지 않고도 그가 고모임을 알 수 있다. 다시 간병하러 온 것이다. 찡그렸던 이마를 웃을 듯이 펴며 간신히 눈과 입을 열었다.

"고모 … 나 먼저…. 가게 되았소…. 어카겠소? …하나님이… 먼저… 부르시니…. 내가 예뻐서… 빨리… 데리가시는 거우다."

직순은 용신과 눈을 맞추며 손을 잡고 고개를 가로젓는다.

"…. 고몬 미우니까니…. 백 살까지 놔두실… 거우다…. 으흡…"

용신은 말을 끝까지 하려니 숨이 차서 헐떡거리고, 창자가 끊어진 듯이 아파서 자신도 모르게 신음했다.

"힘 드니까니 고만 예기하라우"

바짝 마르다 못해 새까맣게 타드는 용신의 입술을 직순이 물 적신 거즈로 축여주었다. 용신은 직순에게 애쓰지 말라는 손짓을 했다.

또 몇 시간이나 지났을까? 이젠 정신이 들어도 눈을 뜰 수가 없다. 귀도 가물가물 먼 곳의 소리만 들리는 것 같다. 통증도 마비되어 짓누르는 무게로 변했다.

김노득이 눈앞에 와있다. 황에스더 선생께서도 함께 오셨다. 협성신학교에서 만난 절친한 사이 김노득. 용신보다 일곱 살이나 많은 언니다. 황에스더 선생과 언니와 함께 황해도 수완으로 농촌 계몽운동에 나갔었다. 용신으로선 그때가 처음 나간 계몽운동이었다.

김노득과 파송된 수안에서 낮엔 공부 가르치고, 밤엔 전도하러 산길 들길을 수십 리씩 다닐 때였다. 허리까지 닿도록 눈이 쌓이던 날, 한밤까지 무모하게 돌다가 낭패당했던 기억이 난다. 눈이 얼마나 퍼붓는지 오던 자국까지 이내 덮어버리는 밤이었다. 오던 길도 가던 길도 다 지워져서 길을 찾지 못해 밤새껏 산으로 들로 헤매었다. 별도 달도 삼켜버린 들판에서 눈보라를 피해 짚가리 속에서 둘이 붙안고 동사를 면했던 일이 어제 같다. 김노득과 그동안 지낸 이야기도 듣고 싶었다. 통증이 너무 심해 신음하다가 정신을 차려보니 김노득은 가버렸다. 황에스더 선생도 보이지 않는다.

용신은 바람에 옷깃을 맡기며 동구로 나섰다. 어느덧 억새꽃이 이슬에 젖는 가을 저녁, 동구의 호젓한 길을 13세 소년 김학준이 활짝 웃으며 팔을 흔들며 용신에게 달려오고 있다. 세상에서 용신을 가장 사랑한 소년, 그 사랑을 진정 받아주었던가?

학준이 할 말이 있다며 용신을 이끌어 간 곳은 두남골 개울의 빨래터였다. 더운 여름이라면 등목이라도 하려는 사람이 나타날 수 있을 텐데 선선한 가을 저녁의 개울은 호젓했다. 학준은 용신을 걸상처럼 앉기 좋은 바윗돌 위에 앉혔다. 자신은 용신과 두어 발짝 떨어진 돌 위에 앉았다. 무슨 말을 하려는지 애꿎은 두 손만 비벼대며 잔뜩 뜸을 들였다. 용신도 그러는 그를 말 없이 기다려주었다.

"저기…. 용신 씨를 …. 내가…. 좋아, 아니 사랑해요….그리스도의 아가페 사랑 말고,… 에로스 사랑….남자로서…여인 최용신을 사랑해요. 아주 많이, 목숨을 걸 만큼 사랑해요. 백년가약 맺고 싶어요. 나의 사랑을 받아주세요."

김학준이 상기된 얼굴로 말하는 동안 용신은 심장이 뜨거워졌다. 자신도 학준으로부터 특별한 감정이 있었다. 나이는 자신보다 세 살이나 적지만 매우 듬직하고 멋진 모습에 많이 끌리고 있었다. 그러나 당장 그의 청혼을 들어줄 수는 없었다.

"혼인 약조는 아바이께 허락받아야 되잖습네?"

할아버지부터 어른이 많아 모두에게 허락받을 수 있을지 의문이지만 그대로 혼인 약속을 할 수는 없었다.

다음 날 용신은 집안 어른들에게 김학준과의 혼인 약속을 알렸다. 짐작했던 대로 어른들의 반대가 완강했다. 특히 용신의 큰아버지는 김학준의 가문에 대한 불만이 컸다. 용신은 큰아버지를 설득하려고 노력하면서도 그 의견을 별개로 그해에 두남교회에서 김학준과 약혼을 했다. 결혼은 공부를 마치고 나서 하자는 전제로 했다.

약혼만 했지 협성 신학교를 졸업하고도 여태 그와 혼인하지 못했다. 유학한 일본에서 그를 만날 수 있었다. 그 역시 유학생이었다. 그와의 만남이 몇 번 되진 않지만, 용신으로선 그보다 더 행복한 기억이 없다. 샘골 강습소를 완전하게 이루어 놓으면 그와 결혼할 생각으로 강습소에 온 정신을 쏟아붓고 있었다.

이젠 행복도 사랑도 다 꿈이 되고 말았다. 김학준에게 너무 큰 잘못을 하고 가는 것 같다. 학준의 손을 잡고 결혼을 미룬 것에 대해 한 마디 사과라도 해주고 싶다. 그와 함께 새벽송을 돌던 두담 교회의 크리스마스이브가 몹시 그립다. 용신은 학준의 얼굴을 어루만져보고 싶어서 떨리는 팔을 뻗었다. 그의 얼굴이 점점 흐려지고 멀어지더니 팔의 힘이 빠져나갔다.

용신 앞에 형체만 보이는 낯선 여인이 밝게 빛나는 두 사람을 거느리고 있다. 그 여인이 두 해 전에 하나님이 데려간 용신과 동갑내기 방애인이란다. 성인으로 알려진 여인 방애인이 용신의 애인이 되어 손을 잡고 한쪽 팔로 어깨를 감쌌다.

집필 작가 소개(가나다순)

김세인   1997년 계간 『21세기 문학』 신인문학상 당선. 숭의여대 문예창작과
와 한국방송통신대 국문과 및 중앙대 예술대학원 문학예술학과 졸
업. 소설집 『무녀리』·『동숙의 노래』, 장편소설 『오, 탁구!』 출간. 전
장안대 강사. 현 세종시평생교육원 강사.

김찬기   1991년 세계일보 신춘문예 단편소설 당선. 고려대 국문과 및 같은
학교 대학원 국문과 졸업(문학박사). 소설집 『달마시안을 한 번 보러
와 봐』, 연구서 『한국 근대문학과 전통』·『한국 근대소설의 형성과
전(傳)』, 역서 『고등소학독본』 등 출간. 현 한경대 교수.

김현주   1998년 계간 『문학과 사회』 단편소설 당선. 송순문학상 수상. 광주
대 대학원 문예창작과 졸업. 창작집 『물속의 정원사』, 산문집 『네 번
째 우려낸 찻물』 출간. 전 장성도서관 독서 논술 강사.

류서재   2010년 월간 『여성동아』 장편소설 당선. 고대문학신예작가상 수상.
고려대 대학원 국문과 졸업(문학박사). 장편소설 『초희』·『석파란』 등
출간. 현 한국작가회의 소설분과 위원회 간사.

박숙희   1995년 한국일보 신춘문예 단편소설 당선. 부산대 사회학과 졸업.
장편소설 『쾌활한 광기』·『키스를 찾아서』·『이기적인 유전자』·『사르
트르는 세 명의 여자가 필요했다』·『아직 집에 가고 싶지 않다』 등
출간. 산문집 『너도 예술가』 출간. 전 도서출판 풀빛 편집장.

안학수   1993년 대전일보 신춘문예 동시 부문 당선. 권정생 창작기금 수혜. 대일문학상 수상. 동시집 『박하사탕 한 봉지』·『낙지네 개흙 잔치』·『부슬비 내리던 장날』·『아주 특별한 손님』 출간. 장편소설 『하늘까지 75센티미터』·『그림자를 벗는 꽃』 출간.

은미희   1999년 문화일보 신춘문예 단편소설 당선. 삼성문학상 수상. 광주대 문예창작과 및 같은 학교 대학원 문예창작과 졸업. 동신대 한국어교원학과 박사과정 수학. 소설집 『만두 빚는 여자』, 장편소설 『소수의 사랑』, 『바람의 노래』, 『바람남자 나무여자』, 『나비야 나비야』, 『흑치마 사다코』 등 출간. 전 동신대 강사.

정수남   1984년 서울신문 신춘문예 단편소설 당선. 국학대(고려대 전신) 국문학과 졸업. 한국소설문학상 수상. 창작집 『분실시대』·『별은 한낮에 빛나지 않는다』·『타성의 새』·『아직도 그대는 내 사랑』·『시계탑이 있는 풍경』·『길에서, 길을 보다』·『앉지 못하는 새』, 장편소설 『행복아파트 사람들』, 시집 『병상일기』, 산문집 『시 한 잔의 추억』 등 출간. 현 일산문학학교 대표.

조동길   1970년 『수요문학』에 단편소설을 발표하며 작품활동 시작. 충남문학발전대상·충청남도문화상 문학부문 수상. 공주사대 국어교육과 및 고려대 대학원 국문과 졸업(문학박사). 소설집 『쥐뿔』·『달걀로 바위 깨기』·『어둠을 깨다』·『안개향기』 등, 연구서 『한국현대장편소설연구』·『우리 소설 속의 여성들』·『한국 근대문학의 지실』 등, 산문집 『낯선 길에 부는 바람』 등 출간. 전 공주대 국어교육과 교수. 현 공주대 명예교수.